Karl Layton

Das Schiff der Vergessenen

Die Föderation der Erde – Saga 1

Karl Layton

Das Schiff der Vergessenen

Science Fiction

Inhaltsverzeichnis

DIE ENTDECKUNG

08:14 Uhr, Dienstag, 28.09.2238 Greenwich-Erdzeit

16:19 Uhr, 04.03.101 Bordzeit EFS Jeanne D'Arc

45 Lichtjahre von der Erde

Captain Dubois

„Wiedereintritt in Normalraum vollzogen, Ende der Zeitflussabweichung" meldet die Navigatorin der EFS Jeanne D'Arc vorne von ihrer Konsole vor dem Holobecken und dem großen Hauptbildschirm. Der Rudergänger sitzt direkt neben ihr und beobachtet seine Instrumente. Die Jeanne D'Arc, kurz in der Regel von ihrer Crew nur als Darc bezeichnet, ist eine einhundertfünfzig Meter lange Korvette der Earth Federation Space Navy. Ihr Auftrag lautet, ein mysteriöses Objekt zu untersuchen, das die Langstreckensensoren von Terra Control, sprich der irdischen Raumüberwachung, aufgefangen haben. Der Besatzung inklusive der Brückencrew vergeht das typische Unwohlsein schnell, das jeden befällt, der den Übertritt vom Hyperraum in den Normalraum oder umgekehrt erlebt. Das konturlose Grau mit seinen bunten Einstülpungen, die Interferenzen von parallelen Universen darstellen, hat längst wieder dem normalen schwarzen Raum mit seinen glitzernden Sternen Platz gemacht. Versammelt auf der Brücke ist die sogenannte Brücken-Vollcrew. Im normalen Wachbetrieb stellen der Captain, der Erste Offizier, sowie der zweite Offizier die jeweiligen Kommandanten vom Dienst der drei aufeinanderfolgenden Wachen dar. Doch jetzt sind jetzt hier sowohl der Captain – auf dem Kommandantenplatz im hinteren Teil der Brücke – als auch der Erste Offizier versammelt. Entsprechend sind auch die anderen Jobs auf der Brücke, Taktik, Operations, Navigation, Ruder und Kommunikation von den jeweiligen Stabsoffizieren besetzt. Die entsprechenden Kürzel wie TACTIC, OPS, NAV, HELM und COM stehen an den Konsolen. „Geschwindigkeit Null-Komma-Vier Licht, abbremsend, Distanz zum Objekt zwölf Millionen Kilometer" meldet der Navigator. „Scan läuft", tönt es von der als OPS abgekürzten Operations-Station, an der Lieutenant Arkay seinen Dienst tut, dessen schwarzer Scheitel im Licht der Deckenlampen glänzt. „Danke Lieutenant, halten Sie mich auf dem Laufenden", befiehlt der Kapitän, Jessica Dubois, eine brünette, mitteleuropäisch wirkende Frau vom äußeren Erscheinungsbild einer Mittdreißigerin, die wie fast alle hier eine dunkelblaue Bordkombination trägt. Der OPS-Offizier bekommt das Ergebnis seines Scans praktisch sofort, denn die Detailabtastung des fremden Objekts erfasst gewissermaßen den Abdruck, den es im Raumzeitgefüge hinterlässt. Ein Prozess, der mit Überlichtgeschwindigkeit abläuft.

„Das Fremdobjekt ist fast drei Kilometer lang, etwa hundert Meter breit und hoch", meldet die OPS und eine entsprechende schematische Darstellung erscheint auf dem Hauptschirm. Wie die Brückencrew sehen kann, ist das Objekt zigarrenförmig. Klobige Austrittsdüsen sind an einem Ende zu erkennen und kleine kuppelartige Auswüchse überall am Rumpf. „Ein defektes Raumschiff", murmelt Captain Dubois das Offensichtliche vor sich hin. „Mit Unterlicht treibend." Auf dem Hauptbildschirm ist die Geschwindigkeit des fremden Objekts angegeben, das sich sehr langsam wie ein schnellerer Komet bewegt.

„Trudelkurs besteht nach wie vor" erläutert der OPS-Offizier. Denn in der Tat dreht sich das Schiff schräg zur Flugrichtung um sich selbst, wie ein trudelndes Objekt und nicht wie ein sich zielgerecht fortbewegendes Raumschiff unter Energie. „Detailscans kommen rein", ergänzt er. „Das fremde Schiff verfügt über einen ausgedehnten Innenraum mit diversifizierten Räumlichkeiten, einem klassischen Maschinenraum und Sensoranlagen. Der Antrieb ist vermutlich ein Überlichtantrieb ähnlich unserem. Schildgeneratoren vorhanden. Keine Waffen erkennbar, aber die Auswertung des Scans dauert noch an. Keine Lebenszeichen. Etwa einhundert Decks mit etwas über zwei Meter Deckenhöhe und diverse riesige Lagerräume mit hunderttausenden von Kapseln. Über vierhunderttausend bislang gezählt", meldet Arkay. Captain Dubois, die neben ihrem Kommandantenplatz steht, stützt sich nachdenklich an einer der beiden bogenförmigen Konsolen ab, die um den Kommandantensessel herum gruppiert sind. „Also ein defektes Schiff, das zufällig in Richtung Proxima Centauri taumelt", murmelt sie. Denn die Space-Navy-Basis dieses dem Solsystem benachbarten Sonnensystems war es, die das Objekt mit seinem direkt auf das Proxima-Centauri-System ausgerichteten Flugvektor zuerst im Fern-Scan aufgefangen hat.

„Neue Statusmeldung an Centauri- und Terra vorbereitet, Sir", meldet der Kommunikationsoffizier, ein dunkelhäutiger Mann mit einem strengen Haarzopf. „Absetzen!", kommandiert Dubois. Der Funkspruch wird noch unterwegs sein, wenn die Darc mutmaßlich längst wieder im heimischen Solsystem eingetroffen ist. Sogar einen Zwischenbericht für die Space Navy-Basis auf Proxima Centauri wird sie unterwegs abgeliefert haben. Denn Raumschiffe bewegen sich deutlich schneller als ihre abgesetzten Funksprüche. Aber für eventuell nachrückende Verstärkung sind solche Statusmeldungen natürlich wichtig. Eben wenn das Raumschiff einmal nicht zurückkehren sollte.

Eine Detaildarstellung des fremden Schiffes erscheint jetzt im Holobecken. Captain Dubois runzelt die Stirn und steht von ihrem Sessel auf, um auf die holografische Wanne zuzugehen. „Diese Unterteilungen. Sind das… Stasekapseln? Oder was könnte das sein?" „Ich erhalte neuen Detailscan, Skipper", antwortet Arkay salopp. Er zögert. „Da ist organische Restmaterie in den Kapseln, Ma'am." Dubois schluckt deutlich hörbar. „Das ist doch nicht etwa…", sie stockt, „… ein defektes Siedlerschiff?" Sie hätte fast „mit einer toten Crew" hinzugefügt, spricht es aber nicht aus. „Irgendwelche Energieabstrahlungen? Taktik, scannen Sie detailliert auf Waffensysteme." Die taktische Offizierin, eine drahtige Frau asiatischen Aussehens mit kurzgeschnittener Ponyfrisur, bestätigt. Sekunden später vermeldet sie ein negatives Ergebnis. „Keine Waffensysteme erkennbar, Ma'am. Keinerlei Energiesignaturen." „Bestätigt, Energiesignaturen negativ. Keine aktiven Energiequellen", fügt der OPS-Offizier an. Dubois nickt. Das Ergebnis war zu erwarten. Das Schiff hat einen ganz und gar zivil aussehenden Aufbau. Ganz anders als die Jeanne D'Arc, die sich ganz im Sinne ihrer Namenspatronin keine Mühe macht, ihre militärische Ausrichtung zu verbergen. Die Korvette hat einen grob keilförmigen Aufbau, der links und rechts riesige, röhrenförmige Waffensysteme mittels eines Querträgers angesetzt hat. Die gewaltigen Disruptoren, deren zerstörerische Strahlung durch die Auslagerung vom Rumpf des Schiffes ferngehalten wird.

Captain Dubois geht langsam zurück in Richtung ihres Kommandosessels, da fängt sie der Erste Offizier ab. Commander Jae Park, ein hochgewachsener Koreaner, wendet sich leise an sie. „Captain, geht es Ihnen gut?" Ihm ist aufgefallen wie bleich die Kommandantin ist. „Park von der Darc" ist ein Wortspiel, das die Crew hinter seinem Rücken zu gerne macht, wie er weiß. Dubois räuspert sich. „Natürlich geht es mir gut, Mister Park", sagt sie lauter, als es erforderlich wäre. „Bringen Sie uns bis auf tausend Kilometer ran. Relativer Stillstand. Wir sehen uns das genauer an. Und bereiten Sie ein Droiden-Außenteam unter Ihrem Kommando vor." „Ja Ma'am", bestätigt Park. Und an die Navigatorin gewandt, „Fähnrich, Kreiselkurs beibehalten. Volles Bremsmanöver, auf tausend Kilometer Äqui-Distanz im rechten Winkel zur Längsachse!" Damit wird sich die Darc in einem klassischen Manöver an der Steuer- oder Backbordseite des Fremdschiffes positionieren. Sie wird ihren Restschub dazu verwenden, konstant parallel neben dem sich langsam bewegenden Fremdschiff bleiben. Ein typisches Manöver, das den Vorteil bietet, dass die Hauptdisruptoren der Darc damit im Falle eines Falles reichlich Zielfläche zur Verfügung haben.

„Sie haben die Conn, Mister Park. Ich bin in meinem Quartier", erklärt Dubois mit belegter Stimme. „Captain verlässt die Brücke", meldet die KI über die Deckenlautsprecher. „Aye, Aye Captain", bestätigt Park. Der mitgenommene Zustand seiner Kommandantin ist ihm nicht entgangen.

„Mister Arkay, sind wir sicher, dass es ein Siedlerschiff war oder jedenfalls eines für den Stasetransport vieler Passagiere?" Der OPS-

Offizier macht ein ratloses Gesicht. „Die Scans würden das nahelegen, Sir. Aber ohne an Bord gewesen zu sein und genauer zu wissen, was in den Kapseln ist oder besser war, ist das noch nicht mit Sicherheit zu sagen." Park nickt. „Mister Demark, Schiff-zu-Schiff! Wir wollen uns vorsichtshalber anmelden. Nur für den Fall, dass man sich da nur totstellt." Kurz darauf beginnt der Erste Offizier seine Ansprache, die er von der Mitte der Brücke hält. „Fremdes Schiff. Hier spricht der kommandierende Offizier vom Dienst Jae Park des Föderationsschiffes Jeanne D'Arc, …" Der Funkspruch wird unbeantwortet bleiben.

05:39 Uhr, Mittwoch, 29.09.2238 Greenwich-Erdzeit

13:44 Uhr, 05.03.101 Bordzeit EFS Jeanne D'Arc

45 Lichtjahre von der Erde, 50 km neben dem unbekannten Schiff

Captain Dubois

Die Jeanne D'Arc hat nur 50 Kilometer vom fremden Schiff entfernt Position bezogen. Commander Park geht im Zentrum der Brücke unruhig vor dem leeren Kommandantenplatz auf und ab. Der Hauptbildschirm von der Größe einer kleinen Kinoleinwand zeigt das von Sonden eingefangene und elektronisch aufgehellte Bild des fremden Schiffes. Ein stumpfgrauer, zigarrenförmiger Leib. Langgestreckt und mit offensichtlich kleineren Schäden, die wohl auf Meteoriteneinwirkung zurückzuführen sind. Fähnrich Lavera sitzt mit dem Rücken zum Commander. In der Position des Officer of the Deck ist er für die Sicherheit des Schiffes zuständig und kontrolliert an einem der Universalarbeitsplätze gerade die Außenhülle der Darc. Eine Sonde, die um das eigene Schiff herumfliegt, übermittelt ihm die Außenansicht auf einem Bildschirm. Er sieht das Schiff von vorn, wie es der Sonde ihre beiden Disruptorausleger mit den Abstrahlöffnungen entgegenstreckt, sieht das raketenartige Logo der Space Navy im Ährenkranz auf der oberen Stirnfläche des keilartigen Rumpfs des Schiffes. Deutlich sind darunter die Schriftzüge EARTH FEDERATION SPACE NAVY und noch tiefer EFS JEANNE D'ARC zu erkennen. Die Sensoren der Sonde bestätigen, was auch die internen Sensoren des Schiffes zeigen. Dass keinerlei Beschädigungen vorhanden sind. Das kompakte Kriegsschiff, das die Darc darstellt, ist in Bestform. Commander Park sieht sich um. An den Konsolen sitzt die Belegschaft der Beta-Wache und geht gleichmütig ihrer Tätigkeit nach. Der ein oder andere wirft hin und wieder mal einen Blick auf den Hauptschirm. An der OPS-Station wird immer noch gescannt. Es geht insbesondere darum, biologische Signaturen zu entlarven. Sei es von doch noch verborgenen Lebensformen oder von Mikroorganismen, die einem späteren Außenteam gefährlich werden könnten. Park seufzt. Captain Dubois hat ein maximales Sicherheitsprotokoll mit unzähligen vorbereitenden Scans angeordnet, bevor erst einmal das Droiden-Außenteam wirklich ausgeschleust wird. Es kommt ihm übertrieben vor, dieses treibende Wrack solchen mehrfachen Sicherheitsprozeduren zu unterziehen. Diskret stellt er über sein elektronisches Hirnimplantat eine Verbindung zum einfach KI genannten Hauptrechner der Darc her. „Hat der Captain mittlerweile ihr Quartier verlassen?" Die Anfrage geht gedanklich und lautlos an Parks Implantat und von dort an die KI. Er erhält sofort die Antwort, dass das nicht der Fall ist. Er seufzt. Wie er schon befürchtet hat, scheint die Konfrontation mit einer Art von Siedlerschiff den Captain stark emotional belastet zu haben. Oder besser die anstehende neuerliche Konfrontation mit Stase- oder anderweitigen Überlebenskapseln, in denen eben niemand überlebt hat. Er tritt an den Officer of the Deck heran. „Alles in Ordnung, Mister Lavera?" Der bestätigt sofort. „Haben Sie ein Auge auf mein Schiff, Mister. Ich werde … für einen Augenblick die Brücke verlassen und etwas mit dem Captain besprechen."

„Aye Sir."

„Und noch etwas, Mister Lavera. Ihr Versetzungsgesuch wieder zurück auf die Moondreamer, das war doch ein Witz, oder?"

Lavera sieht den Commander erstaunt an. „Nein Sir. Natürlich nicht. Wenn sich die Gelegenheit ergibt, möchte ich in der Tat wieder zurück. Ich habe die Big M ja nur verlassen…", er zögert. „Nun ja, wegen eines Missverständnisses mit dem Admiral." Big M, das gebräuchliche Kürzel für das legendäre Schiff Moondreamer. Park nickt. „Richtig, ich habe davon gehört. Er hat Ihre Freizeituniform oder wie man das nennen soll übelgenommen, oder?" Lavera macht eine ausweichende Kopfbewegung. „Übel genommen ist eigentlich nicht das richtige Wort. Admiral Brander wirkte kurzzeitig eher … verwirrt von meiner Uniform." Park grinst schief. „Hat schon etwas für sich, in der Freizeit entweder Uniform oder Zivil zu tragen, Mister Lavera."

„Natürlich Commander. Allerdings bin ich Mitglied bei der Church of Star Trek und da sind wir angehalten, in der Freizeit…", beginnt er, doch Park unterbricht ihn. „In Klamotten aus einer uralten Fernsehserie rumzulaufen, ich weiß."

„Bei allem Respekt, Sir. Die Darc ist ein erstklassiges Schiff und wir haben sehr spannende Aufklärungsaufgaben. Und außer diesem Fähnrich Toleman, dem Rudergänger, macht auch niemand Witze über meinen Glauben. Aber auf dem legendären Schiff zu dienen, das die Föderation sozusagen gegründet hat, der Big M eben, das ist natürlich eine Nummer für sich." Park schüttelt den Kopf.

„Aber die Moondreamer wird doch von Commander Saskia Petrova meist nahe der Erde geparkt und darauf warten, dass der Admiral sein sozusagen privates Schiff einmal braucht. Nichts mehr mit spannenden Missionen, denke ich."

„Aye. Der Admiral hat die Moondreamer nach dem Refit weiter zur Verfügung. Aber ich denke, das Schiff wird weitere Missionen bekommen, auch unter Petrova."

Park seufzt. „Kann schon sein. Obwohl ich gehört habe, das Oberkommando soll das Schiff bald erst einmal gewissermaßen sezieren wollen. Und die Crew verhören. Von wegen Regelverstöße von Brander." Lavera kichert bei der Bemerkung. „Wenn Sie mir die kesse Bemerkung verzeihen, Sir. Admiral Brander ist ein einziger Regelverstoß. Ein lebender Bruch der Dienstvorschrift vom Scheitel bis zur Sohle sozusagen. Aber er hat mir privat versichert, dass er nichts gegen meine … Freizeituniform hat, wie Sie es nennen." Park nickt. „Nun gut Mister Lavera. Jeder ist seines Glückes Schmied. Und nehmen Sie das mit Fähnrich Toleman nicht zu ernst. Der macht über alles schräge Witze."

Park geht in Richtung des Ausgangs der Brücke. „Lieutenant Wilkins, Sie haben die Conn", erklärt er in Richtung der Taktischen Konsole. „Kommandant verlässt die Brücke", schallt es von der KI aus den Deckenlautsprechern.

Captain Dubois empfängt den Commander in ihrem Quartier. Es ist deutlich größer als ein normales Offiziersquartier auf der Darc, aber immer noch eine Nummer kleiner als sein Gegenstück auf einer Moondreamer-Klasse Fregatte, wie Park wieder mal wieder feststellt. Denn Park kennt die Fregatte Siegfried dieser Klasse noch von einer früheren Dienstzeit her. Die Siegfried, die seit dem Nanitenkrieg verschollen ist, lange nach Parks Dienst dort.

In Dubois' Quartier ist alles untergebracht. Ein Schreibtisch mit Arbeitsstation, eine Sofaecke und im hinteren Teil und sogar das Bett mit einem Durchgang in die Nasszelle. Die ausfahrbare Paravent-ähnliche Wand ist nur teilweise hervorgezogen und lässt den Blick auf ein mittelmäßig gemachtes Bett frei. Dubois ist ziemlich aufgelöst. Die Haare durcheinander und das Gesicht etwas bleich.

„Nimm Platz, Jae." Dubois deutet auf das Sofa. Park setzt sich.

„Jessica. Ich habe den Eindruck, dass dir diese Sache mit dem Schiff sehr nahe gegangen ist." Die vertrauliche gegenseitige Anrede, die der Captain und ihr Erster Offizier für die Augenblicke reserviert haben, bei denen niemand anders zugegen ist, bringt sie dazu, jedwede Maske fallen zu lassen. Sie sinkt förmlich auf dem Sofa in sich zusammen. „Gut…", beginnt sie zögerlich. „Ich hatte gehofft, nie wieder mit dysfunktionalen Stase- oder Kryokisten oder irgendetwas in der Art konfrontiert zu werden. Nach der Sache mit der Horizon Starferry habe ich in der Hinsicht wirklich genug. Sie versucht ein entschuldigendes Lächeln. „Ich erinnere mich gut an den Tag", gibt Park düster von sich. Er weiß alles nur zu gut, wie wohl jeder auf der Darc. Die Horizon Starferry, ein Siedlerschiff, das von einem religiösen Kult dank der Spende eines sympathisierenden Milliardärs gekauft worden war. Ein umgebauter Frachter. Alles sauber gemacht und für eine Gesamtzahl von einhundert Seelen zugelassen. Der Kult hatte sich in der Tradition von Heaven's Gate gesehen. Einer Sekte, die kurz vor dem Jahr 2000 Massenselbstmord begangen hatte, um vergeistigt ein angebliches Ufo ins Paradies besteigen zu können. Nun, der Star-Horizon genannte Nachfolgekult des Jahres 2236 war wesentlich praktischer veranlagt. Ein als Siedlerschiff umgebauter Frachter sollte etwa dreihundert Kultisten wirklich ins All bringen, um dort ein spirituelles Paradies zu finden. Eine verlassene Installation einer Mormonengruppe, die auf einem Stein- und Sandplaneten mit dünner Atmosphäre an der Wasserversorgung gescheitert und längst wieder nach Utah zurückgekehrt war, war das Ziel der Horizon Starferry. Man hatte sogar einen Plan gehabt, wie man es besser als die Mormonen machen würde. Mit dem zu vierhundert Licht fähigen Frachter hätte die Reise nur ein halbes Jahr Bordzeit dauern sollen. Nur etwa vier Tage gesehen vom Normalraum aus, denn wie alle Föderationsschiffe hätte auch der private Frachter die Zeitflussabweichung im Plus-100 Universum für sich positiv ausgenutzt. Die Kultisten hatten sich entschieden, die Zeit nicht in Stasekapseln zu verbringen. Nein, man hatte genug Stahlbarren als Grundstoff für die atomaren Manipulatoren mitgenommen, so dass genug Wasser und Nahrung hätten hergestellt werden können. Man wollte über sequenziertem Brot, Wasser und Wein fasten und beten, während im Normalraum nur ein paar Tage vergangen wären. Auch normale Nahrung wäre natürlich aus dem Manipulator kommen. Man wollte sozusagen eine Auszeit für Gott nehmen. Doch dann war eine andere Auszeit über das Schiff hereingebrochen. Die durch die zu hohe Passagierzahl überlastete Energieversorgung war zusammengebrochen. Einhundertfünfzig

Lichtjahre von der Erde entfernt trieb die Horizon durch den Plus-100 Hyperraum. Ohne Energie, als nach ein paar Tagen die Batterien leer waren. Nach Erdzeit waren es nur neun Tage gewesen, bis die Jeanne D'Arc das Siedlerschiff gefunden hatte. Aber nach der Bordzeit der Horizon waren 900 Tage vergangen. Als das Außenteam der Darc an Bord der Horizon kam, die dunkel und tot durch den Hyperraum trieb, war es kein schöner Anblick, den das Außenteam vorfand. Die Horizon hatte sich in ein Totenschiff verwandelt. Und der Übergang vom Leben zum Tod war alles andere als leicht gewesen. Ein Umstand, der umso schrecklicher war, als dass viele Kinder an Bord gewesen waren. Kühlräume, in denen die spärlich mitgenommenen echten Lebensmittel von der Erde untergebracht waren, waren mit regelrechten Barrikaden versehen worden. Hier fand man mumifizierte Leichen in dem dunklen Schiff. Erhellt nur von den Handstrahlern des Außenteams der Darc lagen sie in allen möglichen Zuständen in den Überresten der schnell errichteten Barrikaden. Die Resthitze der Triebwerke war im Schiff lange genug präsent gewesen, um die Kälte des Raumes aufzuhalten. Und um es zu ermöglichen, im entstandenen Chaos an zahlreichen Verletzungen oder am Hunger zu sterben. Die Manipulatoren waren in der Verzweiflung der Leute sogar aufgebrochen und ausgeweidet worden. Ein völlig sinnloses Unterfangen, denn ohne Energieversorgung ist nichts Essbares in ihnen enthalten. Aber im Hungerwahn hatten die Leute diese Verzweiflungstaten begangen. Ganze Familien waren in verschlossenen Kabinen gefunden worden, eng aneinander geschlungen und durch die Schwerelosigkeit treibend. Niemand hatte an tragbare Notfallgeneratoren gedacht. Dabei stand eine solche Technologie zur Verfügung. Praktisch unendlich konnten solche Generatoren ein höheres Kontinuum anzapfen, um das Energiegefälle zwischen Einsteinraum und dem fremden Raum zur Energieerzeugung zu nutzen. Genau wie die normalen Triebwerke ihren Energieanteil für die Energie- und Antienergie-Reaktion bezogen. Solange die Hauptenergie von den Triebwerken zur Verfügung stand, hatte keine Notwendigkeit für solche Nebenaggregate bestanden. Wie bitter notwendig sie im Falle eines kaskadischen Systemversagens war, hatten Passagiere und Besatzung der Horizon später erfahren. Als Captain Dubois an Bord gekommen war, waren gerade die wenigen Stasekapseln entdeckt worden, die das Siedlerschiff an Bord hatte. Nun verfügten diese Wunderwerke der Technik über eine eigene Energieversorgung. Eben das war ja das große Energiewunder des späten 21. Jahrhunderts gewesen, als die Firma TTT mit ihrem charismatischen Gründer Alexandre Gerad die sogenannte XU-Technologie eingeführt hatte. XU wie Extra-Universal. Ein höheres Kontinuum konnte zwecks Energiegewinnung einfach angesaugt werden; selbst in einer kleinen Stasekapsel. Nur, dass die verzweifelten Leute der Horizon diese XU-Generatoren der Kapseln leider an das kollabierende Bordnetz ihres Schiffes angeschlossen hatten. So waren die Generatoren durchgebrannt, wie auch alle anderen an Bord des untergangsgeweihten Schiffes. Die wenigen Stasekapseln, Schneewittchensärgen nicht unähnlich, waren mit Tüchern abgedeckt worden. Wer immer sie dort auch hingetan hatte. Captain Dubois hatte höchstselbst das erste angehoben. Was sie darunter gesehen hatte, durch die beschlagene, transparente Scheibe, hatte sie erstarren lassen. Die Gestalt war einmal ein Mensch gewesen. Ob Mann oder Frau war nicht mehr erkennbar. Was auch immer mit dem Stasefeld geschehen sein mochte, war hinterher vom Chefingenieur der Darc gemutmaßt worden.

Niemand hatte ihm wirklich zuhören wollen. Irgendetwas wie fluktuierende Molekülbewegungen durch ein kollabierendes Stasefeld. Am Ende hatte irgendetwas, das grob Richtung Mensch ging, von innen verzweifelt gegen den durchsichtigen Deckel gedrückt, als der Tod endlich gekommen war. Der Mensch in der Kiste war wie aus grauem Material und teilweise fraktalartig verzerrt. Als sei er in seiner Molekülstruktur komplett durchgeschüttelt oder nach irgendwelchen magnetfeldartigen Phänomenen verzerrt worden. Auch Commander Park wird den Anblick nie wieder in seinem Leben vergessen. Aber Captain Dubois hatte es so mitgenommen, dass sie danach recht viele Therapiesitzungen benötigt hatte.

Dubois sieht ihn lange an. „Wir sind auch nicht die Richtigen, um diese Sache zu untersuchen", gibt sie zögerlich von sich. „Ich meine, wir sind ein Patrouillenschiff. Unser Dauerauftrag ist, besondere Phänomene zu untersuchen. Wenn es keine militärische Bedrohung gibt, geben wir den Fall an andere Schiffe weiter. Die Moondreamer-Klasse hat natürlich viel bessere Labore als unser kleines Schiff. Von richtigen Wissenschaftsschiffen ganz zu schweigen." Die Miene des Captains hat sich merklich aufgehellt. Doch Parks Gesichtsausdruck ist ein ganz anderer. „Nun, ich denke, wir sollten… die Sache noch etwas untersuchen. Scans allein können nicht ganz ausschließen, dass nicht doch noch etwas nachkommen könnte…"

Er unterbricht sich, als Dubois aufsteht und sich ihre Uniform strafft. „Natürlich, Commander, natürlich. Ich setze mein volles Vertrauen in Sie. Lassen Sie OPS noch scannen, bis sich Tactial und der Officer of the Deck einig sind, dass wir in Punkto Sicherheit im

Bilde sind. Dann stellen Sie ein Außenteam zusammen und verschaffen sich Klarheit, Commander. Erst Droiden, dann Crew."

„Natürlich Captain." Park ist klar, dass er entlassen ist. Draußen auf dem Flur ist er erleichtert, das Gespräch hinter sich gebracht zu haben. „Scannen wir den leeren, toten Kahn eben noch ein fünftes Mal", murmelt er vor sich hin. Zurück auf der Brücke sieht ihn ein weiblicher Fähnrich, der im Zentrum der Brücke steht, erwartungsvoll an.

„Sie haben die Conn, Mister Kaiser", erklärt er der braunhaarigen Frau und setzt sich auf den Kommandoplatz im hinteren Teil der Brücke. Wie in der Flotte üblich verwendet er die Anrede Mister auch für weibliche Crewmitglieder. Plötzlich piept etwas penetrant an der OPS-Konsole rechts auf der Kommandobrücke. Die OPS-Offizierin der Beta-Wache, eine jung aussehende Frau mit blondem Bürstenhaarschnitt, schreckt förmlich auf ihrem Sitz hoch, als gleich darauf Alarm aufheult. Die Alarmleuchten über dem Doppelschott und rechts und links neben dem Hauptbildschirm leuchten gelb auf. Sofort verstummt der Alarm wieder, während die Lampen weiter gelb aufblinken.

„Eine… winzige Energiefluktuation im Zentrum des fremden Schiffes. Deck dreizehn, Sir."

„Wie winzig, Fähnrich?" Park ist aufgestanden und geht auf die OPS-Konsole zu. OPS-Offizierin-vom-Dienst Aston läuft rot an. „Sehr winzig Sir, eher Taschenlampenstärke, wenn Sie den Vergleich entschuldigen." Park grinst säuerlich. „Nun, wenn wir aggressive Luminos oder durchgedrehte Grey-Fraktionen treffen, dann läuft hier alles sehr professionell. Aber sowie wir ein praktisch totes Wrack im Raum antreffen, dann muss ich mir…"

Sein Satz bleibt unvollendet, als sich das Doppelschott der Brücke öffnet und Captain Dubois mit rotem Kopf sehr aufgeregt hereinstürmt. „Commander! Bericht!"

Die Besprechung der Stabsoffiziere im brückennahen Stabsbesprechungsraum verläuft zäh. Offenkundig drängt Captain Dubois nun doch darauf, die Untersuchung des Schiffes möglichst schnell und möglichst per Scan abzuschließen. Sie will schnell an ein anderes Schiff zur detaillierten Erforschung übergeben. „Captain. Ich denke, es handelt sich hier um eine herausragende Entdeckung. Ich meine", stockt OPS-Offizier Arkay, „es handelt sich vermutlich um ein Siedlerschiff oder etwas in der Art. Jedenfalls eines, wo Passagiere oder Crew lange Zeit in Stase- oder Schlafkapseln eingelagert waren.

„Das wissen wir, Lieutenant", winkt der Captain ab. „Und...", fährt Arkay fort, „das Schiff könnte von einer uns unbekannten Spezies stammen. Es wäre faszinierend und für die Föderation vermutlich wichtig, den Ursprung des Schiffes zu kennen."

„Und der Kurs des Schiffes kommt direkt aus dem galaktischen Leerraum aus Richtung der Andromeda-Galaxis", hilft die Navigatorin Lieutenant Jamison aus. Captain Dubois wirft ihr einen missbilligenden Blick zu. „Mister Arkay, wie alt ist das unbekannte Schiff nach unseren Scans?" Der OPS-Offizier räuspert sich. „Bei der Distanz lässt sich das nicht präzise feststellen, aber zwischen 250 und 1000 Jahre ist eine grobe Abschätzung, Captain." Dubois nickt befriedigt. „Dann ist es unwahrscheinlich, dass es aus Andromeda kommt. Denn bei der Kometengeschwindigkeit des

Wracks hätten auch hunderte Millionen von Jahren nicht genügt, um hier anzukommen. Eher Milliarden Jahre, wenn ich das überschlage. Abermilliarden ehrlich gesagt." Commander Park räuspert sich. Er sieht in die Runde. „Also, das Schiff ist sicherlich aus unserer Galaxis gekommen und hat nur einen bogenförmigen Kurs durch den Leerraum genommen. Oder einen Zickzack-Kurs. Vor ein paar Jahrhunderten ist es dann wegen einer Störung oder warum auch immer in den Normalraum zurückgekehrt und treibt seither durch den Raum." Er pausiert. „Ich denke, nach dem vorhin erfolgten Abschluss der Scans wäre wie von Ihnen bereits vorgeschlagen, zunächst eine Sichtung durch Droiden sinnvoll. Dadurch könnten wir auf der Brücke hier einen guten Eindruck vom Inneren des Schiffes gewinnen. Materialproben würden entnommen, das Alter genauer bestimmt und dann entschieden, ob ein Crew-Außenteam an Bord geht. Interessant ist sicher auch, ob und wieso es Proxima Centauri anfliegen wollte. Wegen der alten Ancient-Navybasis dort vielleicht?" Arkays Miene hellt sich deutlich auf und er nickt. Captain Dubois holt tief Luft. „Natürlich Commander, ich verlasse mich darauf, dass Sie das … durchführen und mir Bericht erstatten." Schnell ist die Versammlung beendet und noch in der Tür hört Commander Park deutlich, wie Arkay und Jamison etwas von „Es müsste doch selbstverständlich sein, da ein Außenteam rüberzuschicken" flüstern. Als sich Park auch zum Gehen wenden will, hält ihn Captain Dubois zurück. „Commander, auf ein Wort."

Kurze Zeit später windet sich Park unangenehm berührt auf einem der bequemen Stühle am Besprechungstisch.

„Hat er das wirklich gesagt?"

„Ja Mister Park. Chief Petty Officer Berkin hat zwar vermieden, Sie namentlich zu nennen. Aber seine Andeutungen waren doch verständlich genug. Ein männlicher Führungsoffizier, der Probleme mit den Vorschriften hinsichtlich der privaten Frachtstücke im Offiziers-Privatlagerraum hätte. Erst auf meine Nachfrage hin hat er präzisiert, dass es um Reiswein und koreanischen Kohl ging. Was die Anzahl der Verdächtigen ziemlich eingeschränkt hat."

Park räuspert sich. „Kim-Chi. Gut, da wird er mich meinen."

Dubois grinst schief. „Er deutete noch mehr Güter an, die regelwidrig behandelt worden wären, wollte aber nicht ins Detail gehen."

„Gut Captain, ich werde mit Berkin reden."

„Und wenn Sie schon dabei sind, machen Sie Berkin klar, dass ich als Skipper dieser Korvette nicht unbedingt mit so geringen Problemen behelligt werden will. Allerdings war dieser Berkin doch so insistierend, dass ich mich gezwungen sah, dieses Gespräch mit Ihnen führen zu müssen, Mister Park."

Park räuspert sich. Der Kontrast zu sonst vertraulichen Gesprächen zwischen ihm und dem Captain fällt ihm deutlich auf. Er erhebt sich, als es auch Dubois tut. „Natürlich, ich werde das mit dem Chief lösen, Captain."

Commander Park

Es sind keine drei Minuten, in denen Commander Park nicht gerade bester Laune vom Stabsbesprechungsraum auf Deck Vier zu seinem Quartier auf demselben Deck geht, als Roter Alarm durch den Korridor und das ganze Schiff gellt. Zwar wird die nervtötende Sirene nach dreimaligem Erklingen abgeschaltet, aber die grellroten Lampen überall an den Wänden verheißen nichts Gutes. Dann erklingt „Eindringlingsalarm" von den Deckenlautsprechern. Eine Meldung, die Park auch schon über sein Implantat erhalten hat. Es sind die dazu gelieferten Bilder vom Eindringling, die ihn in höchste Alarmstimmung versetzen. Als er Augenblicke später zusammen mit anderen Offizieren durch das geöffnete Schott der Brücke läuft, findet gerade der Austausch der Offiziere vom Dienst der gerade aktuellen Gammawache mit der sogenannten Vollcrew statt. So dass die jeweiligen Sektionschefs ihre Stationen einnehmen. Captain Dubois ist bereits da. Der große Hauptschirm zeigt den Eindringling in der Perspektive einer Deckenkamera. „Was zur Hölle ist das, oder besser: wer?", entfährt es gerade Dubois, als Park zu ihr hastet. Mit rotem Kopf bleibt er neben ihr stehen und sieht auf das Bild. Es zeigt klar erkennbar eine junge Frau, deren kurze, blonde Haare zu einem durchgestylten Bubikopf frisiert sind und die ein langes blaues Kleid trägt. Eines, das tief ausgeschnitten ist, so dass die Deckenkameras immer wieder einen entsprechenden Blick in den Ausschnitt gewähren. Das sehr luftige, lange Kleid hat außerdem einen sehr langen Schlitz, so dass ein wohlgeformtes nacktes Bein immer wieder zu sehen ist. Die junge Frau ist außerdem barfuß und sieht immer wieder nervös auf die roten Alarmleuchten an den Korridorwänden.

„Äh… Captain. Ich glaube, ich muss da etwas erklären." Captain Dubois' Kopf fährt ruckartig zu ihrem Ersten Offizier herum. "Immer noch keine Lebenszeichen von ihr feststellbar!", ruft Lieutenant Arkay von der OPS-Konsole aus. „Kampfdroiden ausgeschleust, nähern sich Position!", schallt es von der Taktik, wo Lieutenant-Commander Debora Lee den Eindruck macht, die Sache persönlich zu nehmen. Rot genug ist ihr Gesicht jedenfalls angelaufen.

„Nicht schießen! Sie ist harmlos!", ruft Commander Park und wirft seiner Kollegin an der Taktik einen förmlich flehenden Blick zu. „Keine Besucher auf Schiff verzeichnet", ist plötzlich eine sich leicht überschlagene Stimme zu hören. Alle drehen sich zu Fähnrich Lavera um, der in einer rot-schwarzen, pyjamaähnlichen Fantasieuniform auf der Brücke steht. Der Officer-of-the-Deck, der für die Sicherheit des Schiffes unter Führung der Taktischen Offizierin zuständig ist, läuft rot an. „Das haben wir uns gedacht, Fähnrich", entgegnet Captain Dubois scharf. „Gehen Sie in Ihr Quartier und wechseln sie in eine reguläre Uniform, Mister!" Lavera bestätigt zackig und verlässt die Brücke.

„Alarm aufheben, es besteht keine Gefahr!", verkündet unterdessen Commander Park lauthals. Mittlerweile hat sich die Frau auf dem Hauptschirm den Deckenkameras zugewandt. Im perspektivisch verzerrten Weitwinkelbild erscheinen ihr Kopf und ihr tiefer Ausschnitt übergroß.

„Hallo! Ist da jemand? Also, wenn ich der Grund für den Alarm sein sollte, dann kann er aufgehoben werden. Ich bin völlig harmlos." Captain Dubois atmet tief durch und wirft ihrem Ersten Offizier einen kurzen Seitenblick zu. Der will etwas sagen, wird allerdings durch ein energisches „Schweigen Sie!" zum

Verstummen gebracht. „Security auf die Brücke?", fragt die Taktische Offizierin, wird allerdings von allen ignoriert. Captain Dubois wendet sich direkt an das übergroße Bild der attraktiven blonden Frau.

„Wer sind Sie und was tun Sie auf meinem Schiff? Hier spricht der Captain." Die kurzhaarige Frau auf dem Bildschirm lächelt unsicher in die Deckenkamera. „Also, ich bin…", sie zögert, „das Eigentum von Commander Park." Alle Köpfe gehen zu Park herum, der sofort einen noch röteren Kopf bekommt als er ohnehin schon hatte und laut vernehmlich schluckt.

Captain Dubois

Captain Dubois geht durch den backbord gelegenen Durchgang in den kleinen Bereitschaftsraum des Captains. Commander Park folgt ihr schnell und bemüht sich, das Getuschel der restlichen Brückencrew zu ignorieren. Unterdessen hastet ein Lieutenant Junior-Grade auf die Brücke, der die Taktische Offizierin an ihrer Konsole ablöst, die ihrerseits auf dem Kommandantensitz platznimmt. „Lieutenant-Commander Lee hat das Kommando", tönt die emotionslose Stimme des Bordrechners von der Decke. Im Bereitschaftsraum setzt sich Dubois nicht an ihren Schreibtisch, sondern bleibt vor einem großen Monitor stehen, der als Gegenstück zum Hauptschirm auf der Brücke ein künstlich aufgehelltes Bild des fremden Schiffes zeigt.

„Commander Park, wir haben eigentlich schon genug Probleme." Sie zeigt auf die düstere Silhouette des tot im Raum treibenden Schiffes. „Und da ärgern Sie nicht nur den Lager-Chief mit nicht richtig deklariertem Reiswein und sonstigem Zeug, sondern schmuggeln auch noch einen Sex-Droiden an Bord meines Schiffes?"

Park schluckt. „Nun, Selina war…", beginnt er, doch er wird sofort unterbrochen.

„Wer, Commander?"

„Selina. Meine … Begleiterin."

Captain Dubois ist so wütend, dass sie buchstäblich mit dem Fuß aufstampft. „Sie reden hier von einem verdammten Sex-Androiden, Mister!" Doch Park sieht ihr fest in die Augen. „Selina… ist kein einfacher Androide. Ihr Programm ist verändert!" Jetzt bekommt Dubois große Augen.

„Herrgott Mann, wollen Sie unbedingt zum Fähnrich degradiert werden oder was ist das hier für ein Zirkus? Wenn das so weiter geht, schieben Sie bald Nachtschicht bei Terra Control. Und zwar ohne Sexdroiden, wenn Sie verstehen, was ich meine."

„Jawohl Ma'am. Aber…"

"Aber was?"

„Wie gesagt, Ma'am, Selina ist kein Sex-Droide, sondern ein ihrer selbst bewusstes Lebewesen. Nur eines aus Chips und Kabeln und nicht aus Fleisch und Nerven wie…"

Dubois entgeisterter Blick bringt Park zum Verstummen.

„Was ist denn *Selinas* Funktion in ihrem Quartier, Commander? Und gnade Ihnen Gott, wenn Sie mir jetzt von irgendwelchen Grundstellungen berichten." Sie spricht den Namen des Androiden sehr eigenartig betont aus.

Park muss schlucken. „Sie ist… als Haushaltsroboter deklariert, Ma'am. Und nach Dienstvorschrift ist es erlaubt, private Haushaltsroboter mit an Bord zu bringen. Jedenfalls für Stabsoffiziere."

„Ach, und braucht ihr Haushaltsroboter blau lackierte Fußnägel, einen Schlitz im Kleid und Gott-weiß-noch-was, um Ihr Quartier sauberzuhalten, Mister?"

Park macht eine hilflose Handbewegung. „Also… Selina… ist meine Partnerin, Captain. Sie… hat modifizierte Software und eine eigene Persönlichkeit, die längst die Parameter ihrer ursprünglichen Programmierung durch *Space Origin* verlassen hat."

Dubois hält ihre Rechte an ihre Nasenwurzel. „Ich bin ja schon froh, dass Sie ein geschmackvolles Modell von Space Origin genommen haben und nicht diese in manchen Staaten der Föderation verbotenen Schulmädchenmodelle aus Asien, die ich neulich irgendwo in den Nachrichten gesehen habe."

„Natürlich nicht!", stößt Park hervor. Dubois schüttelt den Kopf und lacht humorlos. „Ein vierbeiniger Freund mit Echtfell über seinen Schaltkreisen wäre noch besser gewesen. Jedenfalls für Ihre Personalakte." Sie geht auf ihren Ersten Offizier zu. „Park. Sie wollen mir also ernsthaft erklären, dass Sie einerseits einen falsch deklarierten Sexroboter an Bord geschmuggelt haben und dass Sie zweitens auch noch illegale Softwareupgrades geladen haben. Die ein sentientes Wesen aus Ihrem Sexroboter gemacht haben? Mit einer empfindungsfähigen Persönlichkeit?"

„Genau Ma'am. Und wenn Selina ein Sexroboter ist, dann ist es auch jede Freundin und jede…", beginnt er, doch er wird durch erneut aufheulenden Alarm jäh unterbrochen. Diesmal ist es gelber Alarm, der an den Alarmlampen aufleuchtet.

„Noch ein…?", beginnt Dubois, doch Park schüttelt energisch den Kopf.

„Ein Funksignal!", stößt Park hervor, der die entsprechende Meldung über sein Implantat bekommen hat. Dubois, die kein Hirnimplantat aufweist, geht sofort auf die Brücke, ohne den Commander weiter zu beachten.

„Selina, wo bist du?", fragt Park über sein Hirnimplantat. Eine Antwort bekommt er nicht. Sicherlich wird Selina in der Arrestzelle oder einem ähnlich abgeschirmten Bereich sitzen, wird ihm klar. Er folgt der Kapitänin auf die Brücke. Der Alarm verstummt, auch wenn die gelben Leuchten weiter pulsieren. „Immer noch unvollständig“, schallt es von der Com-Station und Park weiß mittlerweile, dass ein unvollständiger Funkspruch von dem scheinbar toten Schiff aufgefangen worden ist. Das Format der Sendung entspricht dem Ancient-Rufprotokoll. Auch die Struktur der Datenpakete, wie sie moderne Navyschiffe der Menschheit verschicken, ist immer noch darauf basierend. Der Inhalt der Funksendung ist in der Ancientsprache in dieser kombinierten Text- und Sprachnachricht, wie Park informiert wird.

„Geben Sie mir, was Sie haben, Mister Demark!“, befiehlt Dubois. Ein zögerliches „Aye, Ma'am“ ist von ihm zu vernehmen. Der schlanke Mann mit leicht grünlicher Haut und einem Haarzopf asiatischer Art kommt dem sofort nach. Eine tief modulierte, jetzt allerdings Englisch sprechende Stimme ist über die Frontlautsprecher auf der Brücke zu hören. Parallel dazu erscheint der Text auf dem Hauptbildschirm.

…erbitten… … …. unbekannt… … … bedrohlich… …. Krankheiten…

„Ein tertiärer Computer auf dem offenbar zentralen Mitteldeck des fremden Schiffes hat sich eingeschaltet. Offenbar eine teildefekte Notstromversorgung!“, ergänzt Arkay von der OPS-Station. Dubois seufzt. „Keine weiteren Energiesignaturen, Mister Arkay?“

„Nein Ma'am, keine.“ Wieder ein tiefes Luftholen des Captains. „Mister Park, sind Sie in der Lage, sich auf die Leitung der Außenmission zu konzentrieren? Erst Droiden, danach…“, beginnt sie zögerlich, wird jedoch vom Kommunikationsoffizier unterbrochen, kaum dass der Rest der Brückencrew Captain und ersten Offizier angesichts der merkwürdigen Formulierung erstaunt ansehen.

„Ma'am, die Sicherheit meldet ein Problem mit dem Gefangenen. Oder der Gefangenen oder was auch immer das ist", meldet der Kommunikationsoffizier unsicher. Die grüne Haut des Fähnrichs, die auf genetische Modifizierung oder wenigstens nachträgliche Hinzufügung von Chlorophyll in die Haut des jungen Mannes schließen lässt, verfärbt sich noch etwas dunkler. Offensichtlich ist ihm das, was er über den Vorfall bereits weiß, ziemlich unangenehm. Captain Dubois reagiert sichtlich ungehalten und dreht sich kurz zu Commander Park um. „Was für ein Problem, Fähnrich?", fragt sie lauter als notwendig.

„Die… Androidin… verlangt Commander Park zu sprechen, Ma'am. Offensichtlich stellt sie die Forderung in einer solchen Lautstärke, dass die Security um Anweisungen bittet. Sie schlagen das Absaugen der Atmosphäre vor, da eine Androidin ja keine Luft benötigt." Commander Park schluckt deutlich hörbar. Captain Dubois dreht sich mit funkelnden Augen zu ihm um. „Sie rühren sich keinen Millimeter von der Brücke, Mister Park, aber wir besprechen das Ganze gleich noch einmal in meinem Bereitschaftsraum. Wenn wir mit der unwichtigen Sache eines plötzlich zum Leben erwachten Alien-Schiffes fertig sind, das uns in der Aufarbeitung ihrer mechanischen Beziehungsprobleme stört." Ihre Stimme trieft nur so von Sarkasmus. „Ja Ma'am", gibt Park ziemlich kleinlaut von sich. Deborah Lee von der Taktik und Sandy Jamison von der Nav-Konsole blicken mit einem ziemlich undefinierbaren Blick auf den Commander, der den Eindruck vermittelt, im Boden der Brücke versinken zu wollen.

„Commander Lee, Sie leiten die Exkursionen zum fremden Schiff." Die Taktische Offizierin bestätigt das Kommando mit einem energischen „Aye Captain!", während Dubois in der Mitte der Brücke steht und ein Mitglied der Brückencrew nach dem anderen beobachtet. Die wiederum alle plötzlich einen sehr geschäftigen Eindruck machen und schnell ihre Konsolen besonders ins Augenmerk nehmen. „Informieren Sie mich über Änderungen. Commander Lee, Sie haben die Conn!". Der Bordcomputer bestätigt die Kommandoübergabe an Lt.-Commander Lee über die Deckenlautsprecher. Als der Captain und der Erste Offizier den an die Brücke angeschlossenen Bereitschaftsraum des Captains betreten, klingt das angefügte „Captain verlässt die Brücke" für Commander Park wenig verheißungsvoll. Ein Lieutenant kommt Augenblicke darauf förmlich auf die Brücke gelaufen und löst Lt.-Commander Lee an der Taktik ab, während sie den Platz in der Mitte der Brücke einnimmt.

„Befehl an Fähnrich Lavera, ein Zwölferteam Droiden und das Shuttle fertig zu machen", ergeht sofort Lees Befehl. „Lieutenant Arkay, bereiten Sie die Standardprogrammierung für eine Erkundungsmission vor."

Zum sofortigen „Aye Ma'am" von Arkay hört man kaum Lees gemurmeltes „Wollen doch mal sehen, ob dieses Schiff noch wie eine Navykorvette geführt werden kann." Und an den Kommunikationsoffizier gewandt: „Neue Statusmeldung absetzen. Lassen wir die Sache mit der Androidin erst einmal weg."

Commander Park ist erleichtert, dass kein „Geschrei" zu hören ist, von dem vorher die Rede war, als er und der Captain in dem Verhörzimmer des Zellentrakts des Schiffes warten. Park bleibt stehen, als sich der Captain setzt. „Setzen Sie sich, Park", gibt sie mit einem süffisanten Grinsen von sich.

„Captain. Das ist mir alles sehr unangenehm. Sehen Sie, das Problem war, dass Selina nach meinem Mod wirklich eine Persönlichkeit entwickelt hat…"

„Und Sie nicht ohne sie ausgekommen sind?", hakt Dubois nach, die die ganze Angelegenheit mittlerweile eher amüsiert als ärgerlich betrachtet.

„Nein!", erwidert Park ungewöhnlich scharf, dass sie ihn überrascht ansieht. „Selina hatte… eine Art Nervenzusammenbruch. Wollte kaum, dass ich noch das Haus verlasse. Sie ist … vor drei Wochen etwa… wirklich wie ein Mensch geworden, Captain. Und zwar wie einer, der seine erwachende echte Gefühlswelt nicht richtig kontrollieren kann. Sie hat mich angefleht, sie auf diese Mission mitzunehmen. Die Idee, sie als Hausroboter zu deklarieren, war von ihr. Sie hat da sowieso was los in Sachen Computer und Sicherheitsprotokolle."

Dubois kneift die Augen zusammen. „Sie machen mir den Eindruck, Park, als würden Sie einen Gewerkschaftsbeistand gebrauchen können. Denn jedes dritte Wort, das Sie von sich geben, klingt nach einer neuerlichen Verletzung der Dienstvorschrift."

Der Commander setzt sich. „Es war… mehr Interesse an der Technik. Diese neue KI-Generation von Space Origin, die die KIs von TTT übertreffen soll. Sogar die. Und schnell war so ein Ding bestellt.“

Dubois kneift die Lippen zusammen. „Teurer als eine Wärmflasche fürs Bett ist sie sicher.“ Doch Park schüttelt energisch den Kopf. „Nicht deswegen. Aber nachdem sie die zugegebenermaßen verbotenen Upgrades hatte, da hat sich…“

Dubois gluckst. „Sage ich doch. Sie brauchen für jeden Satz einen Gewerkschafter. Oder einen Rechtsanwalt. Ist nicht dieser Chief Petterson unser Gewerkschaftsvertreter an Bord? *Flottencrew-Verband* nennen die sich, glaube ich.“

Park ignoriert den Einwurf des Captains. „Danach hat sich erst eine Beziehung zwischen uns ergeben.“ Park hebt den Kopf und sieht seiner Kommandantin in die Augen. „Und ja, als ich den Eindruck hatte, etwas wie einen Menschen, nur mit einem künstlich erzeugten Körper vor mir zu haben, da bin ich das erste Mal mit ihr…“

Der Satz wird unterbrochen, als sich die Tür zum Verhörzimmer öffnet. Zwei Leute von der Security, mit den weißen Waffengurten über dunkelblauen Flottenoveralls treten ein. Dahinter die Androidin, die immer noch ihr hochgeschlitztes, langes, blaues Kleid trägt. Zwei weitere Securityleute dahinter. Gegen die etwa 1,60-Meter große, zierliche Frau wirken die stämmigen Securityleute wie eine völlige Übertreibung. Am Ende betritt Fähnrich Lavera, der Officer of the Deck der *Darc* und Sicherheitschef unter Lt.-Commander Lee, den kleinen Raum. Alle außer Park und Dubois stehen. Die Androidin, mit ihrem feingeschnittenen, faltenlosen und sehr weiblichen Gesicht verströmt einen sehr starken Parfümgeruch in dem kleinen Raum und bringt es fertig, einen zerknirschten Gesichtsausdruck aufzusetzen. Sie sieht zu Boden.

„Also das ist…"

„Captain!", unterbricht die Androidin Dubois plötzlich mit lauter Stimme. „Ich bitte vielmals um Verzeihung, aber…"

„Selina!", will Park scharf dazwischen gehen, doch die Androidin redet weiter.

„… aber ich möchte Sie respektvoll bitten, mich als Mensch zur Kenntnis zu nehmen, Captain. Und nicht als seelenlose Maschine, denn ich versichere Ihnen…"

„Ruhe!", stößt Dubois hervor. Verblüfft sehen sie alle an. Inklusive der Androidin. Captain Dubois erhebt sich. „Selina. Das ist doch Ihr Name, oder?" Sie sieht die Androidin direkt an. *Als ob sie eine Animierdame in einer besseren Bar in Terrania City wäre, so sieht sie aus,* kommt Dubois in den Kopf.

„Ja Captain."

„Und sind Sie eine Gefahr für mich und das Schiff?"

Die Androidin zögert keinen Augenblick. „Nein. Ich wollte mir nur die Füße vertreten, weil ich ein bisschen einen Zimmerkoller in dem kleinen Quartier bekommen habe und…"

„Alle wegtreten. Nur … Selina bleibt hier", gibt Dubois plötzlich laut von sich.

„Aber Ma'am!", protestiert Lavera. „Die Körperkräfte von Androiden sind…"

„Wegtreten, Fähnrich. Und der ganze Rest auch!", kommandiert Dubois und sieht dabei auch Commander Park auffordernd an. Als die Tür noch nicht ganz zu ist, wendet sich Dubois an die zurückbleibende Androidin.

„Sie wollen sicherlich kein Sparring mit mir versuchen, oder?"

„Nein Captain", gibt die Androidin laut und klar von sich.

„Ihre chemischen Kampfstoffe wirken ja auch eher bei den Herren auf diesem Schiff." Die Androidin sieht sie kurz verwirrt an, lächelt dann aber. „Ah ja, verstehe." Dubois schmunzelt.

„Setzen Sie sich, Selina."

Sich bedankend nimmt die blonde Androidin Platz.

„Ich weiß nicht, ob Sie empfindungsfähig sind oder nicht. Soweit ich weiß, ist das ein schwieriges Feld. Immer noch, seit all der langen Zeit, in der Menschen Künstliche Intelligenz erschaffen. Denn wenn ich das recht verstehe, haben Sie und andere wie Sie immer noch neuronale Netze, die sich im Prinzip selbst programmieren. Im Gegensatz zum menschlichen Hirn kann man da nicht so einfach Regionen finden, die etwa das Gefühlszentrum sind."

Die Androidin namens Selina nickt. „Richtig, Captain. Ich selbst kann nicht beweisen, dass ich Gefühle habe oder meiner selbst bewusst bin. Ich weiß nur, dass beides zutrifft. Jedenfalls seit den drei Upgrades, die mir Commander Park gegeben hat."

Dubois nickt. „Wie sehen Sie ihn?"

Selinas sehr menschlicher Gesichtsausdruck zeigt Verwirrung. „Nun", beginnt sie unschlüssig. „Er ist ein sehr…"

„Nein. Mit einem Wort. Beschreiben Sie das Verhältnis zu Ihnen mit einem einzigen Wort. Ein Nomen bitte."

Selina nickt. „Besitzer", kommt ihr leise über die Lippen. Dubois seufzt. „Sehen Sie, das ist das, was mich bei der ganzen Sache stört. Sie sehen wie eine Frau aus. Wirken wie eine sympathische und intelligente junge Frau. Wenn auch wie eine, auf die ihre Geschlechtsgenossinnen, die echten meine ich, schnell eifersüchtig werden können. Parfümwolke, perfekte Figur, perfekt sitzende Frisur."

„Und deswegen stehen Sie mir kritisch gegenüber?"

„Unbewusst vielleicht", bestätigt Dubois.

„Aber das sollten Sie nicht mir zum Vorwurf machen. Ich bin so geschaffen worden und finde mich jetzt in dieser Situation wieder. Das System ist es, das…"

„Wollen Sie frei sein, Selina?" Dubois sieht ihr Gegenüber erwartungsvoll an.

„Nun… nein. Man hat mir wohl das Bedürfnis einprogrammiert, zu meinem Käufer gehören zu wollen. So furchtbar diese Worte für einen Menschen auch klingen mögen."

Dubois schüttelt den Kopf und greift sich an die Stirn. „Sehen Sie, das ist diese ganze *Merde*, die die Herren der Schöpfung geschaffen haben. Haben sich Sexdroiden gebaut und so widerwärtig das auch ist, dann machen sie diese auch noch intelligent. Irgendwelche Hacker. Sicherlich auch Männer. Und wo landen wir dann?" Selina sieht den Captain hilflos an. „Am Ende landet man bei psychisch abhängig gemachten, empfindungsfähigen Menschen in künstlichen Körpern. Der blanke Horror. Und deswegen ja auch strafbar. Der Teil mit dem empfindungsfähig machen jedenfalls."

Selina nickt. „Gut, aber das ändert nichts daran, dass ich wie ein Mensch fühle und an der ganzen Sache keine Schuld trage. Und ich liebe Jae. Commander Park."

„Weil es Ihnen einprogrammiert wurde", legt Dubois nahe. „Nein", widerspricht Selina energisch. „Echte Gefühle hatte ich doch gar nicht, als ich bei Space Origin aus der Fabrik gekommen bin. Ich habe sie nur simuliert durch Programmierung. Erst durch die Upgrades haben sich echte Gefühle entwickelt."

Dubois seufzt. „Computer! Fähnrich Lavera und Commander Park rufen. Der Rest der Musketiere kann draußen bleiben." Zum Bestätigungston der KI treten Lavera und Park wieder ein.

„Fähnrich Lavera!", Dubois strafft ihr dunkelblaues Uniformhemd. „Sie verschaffen der Androidin namens Selina hier einen Status als Gast an Bord. Ich überlasse es Ihrer Kreativität, wie Sie sie in die Datenbank bekommen. Vermutete sentiente KI. Unbekanntes intelligentes Leben. Irgendetwas wird Ihnen schon einfallen." Lavera sieht verdutzt drein, bestätigt aber mit einem zögerlichen „Zu Befehl, Ma'am." Selina strahlt förmlich über das ganze Gesicht. „Und Commander Park. Sie erhalten von mir einen schweren dienstlichen Verweis. Das Schiff in einer Krisenzeit durch private Verstrickungen und Verstöße gegen elementare Regeln in Gefahr gebracht zu haben. Aber das wird das Oberkommando und vielleicht ein Militärgericht entscheiden. Solange Sie noch Commander sind, erwarte ich, dass Sie anständig Ihren Dienst versehen." Sie sieht Park scharf an, der sofort mit fast zu viel militärischem Drill bestätigt.

Süffisant lächelnd sieht sie auf die blonde Androidin. „Und sofern unser Gast hier kein eigenes Quartier beantragt, kann sie gerne auch bei Ihnen wohnen, Mister Park." Den geflüsterten Dank von Park schneidet sie mit einer Handbewegung ab. „Jetzt lassen Sie uns nach der Drei-Kilometer-Konservendose da draußen im All gucken, wo wir unsere Beziehungskisten alle geregelt haben." Alle gehen zurück zum Treppenhaus, das sie vom Deck 3 auf das Brückendeck 4 bringen wird. „Selina. Sie begleiten mich bitte auf die Brücke. Wenn Sie möchten. Die Meinung einer KI kann ja nie schaden. Einer sentienten, meine ich." Die blonde Androidin strahlt über das ganze Gesicht. „Eher ein Mensch als eine Maschine.

Zu ihrer Ehrenrettung", flüstert Dubois in Richtung ihres Ersten Offiziers."

„Commander, Bericht!", fordert Dubois von Lee, als sie die Brücke betritt. Sofort zieht Selina neugierige Blicke auf sich, die allerdings unkommentiert bleiben. Längst ist der Captain über ihren Kommunikator, der im Navysymbol an der Uniform integriert ist, informiert worden, dass das Shuttle wenige Meter neben dem Fremdschiff zur Ruhe gekommen ist und die Droiden bereits übergesetzt haben. „Wir haben eine Schleuse gefunden, die einfach zu öffnen war, Captain. Innen ist eine Sauerstoffatmosphäre, aber zu dünn für Menschen und natürlich keine Schwerkraft", erklärt die Taktische Offizierin, die immer noch das Manöver leitet. „Keine weitere Information in dem vom Fremdschiff gesendeten Nachrichtenstrom. Keine Reaktion auf unseren Ruf", meldet die Kommunikation. Auf dem Hauptbildschirm sieht man Scheinwerferlicht in einem dunklen Korridor an grauen Wänden mit verschlossenen Luken entlang huschen. Obwohl es streng genommen die Kopflampen der Androiden sind. Auf einem kleineren Bildschirm links sieht man das Außenteam vom hinteren Droiden aus gesehen. Deutlich erkennt man, dass die durch den Korridor schwebenden Roboter keinen Unterkörper haben, sondern nur einen stählernen Oberkörper von grob menschlicher Form. Auf ihrer stahlglänzenden Haut ist deutlich das Logo der Navy, blau auf weißem Grund zu erkennen mit dem Schiffsnamen *EFS Jeanne D'Arc* und dessen Registriernummer CV-118 darunter, die die *Darc* als achtzehntes Schiff ihrer *America*-Klasse kennzeichnet. „Ziel ist dieser Neben-Rechnerraum, wo der Computer erwacht ist", erläutert Lt.-Commander Lee. Dubois nickt.

„Kommen sie zwischendurch auch an den Schlafkammern vorbei?"

„Ja Ma'am", einer der großen Kapsel-Säle liegt auf dem Weg. Sie sieht auf ihr Pult. „In T minus 2-50 sind wir da." Erwartungsvolle Stille herrscht auf der Brücke. Dubois sieht sich nach Selina um, die neben ihr steht und ebenso den Kopf erhoben hat, um das flackernde Live-Bild von dem fremden Schiff zu beobachten.

„Ich denke, Sie haben wenig mit den Stahlkameraden da im Bild gemein, oder?" Selina schenkt der Kapitänin ein dankbares Lächeln.

„Man könnte meine Software sicher auch in einen solchen Köper laden. Aber schön fände ich es nicht." Dubois nickt.

„Wir stehen jetzt vor dem Schott zu einem der Säle", meldet Lee. Dubois holt tief Luft. „Dann auf mit dem Schott!"

Androiden-Außenteam, Fremdes Schiff

Die Androiden gehen durch den riesigen Saal, der mehrere Stockwerke hoch ist. Flackernd werden die Kapseln beschienen, die abgerundet sind wie riesige Pillen und ein transparentes Oberteil haben, während die Basis undurchsichtig hellblau ist. Eine Art Haltearm hält jeweils achtundvierzig dieser Kapseln, die sich bis unter das Hallendach erstrecken, wie Lee informiert. Unzählige der Halterungen stehen rechts und links in der Halle nebeneinander. Der vordere Droid, dessen Sicht auf den Hauptbildschirm projiziert wird, geht auf eine der unteren Kapseln zu. Flackernd spiegelt sich das Licht in der transparenten Oberfläche.

„Was empfinden Sie bei dem Anblick, Selina?" Auch Commander Park tritt jetzt heran. Die Androidin sieht den Captain an. „Besorgnis. Basierend auf einer ähnlichen Routine, wie sie auch Menschen haben. Stellt man fest, dass anderen Böses widerfahren ist, sorgt man sich, dass es auch einen selbst treffen könnte." Die Lampe kann das fleckige Äußere des transparenten Kunststoffs, um den es sich laut Scan handelt, nicht durchdringen. Es wirkt so, als sei das Beschlagene und Schmutzige innen an der Kapsel. Was die Sache nicht besser macht.

„Aber den selben Horror empfinden Sie nicht?"

„Nein. Meine Gefühle sind nur ähnlich denen der Menschen. Nicht identisch. Aber ich empfinde Mitleid mit empfindungsfähigen Wesen, denen ein unverdienter Tod so widerfahren ist." Dubois nickt. „Geht der Scan der Kapsel auch an Doktor Schneider?" Lt.-Commander Lee bestätigt sofort. „Live-Stream mit allen Sensordaten an die Krankenstation Ma'am." Die Krankenstation lässt nicht lange auf sich warten. „Doktor Schneider hier, Captain", tönt es bald von einem rechten Bildschirm vorne an der Stirnwand der Brücke. Das Gesicht des leicht korpulenten Bordarztes der *Darc* erscheint. Der junge Mann hat einen strubbeligen Haarwuchs und kratzt sich gerade im Gesicht herum. Das tut er ziemlich oft, wird Dubois in diesem Augenblick klar.

„Ich sehe eindeutig organische Reste. Es sieht mir nach einer Art aufgelösten humanoiden Gestalt von vielleicht einen Meter Fünfzig aus, Captain. Schwer zu sagen, bei dem Zustand. Selbst die Skelettstruktur ist aufgelöst."

„Was meinen Sie mit aufgelöst, Doktor? Aufgelöst durch die Verwesung?" Der Doktor verzieht sein Gesicht, als litte er Schmerzen und kratzt sich an der Nase. Was durch sein riesiges Abbild in der Kommandozentrale halbwegs verstörend wirkt. Insbesondere, da es wieder und wieder erforderlich ist.

„Nein Captain. Eher so, als… als sei das Wesen in der Kapsel schon vorher verflüssigt worden. In eine Art Gelee oder was auch immer. Bevor es dann in der Kapsel langsam eingetrocknet ist über die Jahrhunderte und gewissermaßen am Boden festgeklebt ist."

Man hört deutlich, wie das ein oder andere Mitglied der Brückencrew einen Ausruf des Erstaunens von sich gibt. Selina macht unterdessen den Eindruck, etwas sagen zu wollen. Commander Park macht eine Geste in ihre Richtung, die sie auffordert, ruhig etwas zu sagen.

„Captain, wenn ich darf?" Dubois sieht die Androidin erstaunt an.

„Nur zu, nur zu!"

„Nun Captain. Ich denke der Doktor hat da eine leichte Pilzinfektion im Gesicht. Meine medizinische Datenbank verrät, dass ein einfaches Medikament helfen könnte." Deutlich sieht man die weit aufgerissenen Augen des Doktors auf dem Schirm. Commander Park fasst sich an die Stirn.

„Äh danke, Selina."

„Gehen Sie noch einmal zurück!" Captain Dubois stößt es förmlich an Lee gerichtet hervor. Ratlose Blicke begegnen ihr. „Da rechts. Direkt neben der … dritten Kapselsäule da." Lt.-Commander Lee nickt. „Übernehme Direktsteuerung eines Droiden." Kaum hat sie es gesagt, lässt sie sich auch schon in ihrem Stuhl an der taktischen Konsole zurücksinken. Aus ihrer Rückenlehne fährt automatisch die kleine Haube des Mind-Readers aus. "Stelle Link her", erklärt sie. Sofort baut ihr Implantat eine Verbindung zu dem führenden Droiden auf dem fremden Schiff auf. Sie sieht durch die elektronischen Augen der Maschine. Sieht das beschlagene, transparente Material der Kapseln vor sich, als stünde sie selbst dort. Sie bewegt sich weg von dort. In die grobe Richtung, wo der Captain glaubte, etwas gesehen zu haben. Schwebt gut zwanzig Meter weg von den anderen Droiden. Antigravaggregat und Gravitondüsen stellen sicher, dass so ein Droide sogar in einer Umgebung mit Gravitation wie den Föderationsschiffen oder einem Planeten frei schweben könnte. Hier in dem kalten, gravitationslosen Geisterschiff ist das ohnehin kein Problem. Obwohl Lt.-Commander Lee in dieser Verschaltung mit dem Droiden kaum ihren eigenen Körper wahrnimmt, fühlt sie so etwas wie ein Prickeln im Nacken. Denn unbewusst empfindet sie so, als würde sie sich selbst in diesem dunklen Schiff von der Gruppe der anderen Droiden wegbewegen. Urinstinkte wollen ihr signalisieren, dass es eine schlechte Idee ist, sich in diesem toten Schiff mit seinen sargähnlichen Kapseln von der Gruppe in die Dunkelheit zu entfernen. In diesem Augenblick sieht sie etwas. Etwas bewegt sich dort neben einer der Kapselsäulen, wenn man die einzeln an den stählernen Vertikalhaltern befestigten Kapseln so nennen kann. Da sieht sie es genauer. Es ist eine Art Tau, das dort aufgehängt ist. Jemand oder irgendetwas hat es an der fünften Kapsel von unten gezählt befestigt und es schwebt im Wind. Wind? Lee schaltet schnell die entsprechenden Sensoren des Droiden zu. In der Tat, da ist ein Luftzug feststellbar, der quer durch die Halle läuft. Sie sieht sich das Tau genau an und weiß, dass das Bild ihrer Kameraaugen auf dem Hauptschirm von der Brückencrew der *Darc* gesehen werden wird. Sie fragt sich, wer oder was das Tau hier befestigt hat. Vor Jahrhunderten offenbar. Eine genauere Zeitabschätzung wird man aufgrund der von den Droiden genommenen Materialproben bald noch erhalten. Sie schwebt ein paar Meter weiter. Sucht mit dem von ihr ferngesteuerten Droiden die Umgebung um das Tau ab. Dann bleibt sie abrupt stehen – oder besser gesagt der von ihr ferngesteuerte Droide. Er verzögert so schnell, dass seine Gravitondüsen Gegenschub geben müssen. Denn da liegt etwas auf dem Boden. Direkt neben einer der Kapseln und teilweise eingeklemmt im Zwischenraum zwischen Kapselboden und Hallenboden. Ein Leichnam, wird ihr im selben Augenblick klar. Sie fühlt sich, als würde sie erstarren, obwohl das im Körper des Droiden natürlich wenig Auswirkungen hat. Die Leiche ist grob humanoid und hilfreich eingeblendete Maßangaben zeigen ihr sofort, dass die Höhe des Wesens weniger als ein Meter Fünfzig war. Der Kopf ist im Wesentlichen humanoid, jedoch sind es drei Augen, die das Wesen in der Stirn hat. Die Nase ist deutlich flacher und breiter als bei einem Menschen. Allerdings ist es schwer zu sagen, was davon natürlicher Zustand oder eben durch Verwesung und Vertrocknung ausgelöst ist. Füße und Hände waren eher schwammartig, wie es scheint. Hat diese Rasse statt der menschlichen filigranen Finger vielleicht eher eine verformbare, weiche Flosse? Arme und Beine sind jedenfalls in der üblichen Zahl vorhanden. Kleidungsreste sind an dem Wesen feststellbar, die aber mit der Haut zu einem grauen Modder geworden sind. Bizarr ist ein gekreuztes Geflecht aus stählernen oder silbernen Ketten, die trotz der langen Zeit im Licht der Schweinwerfer des Droiden glänzen. Irgendwelche kleinen Figuren oder Skulpturen sind immer wieder an den Kreuzungspunkten der dünnen Ketten befestigt. Auch in der geistigen Verschränkung mit dem Droiden hört Lt.-Commander Lee das Raunen, das durch die Brückencrew der *Darc* geht. Lee lässt den Droidenkörper noch mehrere Scans unternehmen, dann kappt sie die Verbindung. Sie bekommt noch mit, wie Doktor Schneider etwas davon sagt, dass die Leiche perfekt zu den Überresten in den Kapseln passen würde. „Ich würde gerne da rüber gehen, Captain. Persönlich, meine ich. Ich habe seit dem Nanitenkrieg keine Implantate mehr und mit dieser *Friseurhaube* habe ich schon immer Schwierigkeiten gehabt, unsere virtuelle Umgebung zu benutzen. Geschweige denn, mit stählernen Schwebemonstern eine geistige Verschmelzung zu haben." Captain Dubois winkt ab. „Später, Doktor. Später. Erst einmal sehen wir uns den Rechner an, der uns erfolglos versucht etwas mitzuteilen. Irgendwo im Bauch dieses Kolosses." Sie wendet sich an den OPS-Offizier. „Mister Arkay, wieso war die Leiche nicht in den Scans zu sehen?" Der türkische Offizier räuspert sich. „Ma'am, ich vermute Interferenzen irgendeiner Art. Soweit ich die Scans vom Droiden analysiert habe, scheint die Legierung dieser Plaketten an der Leiche störende Mineralien zu enthalten."

Lt.-Commander Lee macht auf sich aufmerksam. „Captain, wir sollten vielleicht dem Grund für den Luftzug nachgehen, den die Sensoren meines Droiden aufgefangen haben." Doch Dubois schüttelt über Lees Vorschlag den Kopf. „Später Mister Lee, später. So ein Wrack hat sicher noch irgendwo minimale Wärmequellen und Undichtigkeiten, die dann irgendwo einen Luftzug erzeugen. Atmosphäre hat das Wrack ja noch genug."

Lee befiehlt ihrem Androiden über die VR-Verbindung, schnell einen Rundblick durchzuführen. Als er herumschwenkt und sein Helmscheinwerfer seinen Lichtstrahl ins Dunkel der riesigen Halle wie eine gebündelte Lanze aus Licht wirft, da scheint er für einen Sekundenbruchteil etwas wie eine Öffnung hinten an der Wand zu beleuchten. Es ist schlecht zu erkennen, weil der Strahl von stählerner Oberfläche reflektiert wird. In dem Schattenspiel glaubt Lee etwas wie eine aus dem Boden ragende Lanze zu sehen, auf der etwas oben befestigt ist. Etwas, das ihr wie ein Klumpen vorkommt. Ein Klumpen mit einem Kopf vielleicht. Sie kann es nicht genau erkennen. Sie hat es nur aus den Augenwinkeln heraus gesehen, in einer Wiedergabe voller Reflektionen, die im Bild der Kopfkamera des Droiden blaue Lichtspiegelungen produziert hat. Stirnrunzelnd lässt sie per Gedankenbefehl das Bild zurücklaufen und macht ein Standbild. Aber nein, mehr als ein waagerechter, dunkler Strich mit irgendeinem Klumpen oder Sack oben dran befestigt – oder aufgespießt – ist nicht zu erkennen.

„Fokussieren Sie den Droiden auf die Leiche!", befiehlt Captain Dubois, die ungeduldig wird. Lee lässt den Droiden über ihre Mind-Reader – Verbindung auf den Toten am Boden schauen, so dass alle das Bild auf dem Hauptbildschirm sehen können.

Dubois wendet sich an die neben ihr stehende Androidin. „Selina, was denken Sie, was die Bedeutung dieser merkwürdigen Bindung war, die wir an der Leiche eben gesehen haben?" Und an den Kommunikationsoffizier gerichtet: „Mister Demark, legen Sie ein Standbild von der Leiche auf einen der Sekundärbildschirme." Es dauert nur einen Augenblick, bis man ein sehr deutliches Bild des mumifizierten Aliens mit seiner merkwürdigen Kettenbindung sieht. Dubois beobachtet die Androidin neben sich aufmerksam, die wiederum einen Gesichtsausdruck von höchstem Interesse zeigt. "Nun Captain, wie Sie sehen können, behindert diese

Bindung nicht die Extremitäten. Sie dient vermutlich nur zu dekorativen Zwecken, vielleicht verbunden mit einer rituellen Bedeutung." Dubois zieht eine Augenbraue hoch. „Ein Abheben in kulturellen Kontext, Selina? Ohne dass wir etwas von der Kultur dieser Wesen wissen?" Dubois mustert die Androidin kritisch, die immer noch ihr geschlitztes blaues Kleid trägt und barfuß ist. In einer verlegen wirkenden Geste berührt ihr rechter Fuß den linken, als sie die kritische Musterung der Kapitänin bemerkt. Dubois fällt der helle, rosa Nagellack auf den Zehen und auch Fingernägeln Selinas auf.

„Äh… sagen Sie. Hatten Sie vorhin nicht blauen Nagellack?" Wieder gehen zahlreiche Köpfe zu der Androidin herum und Commander Park kratzt sich verlegen am Kopf.

„Es ist in der Spec des Originalkörpers, den ich hier nun mal bewohne, dass ich die Nagelfarbe verändern kann, Ma'am. Wie auch die Haarfarbe." Dubois grinst Commander Park an, der sehr rot angelaufen ist, als die Attribute seiner Partnerin hier diskutiert werden. „Entschuldige Selina, ich wollte Sie nicht in Verlegenheit bringen. Es ist sicherlich ein Feature, um das Sie viele Geschlechtsgenossinnen beneiden." Dubois stutzt kurz. „Wenn Geschlechtsgenossinnen das richtige Wort ist." Unterdessen ist auf dem Hauptschirm zu sehen, wie sich Droiden in einem auch sehr kargen und düsteren Gang einer massiven Doppeltür nähern.

„Der Computerraum mit dem Signal ist hier ganz in der Nähe, Ma'am. Nur noch durch eine weitere Tür hinter einem kleinen Treppenhaus, dann sind wir da", meldet OPS-Offizier Arkay. Dubois nickt. Man sieht, wie die Droiden mit ihren Greifarmen eine Klappe neben dem Doppelschott öffnen und ein Handrad betätigen, das sich allerdings sehr schnell dreht. Es fällt auf, dass hier praktisch dieselbe Technik wie auf Föderationsschiffen verwendet wird. Lt.-Commander Lee baut wieder eine Verbindung zu den Droiden auf. Genau gesagt dem am Handrad.

„Wenn Sie auf das Bild von der Leiche sehen, Captain, dann erkennen Sie die zahlreichen kleinen Amulette, die dort an den Kreuzungspunkten der Ketten befestigt sind." Selina streckt ihren Arm aus und zeigt auf den rechten Seitenbildschirm. Dubois fällt auf, wie zart und perfekt gebaut ihr Arm ist. Sexandroidin eben, denkt sie.

„Nun, Plaketten sind es zumindest", gesteht Dubois zu.

„Von den sechsundzwanzig Plaketten zeigen tatsächlich dreizehn eine Variation einer Art gefesselten Mannes. Oder wenigstens einer Figur, die auf uns Menschen eher männlich wirkt. Das ist die größte Motivgruppe unter den Amuletten." Dubois kneift die Augen zusammen und bemüht sich, dem Fingerzeig zu folgen. „Also, ich erkenne da nichts." Selina lächelt. „Die Auflösung des Bildschirms ist ganz hervorragend. Die *America*-Klasse ist da gut dreimal so detailliert wie die alte *Moondreamer*-Klasse. Ich habe mir die Specs heruntergeladen, bevor ich an Bord gekommen bin." Dubois macht ein verblüfftes Gesicht. „Hoffentlich nur die frei verfügbaren Specs."

„Natürlich, Captain."

Aber ich bezweifele, dass unsere Brücken-Spec allgemein verfügbar ist, denkt sie. *Selbst der genaue Aufbau der Brücke ist es ja schon nicht.*

„Mister Arkay, können Sie mir entsprechende Ausschnittsvergrößerungen auf die Formbildschirme legen? Gerne direkt vor mich projiziert." Arkay macht einen etwas hilflosen Gesichtsausdruck. „Gerne, Ma'am." Dann sieht man ihn etwas zerstreut länger auf Bildschirmen mit den Fingern drücken und schieben und der ein oder andere Fehlerton macht klar, dass die Tätigkeit nicht von Erfolg gekrönt ist. „Entschuldigung, Captain. Seit ich kein Naniteninterface mehr habe…", beginnt er, wird aber von Dubois unterbrochen. „Natürlich, Mister Arkay. Seit dem Nanitenkrieg, der ebenso schnell wieder vorbei war, wie er angefangen hat, sind wir alle noch dabei uns umzugewöhnen. Sofern wir nicht so technologisch risikofreudig wie Mister Park hier sind, der ein konventionelles Implantat verwendet." Rudergänger Toleman schmunzelt deutlich hörbar beim Begriff „technologisch risikofreudig", was ihm einen wütenden Blick von Park einträgt.

„Verwende Friseurh… ich meine *Mind-Reader*, Ma'am", gibt Arkay an und geht auf seinem Sessel in eine halb liegende Position, woraufhin eine kleine Vorrichtung aus der Lehne des Sessels klappt, die sich an einem Arm über das Oberteil seines Kopfes legt. Während das noch passiert, materialisieren schon diverse Formenergiebildschirme mit den entsprechenden Amulettdarstellungen vor der Kapitänin.

„Das ging ja schnell, Mister Arkay", wundert sich Dubois. Zu ihrer Verblüffung räuspert sich die Androidin neben ihr. „Ich verfüge über diverse Multimedia-Apparaturen. Da habe ich schnell die Bilder projiziert", gibt sie trocken von sich und zeigt mit ihrer schlanken Hand auf einen der Bildschirme. Er zeigt eine grob erkennbare Gestalt, die scheinbar auf einer Art Tisch liegt und massive Fesselbänder um die Taille und die Fuß- und Handgelenke trägt. „Ich vermute eine fast schon fetischisierte Fesselung wie bei der japanischen Shibari-Technik, Captain. Allerdings scheint die dargestellte, gefesselte Mannesfigur als eine Art Gott angebetet zu werden." Sie deutet auf einen anderen Formenergiebildschirm, auf dem die liegende, festgebundene Gestalt mehrere kniende Humanoide um sich hat auf dem dargestellten Amulett, deren Armhaltung sehr rituell oder eben betend erscheint.

„Was für eine japanische Technik soll das sein, die Sie da erwähnen?", fragt Dubois ehrlich interessiert und merkt, dass Commander Park das Kunststück fertig bekommt, noch dunkler anzulaufen.

„Eine rituelle und fetischisierte Fesselung der japanisch-patriarchalischen Gesellschaft, Ma'am. Ursprünglich vielleicht als demütigende Fesselung für Gefangene entstanden und später endgültig fetischisiert zu sexu…", beginnt Selina, doch Park schneidet ihr mit einem lauten „Selina!" das Wort ab.

„Ah… genug der Details", bemerkt Dubois. Irgendwo kichert jemand auf der Brücke. Vorne an Navigation oder Ruder, wie es klingt. Unterdessen sind die Droiden durch das störende Schott durchgedrungen und gehen durch ein simples Treppenhaus, das einen Treppenlauf sowohl in ein höheres wie auch in ein niedrigeres Stockwerk hat. Es war etwas Schweißen und Gewalt erforderlich, um das vorherige Schott zu öffnen. Die Droiden gehen gezielt auf ein kleineres Doppelschott zu.

„Commander Park. Sie scheinen in der letzten Zeit ohnehin von Ihrer neuen Aufgabe ganz eingenommen zu sein. Besorgen Sie unserem Gast doch bitte einen neutralen Bord-Overall und auch Schuhe, Mister Park." Ein „natürlich Captain" stammelnd entfernt sich der Erste Offizier schnell von der Brücke, begleitet von Tuscheln vorne an Navigation und Ruder.

„Und unser Schiff steht immer noch still, relativ zum Fremdschiff, Mister Jamison?", erkundigt sich Dubois überflüssigerweise bei der Navigatorin. „Natürlich Ma'am." Lieutenant Jamison räuspert sich. „Position überprüft und stabil, Captain!" Mittlerweile haben die Droiden auch das kleinere Doppelschott geöffnet. Im Schein ihrer Kopfscheinwerfer sieht man einen vollgestopften Serverraum, der auch nicht anders aussieht als ein solcher in einem Föderationsschiff. Jedenfalls wenn man davon absieht, dass einzelne schubladenartige Komponenten der Großrechneranlage eine ovale Form haben. Aber auch sie sind wie auf Erdenschiffen fein säuberlich übereinandergestapelt. Alles ist tot, doch die Droiden folgen einem Signal, das ihr Scan erfasst hat, wie eine kleine Einblendung auf dem Hauptbildschirm der *Darc* zeigt. „Gleich sind wir am aktiven Rechner", bemerkt Lt.-Commander Lee. Als die Droiden um eine Ecke biegen in diesem mit Serverschränken vollgestellten Rechnerraum, sieht man auch sofort das Ziel ihres Scans. Ein schwaches Betriebslicht brennt an einer einzigen ovalen Einheit in dem Rechnerschrank. Eine weitere Einheit ein paar Einheiten darunter glimmt gelegentlich schwach. Ein wilder Kabelwust legt nah, dass hier jemand eine Art Notstromversorgung gebaut hat. Ein Haufen grauer Kleidung scheint zu einem Haufen vor dem Rechnerschrank aufgetürmt zu sein und die provisorischen Kabel dorthinein zu verlaufen. Das Gewirr der um einen Fuß des Rechnerschranks gewundenen Kabeln hält das Bündel in der Schwerelosigkeit etwa eine Handbreit über dem Boden.

„Was ist in dem Bündel da über dem Boden?" Captain Dubois spricht die offensichtliche Frage aus, die alle haben. An der Taktischen Konsole drückt Lt.-Commander Lee, der die Führung des robotischen Außenteams obliegt, einen Knopf auf einem Touchscreen und spricht dann leise in ein Mikrophon. Sofort bewegt sich einer der Droiden auf das Kleiderbündel zu. Grauer, schmutziger Stoff kommt im flackernden Scheinwerferlicht in Großaufnahme auf den Hauptbildschirm der Brücke. Man sieht die stahlblitzende robotische Hand des Droiden nach dem Bündel greifen und es vorsichtig auseinanderziehen. Was dann auf dem Schirm zu sehen ist, lässt alle auf der Brücke vor Schreck die Luft anhalten.

16:41 Uhr, Mittwoch, 29.09.2238 Greenwich-Erdzeit

00:46 Uhr, 06.03.101 Bordzeit EFS Jeanne D'Arc

Commander Park

Commander Park lässt sich Zeit für das Holen einer Borduniform für Selina, seine androidische Partnerin. Die ganze Angelegenheit ist nun völlig aus dem Ruder gelaufen, muss er zugeben. Seine Faszination für künstliche Intelligenz und die Möglichkeit, in diesem Bereich eine private Partnerschaft einzugehen, sind ihm selbst schon immer als gefährlich für seine Karriere erschienen. Aber dass es so schnell und so gravierend kommen würde, hat er nicht erwartet. Er betritt sein Quartier auf Deck Vier. Ein wesentlich geräumigeres als die normalen Quartiere auf der etwas beengten Korvette, auf der sich immerhin gegenwärtig 76 Menschen den Platz teilen. Und nur drei der acht Decks sind zumindest teilweise für die Crew vorgesehen. Viele Crewmitglieder haben nur Viererzimmer oder im Falle der Marines Zehnerschlafräume, vom Marines-Kommandanten abgesehen. Aber Commander Parks

Quartier ist fast so groß wie das des Captains. Ein Schreibtisch, eine bequeme Sofaecke und ein durch eine ausfahrbare Wand verdecktes breites Bett sind die Einrichtung. Die Wände in angenehmer Holztäfelung, auch wenn es sich streng genommen um Kunstholz handelt. Aber in einer nicht billig wirkenden, replizierten Version des 23. Jahrhunderts. Park wirft die zusammengefaltete dunkelblaue Bordkombi und den Klarsichtbeutel mit den Schuhen für Selina einfach aufs Sofa. Auch wenn es wenig bringt, seinen entwürdigenden Uniformdienst, wenn man das so nennen will, hier hinauszuzögern. Er fährt die Trennwand über sein Implantat, das Kontakt mit dem Quartiercomputer aufnimmt, etwas zurück und setzt sich aufs Bett. Stützt seinen Kopf in die Hände. Was für eine Katastrophe. Seine androidische Partnerin, die ihn angefleht hatte, sie mit an Bord zu schmuggeln, um nicht allein zu sein, steht nun neben dem Captain auf der Brücke und er ist zum Clown degradiert. Die ganze Brückencrew lacht über ihn und sicher bald die ganze Mannschaft. Wäre Selina doch nur im Quartier geblieben, wie es abgesprochen war! Der Quartiercomputer war hinreichend manipuliert, um die Androidin als Hausroboter zu akzeptieren. Selina ist natürlich bei solchen Manipulationen von Rechnern talentiert. Jedenfalls seit sie die Upgrades hat. Sie war in einer buchstäblichen Kiste an Bord gekommen und wäre so auch wieder von Bord gegangen. Alles wäre in Ordnung gewesen, hätte sie nicht darauf bestanden, sich aus dem Quartier zu schleichen und zwei Decks tiefer in vermeintlich sicheren, leeren Korridoren spazieren zu gehen. Doch als sie auf Deck Zwei flaniert hatte, auf dem eigentlich selten Personal zu finden ist, hatte der Hauptcomputer, den sie wohl auch manipuliert hatte, die umherwandelnde Gestalt doch noch genauer in Augenschein genommen. Die Summe all seiner Dienstvergehen, inklusive der von Selina begangenen, wäre wohl mit einer Degradierungsstufe und einer längeren Suspendierung abgetan. Vielleicht noch mit etwas Arrest in einem Flottengefängnis zusätzlich. Aber wenn man den Umstand dazu nimmt, dass in einer kritischen Situation der reibungslose Dienstablauf des Schiffes durch ihn, den Executive Officer, gestört worden ist, dann hat er wohl wirklich eine Rückstufung zum einfachen Lieutenant zu erwarten. Was für eine Schande. Vom Gesichtsverlust ganz zu schweigen. Denn für alle ist er nun der Kerl, der mit einer sprechenden Sexpuppe ins Bett geht. Niemand nimmt sie als Mensch ernst, der sie ja eigentlich ist. Ob nun mit biologischem Körper oder künstlich erzeugtem. Was macht das schon für einen Unterschied? Er ist selbst verblüfft, dass die Peinlichkeit der Situation, hier beengt in der Korvette mit einer auf ihn herabsehenden Crew gefangen zu sein, eine Art Fluchtreaktion bei ihm auslöst. Doch wo soll er hin? Auf dieses Horror-Kapselschiff vielleicht? Er schüttelt den Kopf. Wo hat er sich da nur hineinmanövriert? Und was sollen seine Eltern von ihm denken? Sein Vater ist ein bekannter Informatiker und Experte für Ancient-Rechnerarchitektur. Er arbeitet an einer bahnbrechenden, neuen Generation, die menschliche Rechnerkonzepte mit der alten Architektur der Aliens vereinen soll. Bald wird sie vorgestellt. Aber da gerät sein Sohn durch solch einen peinlichen Vorfall am Ende noch in die Schlagzeilen! Er lässt sich aufs Bett fallen. Atmet tief durch. Er kann ja dankbar sein, dass nicht noch sein Kommunikator piept und der Captain fragt, wo Selinas Uniform bleibt. Seufzend dreht er sich zum kleinen Nachttisch hin und öffnet die Schublade. Da liegt... *sie*. Wieder schüttelt er den Kopf.

Was hat er sich doch für ein Privatleben geschaffen? Seine jetzige Freundin ist eine Software-erweiterte Sexdroidin und seine Ex, er muss es zugeben, ist eine nicht-empfindungsfähige Hirn-Sim in einem Rechner in seinem Nachttisch. Es war sogar so weit gekommen, dass Selina eifersüchtig auf ihre Vorgängerin im Rechner in der Nachttischschublade war! Seufzend setzt er sich den kopfhörerartigen Bügel auf und drückt den Anschalter des kleinen Kästchens. Er schließt die Augen, atmet tief durch und fühlt, wie es anfangs dunkel wird und er dann in eine fremde Umgebung eintaucht. Ein Strand. Wie der Felsenstrand der Insel Jijo, den er so mag. Ein schicker Bungalow mit großer Glasfront zum Meer hin. Tief atmet er durch. Frische Seeluft. Es könnte nicht echter sein. Er lächelt. Die Umgebung kennt er nur zu gut. Wenn er sich nach links wendet, wird er in einen kleinen Park kommen, wo für die Touristen diese kleinen Steinfiguren stehen. Fünfzig Zentimeter hohe Männchen und Weibchen mit großen und spitzen Hüten. Eine scherzhafte Anspielung auf die traditionellen Steinphallusse, die auf Jijo zu finden sind. Wohlgemerkt auch in der Wirklichkeit, nicht nur in der Sim. Wenn er genau hinsieht, sieht er ganz rechts tatsächlich ein weit entferntes Paar am Strand. Ein Mann mit Strohhut und eine Frau. Der Mann macht Fotos von ihr mit einem in die Luft projizierten Bildrahmen, der vor ihm schwebt. Park schüttelt den Kopf. Wie real alles bis ins kleinste Detail hier ist. Er dreht sich um und geht auf das Haus zu. Wenige Treppenstufen sind es nur und er geht durch die Terrassentür in das großzügige Wohnzimmer. Da sieht er Yunai, wie sie hinten in der Küche steht, die nur mit einem Tresen vom Wohnzimmer getrennt ist. Ein warmes Heimkommen-Gefühl macht sich in seinem Magen breit. Ach, wäre dies doch nur die Realität und das Schiff eine Illusion.

Er sieht, dass Yunai, eine schlanke Koreanerin mit mittellangem schwarzem Haar, wieder das rosa Nachthemd trägt und keine Schuhe anhat. Nur Strumpfhosen hat sie an den Beinen und steht so auf den kalten Fliesen. Für einen kurzen Augenblick hat er vergessen, dass sie nur eine Projektion ist. Denn das Erzeugen von Erkältungen gehört wohl nicht zum Funktionsumfang der „My Secret Home" – Software, die er auf der Sim in der Variante „Perfect Girlfriend" laufen hat. Die Frau dreht sich zu ihm um und kommt angelaufen. „Jae!", begrüßt sie ihn freudig und schlingt die Arme um ihn. „Du hast dir diesmal aber lange Zeit gelassen!" Sie hält den Kopf schräg, wie es manche Leute tun, wenn sie mit einem Implantat kommunizieren. „Vier Wochen, sechs Tage, neun Stunden und 44 Minuten. Ich sage die Sekunden nicht dazu", lacht sie. Er macht ein säuerliches Gesicht. „Und ich stehe noch genauso in der Küche, wie du mich zurückgelassen hast. Deine letzten Worte waren…", sie macht jetzt seine tiefere Stimme nach, „Selina ist eifersüchtig, ich muss Schluss machen." Jae nickt. „Selina. Ja, die ist der Grund für die ganzen Probleme." Er lässt sich auf das Ledersofa fallen. Yunai setzt sich neben ihn und schmiegt sich an seine Schulter. „Habe ich dir doch gesagt, dass du mich nicht mit einer Frau mit Kunsthaut, Plastik und Schaltkreisen betrügen sollst." Da atmet er ihr kräftiges Parfum ein. Sieht die Lachfältchen um ihre Augen. Wie real sie ist. „Die sogar ihre Fußnagelfarbe gedankenschnell verändern kann, wie du mir erzählt hast." Sie lacht und schüttelt den Kopf. „Ich habe mir ihre Specs sogar im Netz angesehen. Ein *Space Origin* Modell *Livinator 1000*, wie du mir erzählt hast, richtig?" Park sieht sie entsetzt an. „Du kannst dir von *hier* aus die Specs in der Realität ansehen? Ich meine, von dort herunterladen?" Sie schüttelt den Kopf und lacht. Stupst ihn auf die Nase. „Nein, Dummerchen, aber hier im Spiel gibt es alles, was es auch in der Realität gibt. Jedenfalls was die Daten im Netz angeht. Wenn es bei *euch* einen *Livinator* gibt, dann gibt es ihn auch hier. Jedenfalls im Netz." Park nickt. „Ach richtig, die Simulation hier kann über die Konsole ja sogar eine drahtlose Verbindung zu meinem Quartierscomputer aufbauen. Jedenfalls wenn die Psi-Sim-Box nicht ausgeschaltet in meinem Nachttisch liegt." Plötzlich steht Yunai auf und wirft die Arme in die Luft. Macht ein paar Tanzschritte. „Eine ganze Welt in einer Nachttischschublade. Hurra!" Park sieht sie zerknirscht an. „Ich bin mir nicht so sicher, ob es eine gute Idee war, dir zu sagen, du solltest in deine Persönlichkeit einbeziehen, dass dies nur eine Sim ist." Sie setzt sich wieder. Legt ihm die Hand auf den Arm. „Du hast mir erklärt, Schatz, dass du die Parameter des Spiels verändert hast. Über das Konfigurationsmenü. Dass ich jetzt dadurch weiß, dass dies alles nur ein Spiel ist. Also beschwer dich nicht." Sie sieht ihn verschmitzt an. „Aber was sind nun diese Probleme mit dieser Kunstfrau, dieser Selina? Erzähle es." Er seufzt. Dass eine simulierte Frau in einer Sim-Konsole seine in der realen Welt befindliche Androidin als Kunstfrau bezeichnet, hat eine besondere Art von Komik, die er allerdings gerade nicht an sich heranlassen will. „Ach…", seufzt er nur und verfällt in Schweigen. Yunai steht wieder auf. Rafft sich etwas ihr Nachthemd, dass es über ihre Knie geht. „Siehst du, du brauchst diese Kunstfrau nicht. Plastik und Schaltkreise. Hier ist alles echt!" Sie lächelt ihn herausfordernd an und deutet durch Kopfnicken nach unten. Er wird rot. Wieder lacht sie. „Echt innerhalb dieser Simulation, jedenfalls. Wenn du magst, kannst du ja auch irgendein Upgrade kaufen, glaube ich. Kann ich mir jedenfalls vorstellen. Dann kannst du deine Roboterfrau auch hier haben. Sie droht ihm lachend mit dem Zeigefinger. „Dann würdest du aber wirklich etwas erleben von mir!" Sie setzt sich. „Also was war nun?" Park sieht sich um. „Hier bist du real. Realer als sie da draußen." Er nimmt ihre Hand. Fühlt ihre seidige, warme Haut. Wenn er sie kratzen würde, würde sie bluten. Das weiß er. Hier ist sie ebenso real wie der Strand da draußen oder die Luft, die er atmet. Nicht real, aber aus der Perspektive der Sim perfekt und … eben wie real. Sie scheint seinen Gedankengang erraten zu haben. Oder ist da das Mind-Reader-artige Programm der Konsole im Spiel?

„Weißt du", beginnt sie. „Ich habe einmal nachgeforscht. Hier im Netz kann ich Meinungen von Wissenschaftlern finden, die glauben, *unser* Universum sei nur eine Simulation auf einem Rechner, geschaffen von irgendwelchen Aliens, die am Ende noch in einer mehrdimensionalen Realität leben. Also mit mehr Dimensionen als wir haben." Sie hebt einen Zeigefinger. „Und da wollte ich dich fragen, ob dieses Zeug nur hier in der Sim im Netz steht, oder ob eure Wissenschaftler das auch sagen." Er sieht sie verblüfft an. Seit er das Programm so eingestellt hat, dass sein „perfect Girlfriend" weiß, dass sie in einer Softwaresimulation lebt, beginnt sie wirklich hintergründige Gedanken zu entwickeln. Das ist fast erschreckend, findet er. „Also", murmelt er. „Natürlich gibt es die auch bei uns. Es ist sogar eine recht populäre Theorie, weil das Universum…", er zögert, „also das reale und damit sicher auch irgendwie dieses simulierte, sozusagen durch gewisse Grundkonstanten determiniert wird. Es gibt zum Beispiel c, die Lichtgeschwindigkeit, die fix ist und noch viele andere Konstanten…"

„Ich wusste es!", unterbricht sie ihn triumphierend. „Dann kann ich mit meinem Implantat", sie lacht, „das simuliert ist wie die ganze Welt und mein ganzes Hirn, diesem Professor Brixton von der Universität Washington eine Mess schreiben, dass ich es absolut bestätigen kann, dass unser Universum eine Simulation ist." Sie gluckst vor sich hin und schlägt sich sogar auf die Oberschenkel.

„Welches Modell?"

„Was?", fragt Park verwirrt.

„Welches Modell ist die Spielkonsole?"

Er seufzt. „Eine *Space Origin PsiSim 90*". Sie legt wieder den Kopf schief und verharrt so ein paar Sekunden. „Also, hier in dieser Sim jedenfalls, bietet Space Origin keine Hirn-Sim-Konsolen an. Nur Holo-Konsolen und die Becken dazu. Für News, Entertainment und Spiel, wie es da heißt. Er nickt. „Na ja, dann haben sie das weggelassen oder filtern es automatisch aus dem realen Datenstrom vom realen Netz raus. Beziehungsweise aus der umfangreichen Kopie, die unser Bordrechner von realen Netzdaten und Netzseiten gemacht hat. Wir sind ja auf einem Raumschiff und gerade nicht wirklich online."

Sie strahlt jetzt über das ganze Gesicht. „Noch eine Schicht der Realität darüber! Das Netz, auf das ich zugreife, ist sozusagen simuliert von deinem Schiffscomputer und drum herum ist irgendwo das reale Netz!"

Park macht eine unwirsche Handbewegung. „Lass das, Schatz. Man kriegt Kopfschmerzen bei solchen Reden." Yunai schmunzelt und dreht sich auf dem Sofa herum, so dass sie ihre Füße auf das Sofa legen kann. Mit angezogenen Beinen sitzt sie da und sieht ihn an. Ihre Füße bewegen sich und er fühlt die Bewegung ihrer Zehen und den Strumpfhosenstoff. Realer geht es wirklich nicht mehr, denkt er sich. Und dass es kein Wunder ist, dass manche Menschen Psi-Sim-süchtig sind und in der realen Welt verhungern, während sie gesund und munter in der virtuellen Realität der Konsolen leben. Bis zum Exitus ihres realen Körpers jedenfalls. Wie neulich dieser Jugendliche in Deutschland, von dem er gelesen hat.

„Sei einem Mädchen nicht böse, Jae, wenn es über seine Welt nachdenkt." Park seufzt nur als Antwort. „Also, nun erzähl schon." Er schreckt förmlich zurück, als sie ihre Beine hochnimmt und mit ihren Füßen seine Schläfen massiert. Obwohl das ganz und gar nicht unangenehm ist. „Also Selina. Ich hatte sie doch mit an Bord genommen...", beginnt er zu erzählen, nimmt aber ihre Füße wieder herunter.

„Es gibt nur eine Lösung, Jae", sagt Yunai am Schluss. „Du zeigst der Crew von deinem Schiff, was für ein Kerl du bist. Aus welchem Holz du geschnitzt bist. Dass sie nicht alles mit dir machen können. Und dieser Plastikfrau zeigst du es so gleich mit." Sie sieht ihn energisch an. „Übernimm die Führung, Jae. Du bist Commander der Raumflotte auf einem Kriegsschiff. Ergreife die Initiative. Wer bequem dasitzt und sich treiben lässt, der hat schon verloren." Sie beugt sich vor und drückt ihm einen Kuss auf die Stirn. Er fühlt einen Stich in seinem Herzen. „Ach, gebe es doch nur eine Möglichkeit, dich in die Realität zu bringen." Park macht ein nachdenkliches Gesicht. „Obwohl... ich glaube da gibt es eine Schnittstelle, um..." Yunai lacht. „Dann zeige ich dieser Plastik-

Selina, was ein linker Haken ist!" Doch dann kommt sie ins Grübeln. „Obwohl... dann wäre ich ja eine Plastik-Yunai." Er grinst schief. „Ich muss jetzt gehen. Aber es war wie immer toll, mit dir zu reden." Sie nickt traurig. „Okay. Aber diesem Brixton von der Universität Washington schicke ich eine Mess, dass es nicht nur eine Theorie ist, dass unser Universum simuliert ist. Sondern dass ich es genau weiß. Dass es auf einer *Space Origin PsiSim 90* – Konsole von *Space Origin* aus dem *Musk-Bezos Industries*-Konzern läuft. Auch wenn, werde ich ihm schreiben, Musk-Bezos Industries alles abstreiten wird." Er steht auf. „Mach's gut, Yunai". Plötzlich setzt sie einen flehenden Gesichtsausdruck auf. „Warte Jae. Da draußen...", sie deutet mit dem Kopf auf das große Fenster mit dem Meeresblick, „...gibt es da draußen wirklich ein simuliertes Amerika mit einem simulierten Professor Brixton? Ich meine hier, in meiner Wirklichkeit, nicht in deiner." Er sieht sie lange an. „Nein, Yunai. Ein simuliertes Washington ist nicht Teil dieses Programms. Es gibt eine Anzahl vorgewählter Orte und diese Insel Jijo ist einer davon. Man kann auch selbst Umgebungen erstellen, aber Washington D.C. ist nicht Teil der Sammlung. Es gibt aber einen Großteil von New York..." Sie nickt. „Aber die Mess. Wird sie irgendwo ankommen, wenn ich sie schreibe?" Er seufzt. „Schatz, die Software auf dieser Konsole wird dir simulieren, dass sie richtig zugestellt worden ist und vielleicht sogar eine Antwort simulieren..."

Die Frau kichert. „Genau. Wenn dieser Professor Brixton noch einen virtuellen Assistenten auf seinem Rechner laufen hat, dann wird es endgültig verrückt. Sie lächelt. Aber mach's gut. Ich stehe hier einfach weiter im Wohnzimmer wie eine Salzsäule mit dem Mund offen, wenn du mitten im Wort abhaust." Er sieht sie verwirrt an. „Okay, okay", sagt sie und schließt demonstrativ den Mund. Dann zeigt sie auf ihre aufeinandergepressten Lippen. Jae seufzt und kappt die Verbindung.

Als er mit der üblichen Desorientierung auf seinem Bett wach wird, natürlich in seinem Quartier, da drückt er jedwede Überlegungen weg, ob seine Yunai in der Sim nun wirklich irgendeine Art von Message verschickt oder nicht. Da die Simulation eigentlich nur auf den Spieler ausgelegt ist, besteht natürlich keine Notwendigkeit, irgendein Gegenstück von Messageverkehr in einem simulierten Netz bereitzustellen.

Mit einem hat sie jedenfalls Recht, denkt er. Er muss die Initiative zurückgewinnen. Darf sich nicht so bloßstellen lassen. Sich räuspernd erhebt er sich, geht in das kleine Bad, das von seinem Quartier abgeht und spritzt sich kaltes Wasser ins Gesicht. Dann strafft er seine dunkelblau Uniformkombi, sieht befriedigt, wie sich das Deckenlicht im Bad auf seinen drei Commanderstreifen auf den Schulterklappen spiegelt und geht forschen Schrittes aus seinem Quartier. Als sich die automatische Tür hinter ihm mit dem üblichen Geräusch schließt, verschwendet er noch einen kurzen Gedanken an die auf dem Sofa zurückgebliebene Uniform für Selina. Doch dann drückt er den Gedanken weg und macht sich die paar Meter auf zum Treppenhaus, das ihn zum nächsthöheren Deck Fünf bringt. Er begegnet ein paar geschäftig wirkenden Crewleuten und glaubt ihre merkwürdigen Blicke wahrzunehmen.

Die niederrangigen Crewleute nicken ihm nicht kurz zu und murmeln auch kein „Sir", wie das sonst üblich ist. Sie scheinen vielmehr immer etwas interessantes auf dem Boden zu finden, wo immerhin bunte Leitlinien Fremden an Bord den Weg zu verschiedenen Teilen des Schiffes erläutern. Etwas, das die Crew natürlich absolut nicht braucht. Ein einziger Fähnrich nickt ihm zu und bewegt dazu scheinbar lautlos die Lippen. Nur wirkt sein Blick dabei irgendwie glasig. Oder ironisch vielleicht, grübelt Park. Er ist froh, als er die Offiziersmesse der *Darc* erreicht hat und stellt fest, dass in dem eher kleinen, weißgepolsterten Raum mit seinen weißen Tischen und Stühlen nur zwei Fähnriche und drei Lieutenants anzutreffen sind. Nach kurzem Seitenblick bemühen sich die Lieutenants sichtlich ihn zu ignorieren und die Fähnriche scheinen förmlich die Köpfe einzuziehen. Hinter dem Tresen mit dem Zugang zur Kombüse kommt sofort eine weißuniformierte Ordonanz schnellen Schrittes zu Park und sieht ihn fragend mit einem dünnen Lächeln an. Park mustert ihn, als erwarte er irgendeine tiefschürfende Konversation. „Sir? Was darf ich bringen?", fragt der Fähnrich schließlich. Park seufzt. „Einen Kaffee, schwarz mit Zucker bitte. Und einen wirklich guten." Beflissentlich nickt der junge Mann und macht sich auf dem Weg hinter den Tresen. Unterdessen teilt Parks Implantat lautlos mit, dass sein Bordkommunikator eine Nachricht von der Brücke empfangen hat. Da sein Implantat den Ruf abgefangen hat, bleibt das goldene Flottenabzeichen mit dem eingebauten Kommunikator an seiner Brust still. Park wird an dieser Stelle bewusst, wie sehr sich die Kommunikationsprotokolle der Flotte seit dem Nanitenkrieg umgestellt haben. Denn früher wäre so ein Ruf selbstverständlich direkt an die Implantate oder

Nanitencluster gegangen, die praktisch jedes Crewmitglied im Hirn hatte. Wobei *früher* eigentlich *vor drei Jahren* bedeutet. Denn der Nanitenkrieg, bei dem ein Viertel der Menschheit von den nanotechnologischen Angreifern als obsolet angesehen und in mumifizierte Körper verwandelt worden ist, liegt erst so kurz zurück. Die in eine Art von lebenden Leichnamen verwandelten Menschen hatten das meiste Pech gehabt, die restlichen Dreiviertel der Menschheit waren glücklicher gewesen. Sie hatten sich wie Commander Park auch in einer Art von Gelantinestengel wiedergefunden, in dem sie zwar abgesehen von einem gewissen Kalorienmangel recht gut versorgt, aber geistig völlig versklavt worden waren. Park erinnert sich an seine wilden Visionen, die ihn wohl mit seinen Wunschträumen von einem Leben als Jäger und Einsiedler in einer Art von Kanada ruhiggestellt hatten. Er erinnert sich nur ungern an diese Dauervision, die ihm völlig real vorgekommen war.

Park schiebt den Gedanken weg. Aber aus Trotz ignoriert er den eingehenden Ruf der Brücke. Oh ja, er wird etwas tun. Nicht passiv wie in einem der Gelantinestengel herumstehen. Er wird sich die Initiative zurückholen! Erst hatte ihn dieses verdammte Nanitencluster versklavt und jetzt behandelt ihn seine Androidin Selina widersinnigerweise ähnlich. In Kooperation mit der Kapitänin des Schiffes soll er zu ihrem Butler werden! Er stößt einen verächtlichen Ausruf aus, der verwirrte Blicke der restlichen Offiziere in der Messe auf sich zieht. Rot angelaufen erhebt er sich. Captain Dubois hat offensichtlich ihre Gefühle nicht unter Kontrolle. Sie zögert die dringend notwendige Begehung des fremden Schiffes heraus. Aber das wird sich jetzt ändern. Die Ordonanz kommt mit einem dampfenden Becher Kaffee an, doch

Park schüttelt nur den Kopf. Er verlässt die Messe und der Fähnrich sieht zerknirscht auf den Kaffee.

Captain Dubois

„Was beim dunklen Universum ist das?", stößt Captain Dubois hervor. Niemand antwortet ihr sofort. „Leite die Bilder und einen Scan an den Doktor?", ist von Arkay an der OPS zu hören. Irgendwo zwischen Feststellung und Frage formuliert. Dubois bestätigt. Sie sieht immer noch entsetzt auf das, was unter dem Lumpenbündel vor dem Serverschrank zum Vorschein gekommen ist. Da schwebt in dem Kabelwust eine humanoide Gestalt, die gut zu der anderen passt, die im Kapselraum gesichtet worden war. Allerdings hat diese Leiche kein merkwürdiges Kettennetz um, sondern hält stattdessen einen kleinen, rötlichen Kasten umklammert, in dem die wilde Verkabelung vom Serverschrank verschwindet. Mumifizierte, klumpenartige Hände haben den Kasten umklammert, als sei dieser eine außerordentliche Kostbarkeit. Schrecklich ist aber, wie das Gesicht dieser Leiche aussieht. Und die Arme und die Hände. Alles andere ist von Kleidung verdeckt. Die Leiche hat überall große Beulen. Unangenehme Assoziationen mit der uralten Beulenpest kommen sofort bei jedem auf. Nur dass jede dieser Beulen mindestens eine stengelartige Spitze hat. Jeder auf der Brücke, der den Feed auf dem Hauptbildschirm genau ansieht, hat den Eindruck, dass sich diese Stengel leicht bewegen. „Näher heran!", fordert Captain Dubois und der Android, der den Bildschirmfeed liefert, vergrößert sofort stark. Da sieht man es mit aller Deutlichkeit, wie sich die kleinen, ekelerregenden Stengel in den Beulen bewegen, als seien sie suchende Antennen. Vielleicht wie diese Tentakel von Seeanemonen, denkt Dubois, verwirft diesen Gedanken aber sofort wieder. Sie räuspert sich. Stellt sich unwillkürlich gerader hin, dort im Zentrum der Brücke.

„Wir haben also ein Schiff mit Toten in ihren Kapseln, einem irren Todeskult und dazu noch eine ausgebrochene Seuche. Irgendjemand hat noch versucht, einen Hilferuf permanent abstrahlen zu lassen, was aber auch nicht lange funktioniert hat", versucht sie zusammenzufassen.

„Seuchenprotokoll Eins?", schlägt Lt.-Commander Lee vor. Dubois bestätigt. Sie befiehlt COM, eine neue Statusmeldung abzusetzen. Zwar gilt ohnehin bei Kontakt mit einem unbekannten Schiff das Quarantäneprogramm, aber das schärfere Seuchenprotokoll Eins wird den Droiden an Bord des fremden Schiffes nicht die Rückkehr erlauben und selbst das Shuttle in der Nähe des Fremden belassen.

„Wir warten hier. Aber wir gehen auf zehntausend Kilometer Abstand und behalten den Eindringling genau im Auge. Übermorgen oder einen Tag danach sollte bereits Verstärkung von der Erde kommen. Fregatten sicherlich. Die sind sehr viel besser darauf ausgelegt, so ein medizinisches Phänomen zu untersuchen als wir nur mit unserem Bordarzt." Sie nickt, um ihren eigenen Entschluss zu bekräftigen. Jeder weiß, dass eine Verstärkung bei Überfälligkeit der *Darc* mit gleich mehreren Schiffen ankommen wird. Dubois kann sich bei der Tatsache, dass Seuchengefahr an Bord des Fremden besteht, recht sicher sein, dass davon ein Schiff zurück zur Ersten Flotte des Sol-Systems geschickt werden wird, um vermutlich ein spezialisiertes medizinisches Forschungsschiff zu rufen. Bekanntlich ist ja direkte Nachrichtenübermittlung per Raumschiff sehr viel schneller als der langsamere Hyperfunk, über den die Föderation verfügt.

„Gibt es da draußen nichts als Krankheiten und Drecksnaniten?", stößt Navigatorin Jamison vorne an ihrer Konsole mit Abscheu in der Stimme hervor. Rudergänger Toleman flüstert irgendetwas von einer leonischen Animierdame auf dem Planeten *New Age*, was schlecht zu verstehen ist und Captain Dubois wirft ihm einen scharfen Blick zu. Sie stellt in diesem Augenblick fest, dass sie Jamisons Gefühle teilt. Insbesondere wenn man noch tote Schiffe mit Leichen oder Leichenresten in defekten Überlebenskapseln mit in ihre Aufzählung aufnimmt. „Nun Mister Jamison, wir können wohl nicht verlangen, dass sich das ganze Universum immer nach unseren Vorstellungen richtet. Leider sind die Zeiten vorbei, in denen Entdecker nur leicht bekleidete Einheimische vorfinden, die mit Palmwedeln winken und tropische Früchte servieren." Und damals, ergänzt sie für sich selbst, waren die Entdecker das Düstere, das aus der Weite und Fremde gekommen ist.

„Navigator, Gravitontriebwerke hochfahren. Kurs mit Graviton auf zehntausend KM recht achteraus setzen, viertel Graviton Fahrt zurück!" Sofort bestätigt Jamison mit „Graviton starten, viertel Graviton recht achteraus. Gravitonenergie in Zwei, Captain. Kurs liegt an."

„Ausführen wenn Graviton bereit!", ruft Dubois lauter als es notwendig wäre, froh mehr Abstand zwischen die *Darc* und das in jeder Beziehung düstere Totenschiff legen zu können.

„Mister Arkay, wir behalten das Fremdschiff permanent im Auge, was sich dort energetisch tut."

„Aye Captain! Permanenter Scan läuft." Dubois sieht unwillkürlich auf ihre Uhr am Handgelenk, wie die Zeit verstreicht. Die erste Minute vergeht quälend langsam. Dann tickt die zweite ebenso langsam vor sich hin, bis es fast so weit ist. Doch plötzlich räuspert sich Kommunikationsoffizier Demark.

„Ma'am. Das Shuttle… das zweite Shuttle im Hangar fährt die Triebwerke hoch." Entsetzt sieht Dubois auf den Kommunikationsoffizier. Alle Köpfe rucken zu ihm herum.

„Override, Mister Demark!" Und an Jamison gewandt, „Steuermann, Kommando zurück, wir bleiben stationär!" Jamison bestätigt sofort und wieder einmal fällt ihr auf, dass die Kapitänin sie immer in Krisensituation als „Steuermann" anredet und nicht als „Navigation" oder „Navigator". Kommunikationsoffizier Demark, der wie auf Föderationsschiffen üblich auch für die Instruktionsübermittlung an die sogenannte Beiflotte zuständig ist, in der Praxis auf den Korvetten der *America*-Klasse nur zwei Shuttles für Menschen und zwei für Droiden, bestätigt und drückt wie ein Besessener auf seiner Konsole herum. Er versetzt einem Touchscreen sogar einen deutlichen Stoß. „Captain, Override schlägt fehl! Graviton des Shuttles fährt hoch! Unsere Fernsteuercodes wirken nicht!" Dubois tritt zu Lee an die taktische Konsole heran. „Lockdown, Lee, Lockdown!" Mit diesem Kommando, das Lee bestätigend wiederholt, wird das Schiff nicht nur jedwede Kommunikation herein oder hinaus unterbinden, sondern auch sämtliche Schleusen und Luken blockieren, die aus dem Schiff herausführen. „Gelben Alarm!", fügt Dubois hinzu und praktisch sofort heult die Sirene und gelbes Alarmlicht leuchtet an den zahlreichen Alarmlampen auf. Lee drückt den Sirenenton sofort weg. „Shuttledeck-Tor lässt sich nicht blockieren! Es öffnet sich, Captain!" Sie schaltet einen der kleineren Frontbildschirme zu, der sofort ein Bild von einer Innenkamera zeigt, wie sich das Doppeltor des kleinen Shuttledecks der Korvette langsam öffnet. „Interner Scan zeigt Commander Park an Bord!", schallt es von der OPS. Dubois stößt einen Fluch aus. „Schiff an Shuttle!", kommandiert sie und redet eine Sekunde später schon los, während Demark noch bestätigt.

„Commander Park. Verdammt noch Mal. Welchen Ärger machen Sie jetzt schon wieder?" Doch sie erhält keine Antwort. „Wollen Sie die verdammte Uniform, die sie holen sollten, erst im Weltraum zum Trocknen aufhängen, oder was soll das werden?" Sie merkt, wie ihr Lt.-Commander Lee einen irritierten Blick ob der Bemerkung zuwirft. Erst jetzt verschwendet Dubois wieder einen Gedanken an die Androidin. Die steht links neben ihr wieder in ihrem Blickfeld, wie sie beruhigt feststellt.

„Jae! Komm zurück. Was tust du?", ruft auch die Androidin aus und wirkt in diesem Augenblick fast wie ein gefühlvolleres Echo des Captains.

Commander Park

Park ignoriert im engen Cockpit des Shuttles die eingehenden Rufe. Er sieht befriedigt auf dem Hauptschirm, wie das Shuttle durch das Tor in die Freiheit des dunklen Raums gleitet. Dann geht er mit seinem Implantat mental noch einmal den Plan des Fremdschiffes durch, den er vom Schiffscomputer der *Darc* heruntergeladen hat.

Dort ist etwas recht klar als Kontrollraum zu identifizieren. Die Brücke der Fremden. Außerdem etwas, das wie ein exklusiverer, kleinerer Kapselraum in Brückennähe aussieht. Dort, denkt er, werden endlich Antworten zu finden sein. Auf dem lichtverstärkten Schirm des Shuttles, der die Illusion eines Cockpitfensters gibt, sieht er schon den Umriss des zigarrenförmigen, fremden Raumschiffs. Kurz schaudert ihm bei der Vorstellung, sich in diesen toten, drei Kilometer langen Koloss mit all seinen Totenkapseln zu begeben. Aber dann strafft er sich im Pilotensitz des Shuttles. Yunai hat Recht. Er darf sich nicht das Heft des Handelns aus der Hand nehmen lassen. Muss Initiative zeigen. Und so lässt er den Shuttle auf Kurs.

Captain Dubois

Captain Dubois wirft einen irritierten Blick auf die neben ihr stehende Androidin. In dieser Situation gewissermaßen eine Angehörige des befehlswidrig und wahrscheinlich sogar meuternden Ersten Offiziers Park auf der Brücke zu haben, eine Zivilistin, ist ein sehr unangenehmer Gedanke. Aber andererseits ist die Androidin so irgendwie unter Kontrolle. „Commander Lee. KI", spricht die Kapitänin sowohl die Taktische Offizierin wie auch den Hauptrechner der *Darc* an. „Ab sofort ist Commander Jae Park seines Dienstes enthoben und wegen eigenmächtigen Handelns und Entwendung von Flotteneigentum unter Arrest zu stellen. Die Droiden auf dem Fremdschiff werden angewiesen, sich einstweilen neutral gegenüber Park zu verhalten. Sie sollen ihn auffordern, Kontakt mit uns aufzunehmen, ihn aber nicht festsetzen." Lt.-

Commander Lee sieht ihre Kapitänin irritiert an. „Ma'am? Ja, Ma'am", gibt sie dann von sich.

„Ich kann mir dieses Verhalten nicht erklären, Captain", äußert in diesem Augenblick die Androidin Selina.

„Shuttle anvisieren und Antrieb lahmlegen?", schlägt Lee vor und sieht von ihrem Platz an der Taktischen Konsole erwartungsvoll auf Dubois. Doch die Kapitänin schüttelt den Kopf. „Nein Mister Lee. Kommunikationsoffizier! Informieren Sie das Shuttle, dass das Fremdschiff unter höchster Quarantänestufe steht und eine Rückkehr zur *Darc* einstweilen außer Frage steht, wenn es sich weiter dem Fremden nähert." Fähnrich Demark an der COM bestätigt zackig. „Nein, das geht doch nicht!", ruft Selina aus, was sehr menschlich und wenig androidisch wirkt. Captain Dubois bereut es in diesem Augenblick, nicht mehr ihr altes Implantat zu haben. Denn wie die meisten Implantatträger hat sie sich nach dem Nanitenkrieg entschieden, es von ihrem Körper abstoßen zu lassen. Wozu wiederum eine spezialisierte Naniteninjektion erforderlich war, die sich danach selbst vernichtet hat. Zwar waren die konventionellen Implantate nicht nanitenbasiert und daher auch nicht nach dem Nanitenkrieg verboten worden. Aber man ging davon aus, dass diese von zukünftigen Malwareattacken, ob nanitenbasiert oder nicht, sehr schnell unter Kontrolle gebracht werden könnten. Daher gehören auch Implantatträger heute in der Föderation zu einer kleinen Minderheit. Doch gerade jetzt wäre ein diskretes Informieren der Sicherheit Gold wert, um die Androidin ohne Aufhebens in Gewahrsam nehmen zu können.

„Fähnrich Lavera. Bei der höheren Bedrohungslage benötigen wir Security auf der Brücke. Aber pronto bitte!" Der an einer

Nebenstation hinter Lt.-Commander Lee sitzende Officer of the Deck fährt förmlich zusammen, als er angeredet wird und bestätigt dann. Captain Dubois hört ihn auf seiner Tastatur tippen und fragt sich, wie im Zweifelsfalle die Nahkampffähigkeiten einer ehemaligen Sex-Androidin aussehen würden. Wenn es um etwas anderes als die Schlacht zwischen den Bettlaken ginge und sie etwa mit Gewalt ihren Platz auf der Brücke verteidigen wollte. Wieder seufzt sie, denn ein Hirnimplantat könnte sie in einer Sekunde über einschlägig verfügbare Erfahrungen dazu informieren. So dauert es fast eine Minute, bis zwei stämmige Securityleute die Brücke betreten. Es spricht für Fähnrich Lavera, dass sie sich gleich hinter der Androidin aufbauen. Dubois macht sich in Gedanken bereit, zu ihrem Kommandositz zu hechten, wo sie wie flottenüblich einen Handstrahler unter einer ihrer beiden halbkreisförmigen Konsolen zur Verfügung hat. Sorgsam hinter einer sich nur auf ihren Zellkernscan hin öffnenden Klappe verwahrt.

„Selina. Die Sicherheitslage erfordert es, dass Sie die Security begleiten und einstweilen unter Arrest stehen." Sie bemüht sich um ein entwaffnendes Lächeln. „Wir müssen ausschließen, dass Sie mit Commander Park kooperiert haben und bis ich das verifiziert habe, stehen Sie unter Arrest." Sie sieht die Androidin erwartungsvoll an und sieht, wie sich Hände eines der beiden Wachen den Waffen nähern. Hoffentlich, denkt sie, steht noch mehr Security vor dem Brückenschott. Denn bis die beiden Wachen ihre Waffen in der Hand haben, wird es vielleicht zu lange dauern, wenn die Androidin Widerstand leistet. Zwar öffnen sich die weißen Waffenholster automatisch, wenn die Hände ihrer Träger in ihre Nähe kommen, aber ein androidischer Gegner kann trotzdem zu schnell sein. Doch zu ihrer Überraschung nickt Selina nur.

„Natürlich Captain. Das verstehe ich." Sie wendet sich an die beiden Wachen. „Gehen wir, Gentlemen." Als die Androidin die Brücke verlassen hat, wendet sich Dubois an den OPS-Offizier. „Mister Arkay. Wir behalten die Bewegungen von Park genauestens im Auge."

Commander Park

Park sieht, wie der Shuttle der *Darc*, eines von zwei für Personen vorgesehenen, auf das Heck des anderen Shuttles zufliegt, mit dem die Droiden zum fremden Schiff übergesetzt haben. Das Droidenshuttle hält genau fünfzig Meter Abstand und benutzt automatisiert seine Gravitondüsen, um konstante Position relativ zum langsam durch den Raum taumelnden Fremdschiff zu halten, wie es auch die *Darc* tut. Dank Antigravitation und bordeigener Gravitationsgeneratoren ist vom starken Abbremsen des Shuttles nichts zu merken, das Park in nur etwa einer Viertelstunde die fünfzig Kilometer von der relativ zum Fremdschiff stationären Föderationskorvette herüber gebracht hat. „Fremdschiff", denkt Park. *Was für ein unhandlicher Name. Es heißt ab sofort für mich Schicksalsschiff. Denn hier wird sich mein Schicksal erfüllen, ob ich mich gegen den zögerlichen Captain durchsetzen kann, die die ganze verdammte Mission in Gefahr bringt mit ihrer Unentschlossenheit.* „Scannen, ein bisschen scannen hier und da und bloß nicht an Bord gehen", murmelt er vor sich hin. „Alles wegen ein paar mumifizierten Leichen in einem anderen Schiff." Er grinst schief.

Aber er wird es ihr zeigen. Zeigen, was es heißt zu handeln. Wie ein Raumoffizier handeln sollte, anstatt sich bibbernd hinter dem Schreibtisch im Bereitschaftsraum zu verkriechen.

Er ruft mit ein paar gedrückten Tasten ein Menü auf, das ihm die potentiellen Andockpunkte des *Schicksalsschiffes* zeigt, die die Haupt-KI der *Darc* identifiziert hat. Park wählt die den beiden Shuttles nächstgelegene Luftschleuse aus, die vorher schon die Droiden problemlos passiert hatten.

Es gibt das übliche dumpfe Geräusch, als das Shuttle an die Luftschleuse des toten Schiffes andockt. Zwar hat hier niemand irgendeinen Standard zwischen den beiden Konstruktionen vereinbart, aber schon die KI der *Darc* hat festgestellt, dass das Andocken einfach möglich ist. Föderationsschiffe der von Menschen gebauten Klassen wie die Korvetten der *America*-Klasse der *Darc* und auch ihre Shuttles haben Formenergievorrichtungen zum Andocken. Diese können besser als jede luftdruckgefüllte „Gummilippe" den Abstand zwischen ähnlich großen Außenluken überwinden. Park hat bereits hinten auf dem Gang zwischen den zehn Passagiersitzen des Shuttles einen MeMa bereitliegen. *MeMa* wie in *MeleeMate*, der Standardkampfanzug der Earth Federation Space Navy. Leider nicht in der Spezialkräfteversion mit Disruptordrohnen, wie ihn im Nanitenkrieg Admiral Brander verwandt hat. Das große Finale zwischen Brander und dem Etwas, das den Nanitenangriff auf die Föderation und sogar andere

Zivilisationen ausgelöst hatte, ist immer noch streng geheim. Aber die Navy hat bekannt gegeben, dass es am Ende Admiral Brander und einen MeMa der jüngsten Generation in der Spezialkräfte-Variante involviert hat und er damit, wie auch immer genau, das Zentrum der feindlichen Nanitenwolke dort draußen im Weltraum vernichtet hat. Park hat es allerdings nicht geschafft, sich einen solchen von der *Darc* zu nehmen, um nicht noch mehr Zeit aufzuwenden und am Ende noch einen Alarm auszulösen. So muss es der Standard-MeMa aus den Shuttlebeständen tun. Immerhin hat auch dieser autonom handelnde oder fernsteuerbare Waffendrohnen. Wenn auch nur mit Thermo- und Paralysatorgeschützen. Aber einen Raketenwerfer mit Explosivgeschossen hat so ein MeMa ja auch noch. Schnell hat Park mit einem Universal-Formenergiewerkzeug ein paar Schrauben unter der nachgiebigen, sich selbst regenerierenden Stoffmasse gelöst und ein Modul entnommen, das für die Funkverbindungen zuständig ist. Er hat zwar absichtlich noch keine der Mitteilungen der *Darc* gesehen, aber es ist ihm klar, dass er mittlerweile wohl zur Festnahme durch Flottenpersonal ausgeschrieben ist und damit alle Ausrüstung in Funkreichweite, die mit KIs ausgestattet ist, Befehle von ihm verweigern wird. Das Kunststück ist eben, die Funkverbindung schon vor dem Einschalten lahmzulegen, denkt er grinsend. Probeweise schaltet er, den in sich zusammengesackten, dehnbaren MeMa in der Hand, die Stromversorgung ein. Er sieht, wie sich ein Statusbildschirm am rechten Arm mit grüner Schrift füllt und atmet auf. Nur um sofort ein „Nein!" laut auszurufen, als ihn rote Schrift darüber informiert, dass ein Shutdownbefehl eingegangen ist. Fluchend wirft er den Anzug zu Boden. Verdammt, wird ihm klar, er hat etwas Wichtiges übersehen. Dass der MeMa bereits bei der Lagerung im Shuttle routinemäßig mit Strom und gelegentlichen Updates versorgt wird, zumindest intervallweise. Park sieht wieder einen seiner alten Grundschullehrer vor sich, damals an der Schule in Busan. Wie er den Zeigefinger in die Luft hebt und etwas von kleinen Details sagt, die unheimlich wichtig seien im Leben. Die *Darc* hat ihn ausgetrickst, wird ihm klar. Zwar hat er das Shuttle durch Override des Fernkontrollcodes davor bewahrt, von der Brücke der *Darc* aus ferngesteuert oder deaktiviert zu werden. Die Nerven, auf ihn zu schießen, hätte diese Dubois ja ohnehin nicht gehabt. Aber offensichtlich hat der Anzug einen Statusupdate empfangen, der ihn deaktiviert hat. Er schreit einen Fluch so laut heraus, dass die Wände des Shuttles wackeln würden, wenn sie das denn könnten. „Egal", sagt er laut. „Dann eben einen einfachen Raumanzug und den Not-Nanitenpack." Nach Dienstvorschrift der Flotte lassen sich die sechs Raumanzüge, die jedes dieser Shuttle transportiert, nicht abschalten. Weil sie ein Überlebensnotnagel für die Crew sind. Aber ohne schützenden Energieschirm und neuerdings vorhandene Anti-Naniten-Felder ist es nicht ungefährlich, nur mit einem konventionellen Raumanzug auf ein fremdes Schiff zu gehen. Park seufzt und öffnet eine Klappe dort unten im Boden, hinten im Shuttle, wo unter Notklappen die Raumanzüge liegen. Er setzt sich die Nanitenspritze. Trotz des zurückliegenden Nanitenkrieges sind in der Föderation diese nanotechnologischen Helfer immer noch gebräuchlich, wenn auch nur zu Spezialzwecken. Die permanenten Naniten, die viele Menschen in sich trugen, sind seit den schicksalhaften Ereignissen im Jahre 2235 verboten. Aber es gibt immer noch die sogenannten limitierten Naniten, die nur einen Zweck erfüllen und sich nach Erfüllung dessen selbst vernichten. Etwa für Verjüngungsbehandlungen, gegen diverse Krankheiten oder eben auch gegen fremde Krankheitserreger, wie sie an Bord von fremden Raumschiffen oder sogar Föderationsplaneten lauern können. Sehr fremde Biologien, wie etwa die der feindlichen Luminos-Spezies machen die Sache weniger gefährlich. Aber auch fremde Biologien haben Erreger, die gerne mutieren, um doch noch einen Nutzen aus den wässrigen Salz- und Mineraliensäcken zu ziehen, die Menschen nun einmal sind. Park setzt sich die Spritze mit den immunisierenden Naniten und geht dann zum Waffenschrank. Er ist pessimistisch, muss aber trotzdem nachsehen. Jetzt wird er so oder so, sagt er sich selbst, seinem zögerlichen Captain zeigen, was ein entschlossen handelnder Mann bewirken kann. Er ist fertig. Er trägt einen weißen Raumanzug mit dem Logo der Föderationsflotte, der Registriernummer CV-118 und dem Namen *EFS Jeanne D'Arc*. In einem Seitenschrank hinten rechts findet sich eine Sammlung von sechs armlangen Strahlern. Kombinierte Paralysator- und Thermowaffen. Neben sechs Faustfeuerwaffenversionen. Er nimmt eine der Faustfeuerwaffen und überprüft sie. Sie ist auch deaktiviert. Er hat nichts anderes mehr erwartet. Park macht sich nicht die Mühe, sie wieder ordentlich zu verstauen, sondern lässt sie einfach auf den Boden des Shuttles fallen. Er überzeugt sich, dass der Raumanzug einwandfrei funktioniert. Das tut er, jedoch liefert er einige Warnungen bei den Statusmeldungen. Zwar kann er sich sowohl mit dem Bordnetz des Shuttles wie auch dem der *Darc* verbinden. Aber es liegt eine Aufforderung vor, sich sofort dem nächsten angetroffenen Flottenpersonal zu ergeben. Park klickt die Meldung weg. Ebenso wie die, die von einer Quarantänesituation der höchsten Stufe des fremden Schiffes und jetzt auch ihm selbst und dem Shuttle spricht. Das fremde Schiff, sein Schicksalsschiff. Irgendwelche gefälschten Quarantänemeldungen werden ihn jetzt nicht davon abhalten, dort an Bord sein Schicksal zu suchen. Immerhin hat Dubois nicht auf sein Shuttle feuern lassen. Das war ein kritischer Moment gewesen. Aber dass sie es nicht getan hat, vermutlich wegen ihres vergangenen Vertrauensverhältnisses, macht ihm Mut. Mut, dass sie auch die Droiden an Bord des anderen Schiffes nicht auf ihn ansetzen wird. „Also los", sagt Park zu sich selbst und geht zur Luftschleuse. Über sein Implantat öffnet er sie. Drinnen ist der winzige, weißgetünchte Raum unter Luftdruck, aber die Warnlampe für die äußere Schleuse zeigt Rot. Park erteilt gedanklich über das Implantat den Befehl zum Absaugen der Atmosphäre in der Schleuse und dann gleitet das äußere Schott in die Wand. Die vernarbte, dunkelstählerne Außenhülle des Schicksalschiffes liegt vor ihm, mit einer etwas zu kleinen Luke in der Mitte, die eine eckige Form mit leicht abgerundeten Ecken hat. Vermutlich ein Notzugang, den die unbekannten Erbauer des fremden Schiffes angelegt haben, mit einer winzigen Schleuse dahinter, die natürlich viel zu niedrigen Luftdruck hat wie das ganze Schiff. Die Luke des fremden Schiffes zeigt deutliche Spuren, wo die Droiden der *Darc* sich unter Umgehung eines ursprünglichen Zugangsmechanismusses Zutritt verschafft hatten. Auch für Park ist es nicht schwer, die Luke zu öffnen.

Captain Dubois

"Park ist an Bord, Ma'am", meldet Lieutenant Arkay von der OPS. Die grobe schematische Darstellung des Fremdschiffs und des Shuttles zeigt an, wie der blinkende Punkt des Commanders vom Shuttle auf das riesige Schiff überwechselt. „Offensichtlich", antwortet Captain Dubois nur kurz. „Verbindung zum *Chiefeng*", fordert sie laut und ist sich nicht im Klaren, ob die KI oder der Kommunikationsoffizier zuerst auf die Anfrage reagiert hat. Jedenfalls erscheint kurz darauf das verblüffend munter aussehende Gesicht von Lieutenant Thor Karst, dem Chefingenieur der *Darc*, kurz Chiefeng genannt. *Hat der etwa Zeit gehabt für ein Nickerchen?* Das fragt sich Dubois, denn wenn jetzt auch die reguläre Alpha-Wache von Captain Dubois und den Sektionschefs wie Lt.-Commander Lee an der Taktik und Lieutenant Arkay an der OPS ist, so haben doch alle seit der Konfrontation mit dem Fremdschiff wenig geschlafen. Nur dann und wann hat sich seit der letzten Schicht mal jemand von der Brücke in den nahegelegenen Bereitschaftsraum gelegt. Während der Alpha-*Wache* und nicht Schicht, korrigiert sich Dubois in Gedanken selbst. Nach alter Marinetradition heißen die Schichten auf einem Schiff natürlich Wache. Aber es ist eine dieser Ungereimtheiten, die die Amateure um Thomas Brander, heute Fleet Admiral und Oberkommandierender der Space Navy, damals falsch gemacht haben, denkt sie mürrisch. Damals, als sie die Flotte mit der aufgefundenen Alientechnologie aus der Taufe gehoben haben. Begriffe, die damals von Laien geprägt worden sind, haben sich bis heute erhalten und so redet die halbe Flotte heute von Schichten statt Wachen. Thomas Brander, der alte Tech-Guru und CEO des berühmten Unternehmens *Terra Tomorrow Technology* oder kurz TTT und spätere Gründer der Earth Federation Space Navy. Er ist ohnehin ein rotes Tuch für sie. Aber über die sehr besonderen Gründe dafür will sie gerade nicht nachdenken und schiebt den Mann aus ihren Gedanken.

„Mister Karst. Haben Sie Fortschritte bei der Analyse des Scans von der Rechnereinheit gemacht, die wir Ihnen geschickt haben?" Denn die Droiden, die die notstromversorgte Servereinheit mitsamt dem Toten drüben auf dem Schiff gefunden haben, haben natürlich auch einen umfangreichen Tiefenscan von allem durchgeführt. Wenn er sich ausgeruht hat, wird er kaum viel analysiert haben, denkt sie mürrisch. Mister Karst ist es vermutlich gewöhnt, nur auf technische Probleme der *Darc* zu reagieren, anstatt irgendwelche Scans von Alientechnologie zu analysieren und wissenschaftlich zu arbeiten, wird ihr klar. Denn die Aufgabe der Korvette war in der Vergangenheit ja eher, in den Föderationsraum eingedrungenen Grey- oder Luminosschiffen nachzujagen.

„Nun Captain, diese Rechnerplatine. Sie ist sehr primitiv. Die Notstromversorgung, die am Kabelbaum hing, die geht ja noch. Das entsprach etwa unserer XU-Technologie. Also Absaugen von Energie aus einem höheren Kontinuum. Aber die Rechnerplatine selbst hätte ich eher für 21. Jahrhundert gehalten. Also bevor wir die Ancient-Technologie hatten."

Der Captain atmet tief durch. „Sind Sie sicher, Mister Karst?" Sie mustert ihn scharf. „Nun Ma'am, es gibt da einige Bauteile, die ich nicht verstehe. Aber die können nichts Wichtiges machen. Eher wie große Kondensatoren, aber…", er lacht, „wer baut schon über daumendicke Kondensatoren auf einer sonst relativ modernen Rechnerplatine ein? Ich meine, nicht mal im 21. Jahrhundert hat man das gemacht."

Dubois sieht grimmig drein. Sie hatte sich mehr von der Analyse versprochen. „Mister Karst, sehen Sie zu, dass Sie etwas herausfinden, was diese Platine leisten konnte." Karst macht ein abweisendes Gesicht. „Bei allem Respekt Captain", beginnt er und Dubois denkt sich, dass sie Sätze, die mit „bei allem Respekt" anfangen, wirklich nicht leiden kann. „Es gibt Spezialisten, die sicher mehr mit solcher Alientechnologie anfangen könnten. Wenn ein Wissenschaftsschiff kommt, können die…"

„Bis eines kommt, Mister Karst", stößt Dubois scharf hervor, „werden wir hier weiter analysieren. Leider kommt Abwarten und Tee trinken gerade nicht in Frage." *Nicht, wo mein Erster Offizier eigenmächtig ein Shuttle entwendet und auf das Fremdschiff übergesetzt hat*, denkt sie. „Aye Ma'am, ich tue mein Bestes", bestätigt Karst und Dubois beendet die Verbindung. Sein Bestes, was vermutlich nicht viel ist, fügt sie in Gedanken hinzu. Auch wenn man eigentlich durch den Tiefenscan der Platine samt Speichermedien die enthaltenen Informationen auslesen können müsste.

Da wäre noch die Sache mit den Stasekapseln des fremden Schiffes, denkt Dubois. Sie räuspert sich. „Und die Scans von den Stasekapseln, die es ja offensichtlich waren. Die Scans haben autarke Energiegeneratoren in den Kapseln ergeben. Genauso wie wir das auch in der Föderation machen. Wenn auch sonst alles fremdartig ist", stellt sie fest. Karst nickt. „Richtig. Die Fremden verwenden ein anderes Universum zum Absaugen und puffern scheinbar kaum zwischen…" Dubois unterbricht ihn. „Und unsere

Scans haben ergeben, dass das Innere der Generatoren, die Matrix genau gesagt, sich in eine Art Matsch aufgelöst hat", schließt Dubois. Der Chefingenieur nickt. „Richtig. Wir wissen nicht warum. Aber Sabotage oder etwas in der Art hat offensichtlich die Kapseln lahmgelegt. Weil das ganze Schiff ohne Energie ist, ist das vielleicht auch bei anderen Generatoren der Fall. Vielleicht auch bei den Hauptgeneratoren des Schiffes. Da bräuchten wir Detailscans von den Droiden." „Später vielleicht, Mister Karst. Analysieren Sie die Platine erst noch einmal", beendet sie die Diskussion.

„Mister Arkay oder Mister Lee, wer auch immer von Ihnen welchen Droiden gerade steuert. Lassen Sie den Trupp in den Maschinenraum gehen. Wir wollen dort erst einmal die Generatoren und den Rest scannen." Die Taktische Offizierin nickt. „Ja Ma'am." Lieutenant Arkay räuspert sich. „Sollen wir die zwölf Droiden aufteilen, Captain? Ein Team könnte sich der vermuteten Brücke nähern oder der Krankenstation." Doch Dubois schüttelt den Kopf. „Wir wollen uns nicht unnötig aufteilen, sondern die Droiden zusammenhalten, Mister Arkay."

Commander Park

Park unterdrückt ein beklemmendes Gefühl, als er seiner Navigationsanzeige durch das Totenschiff folgt, die ihm sein Implantat direkt ins Hirn projiziert, ohne dass er dafür die Displayfunktion des Helms benutzen muss. Schwerkraft herrscht natürlich nicht auf dem aufgegebenen Raumschiff, aber selbst der normale Föderationsraumanzug, den er trägt, verfügt über einen eingebauten Gravitationsprojektor. Alles auf dem Schiff atmet „alt", als es schemenhaft durch den Helmscheinwerfer des Anzugs beleuchtet wird. Selten reflektieren die stählernen Seitenwände den Helmscheinwerfer richtig stark. Meistens sieht man die dicke Patina, die sich überall niedergelassen hat. Park fühlt sich plötzlich unwohl, bei dem Gedanken, in diesem dunklen Totenschiff mit einer so hellen Lichtquelle herumzuleuchten. Mit nur einem Gedanken wählt er über sein Implantat an, dass der Raumanzug nur noch sehr, sehr wenig Licht aus einem kaum glimmenden Helmscheinwerfer abgibt. Er nimmt es durch sein Implantat zigfach verstärkt wahr. Als Ergebnis hat er das Gefühl, sich in einem sehr viel natürlicher beleuchteten Korridor zu bewegen. Nicht ganz so auffällig zu sein hat natürlich auch eine beruhigende Wirkung. Er wählt das taktische Display des Raumanzugs über sein Implantat an. Es zeigt ihm die zwölf Droiden des Außenteams in schneller Bewegung weg von ihm, irgendwo nach weiter achtern in das Schiff gehen. „Ja, verzieht euch nur", murmelt er zu sich selbst. Es ist tatsächlich so, als würde ihm die unentschlossene Kapitänin mit ihren Droiden aus dem Wege gehen. Oder hat sie sich am Ende von Selina zu diesem weichen Kurs überreden lassen? Der Gedanke an seine androidische Gefährtin verpasst ihm einen Stich. Doch er konzentriert sich. Wenn er hier Führung zeigt, wird später Dubois als unfähig und überfordert dastehen. Vielleicht versteht das ja sogar das Oberkommando. Und er wird einen kompletten Bericht abliefern können, was hier auf dem Schiff eigentlich geschehen ist. Das Deck, auf der das er durch die Luftschleuse gekommen ist, ist schon das Richtige. Es bringt ihn nun, wo er nach rechts und damit hin zum Heck des Schiffes abbiegt, näher an den Kontrollraum. Dort wird es Antworten geben, da hat er keinen Zweifel.

Captain Dubois

Erschöpft geht Captain Dubois in ihren Bereitschaftsraum und lässt sich auf die schmale Liege fallen, die hinter dem Schreibtisch an der Wand angebracht ist und irgendwie ein Zwischending aus Ablage und Pritsche ist. Commander Park, oder Jae, wie sie ihn genannt hat, wenn sie allein waren, war ihr oft eine Stütze. Aber seit er dieses Chaos mit seinem Sexandroiden verursacht hat – allein der Gedanke! – und er offensichtlich durch den einhergehenden Gesichtsverlust durchgedreht ist, ist er völlig außer Kontrolle. Ein Shuttle zu entführen und abseits aller Befehle auf dem Fremdschiff herumzulaufen, das ist nicht mehr nachvollziehbar. Das Schiff in einer potentiell kritischen Situation durch seine privaten Kapriolen von der Mission abgelenkt zu haben, war schon schlimm genug. Aber jetzt hat er es so weit getrieben, dass ihr nichts anderes übrigbleiben wird, als ihn am Ende in Arrest zu nehmen. Ein Militärgericht wird ihn sicherlich auf der Erde zu einer jahrelangen Haftstrafe in einem Flottengefängnis und einer anschließenden unehrenhaften Entlassung verurteilen. Degradierung zum einfachen Matrosen oder vielleicht Specialist eingeschlossen, vermutet sie. Was für eine Schande für ihn. Aber völlig verdientermaßen. „Jae, Jae, Jae", sagt sie vor sich hin und schüttelt den Kopf. Alles ist nicht so gelaufen, wie sie gewollt hat und mit einem wildgewordenen Jae Park an Bord des fremden Schiffes können die Dinge noch sehr viel schlimmer werden, ist ihr klar. Was soll sie tun? Soll sie die Droiden drüben auf dem Totenschiff tatsächlich anweisen, Park in Haft zu nehmen? Und was dann? Zurzeit könnte er ja nicht einmal in die Arrestzelle auf der *Darc* überführt werden, der Quarantäne halber. Sie weiß nicht, was sie tun soll. In solchen Situationen war ihr Jae als Vertrauter oft eine Hilfe. Aber jetzt? Seufzend steht sie auf, strafft ihre Uniform und geht aus dem Bereitschaftsraum auf die Brücke. „Captain auf der Brücke" verkünden die Deckenlautsprecher der KI und Lt.-Commander Lee auf dem Kommandantenplatz sieht sie herausfordernd an. „Sie haben die Conn, Commander", winkt sie ab und verlässt die Brücke durch den Haupteingang. In ihrem Quartier geht sie zielstrebig zu einem versenkten Panzerschrank. Sie klappt eine Frontverkleidung zurück und hält dann ihre rechte Hand auf ein entsprechendes Feld. Ein Bestätigungston erklingt und die Panzertür wird entriegelt. In dem Panzerschrank befindet sich nur ein einziger Gegenstand. Ein flacher und leicht verzierter Quader aus braunem Holz, glänzend lackiert und mit ein paar goldenen Lettern. Sie stellt den Quader auf den Tisch ihres Quartiers und fühlt ein taktiles Feedback von der Apparatur, als sie es loslässt. Sie geht ein paar Schritte zu ihrem Sofa und macht es sich gemütlich. Erwartungsvoll sieht sie in den Raum, grob in Richtung des Holzquaders auf dem Schreibtisch. Es dauert nicht lange, da erscheint die durchscheinende Figur eines älteren Herrn. Nach nur einer Sekunde ist er zu einer normalen Gestalt verfestigt, so dass es so aussieht, als stünde hier wirklich ein Mann in ihrem Quartier. Die schwarz gekleidete Gestalt hat ein Gesicht, das Admiral Thomas Brander nicht mal völlig unähnlich sieht, auch wenn es mehr eine oberflächliche Typähnlichkeit ist. Nur ist dieser Mann deutlich älter, weil er offensichtlich keinerlei Verjüngungsbehandlung erhalten hat. Das graue Haar beginnt sich zu einer leichten Glatze zu lichten. Das etwas faltige Gesicht sucht nach Dubois, findet sie auf dem Sofa. Ein Lächeln schleicht sich auf die Wangen des älteren Herrn. „Salut Jessica", sagt die Gestalt freundlich auf Französisch. „Salut Alexandre", antwortet sie.

„Wenn du mich wieder hervorholst aus dem... Tresor, dann ist es sicher wieder einer dieser Tage, an denen nichts Gescheites geschieht. Oder alles schiefläuft?" Er sieht sie fragend an. Captain Dubois ist für einen Augenblick erschüttert. Es ist wohl ein halbes Jahr her, dass sie die Memoriamkonsole das letzte Mal aktiviert hat. Mit goldenen Buchstaben steht der Name der dort rudimentär abgespeicherten Person auf dem Holz.

ALEXANDRE GERAD

Alexandre Gerad, der legendäre Gründer der Firma TTT. Ehemals ein Techpionier, der sogar Elon Musk in den Schatten gestellt hat. Im Jahre 2080 ist er verstorben. Zwei Jahre nur, nachdem er eine gewisse Grundschullehrerin namens Jessica Dubois aus Quebec in Nordamerika kennengelernt hat. Neueste Erkenntnisse legen nah, dass das angebliche Genie Alexandre Gerad gewissermaßen geschummelt hat. Weil er schon Ende des 21. Jahrhunderts Zugang zu Alienwissen gehabt haben soll. In Form von Nanobots und deren abgespeicherten Informationen. Nanobots, die seit Urzeiten wild auf der Erde kursierten. Aber diesen Gedanken schiebt sie weg.

„Dass alles schiefläuft, das kannst du sagen, Alex", antwortet sie und redet ihn wie früher mit einem verkürzten Vornamen an. „Aber lass uns nicht darüber reden." Sie hat plötzlich Tränen in den Augen. „Ich will noch einmal deine letzte Botschaft an mich hören, die du damals aufgezeichnet hast. Weißt du, diese Memoriam-

Aufzeichnung ist basierend auf dem Video von damals erstellt worden." Er nickt und seufzt. Sein Mund zeigt ein schiefes Lächeln. Noch immer steht er im Raum, was etwas die Illusion eines realen Gesprächs mit ihm stört. Aber er ist ja auch keine richtige Digitalisierung der Persönlichkeit von Gerad. Eine solche anzufertigen ist nur unter bestimmten Bedingungen erlaubt, als Tiefenscan des Gehirns eines Menschen. Aber nach Föderationsgesetzen darf man so eine digitale Persönlichkeit nicht etwa in einem Droiden, einem Rechner oder dergleichen aktiv werden lassen. Angefertigt und verwendet werden dürfen solche Scans nur im Rahmen eines durch die Wiederauferstehungsbehörde erzeugten „Backups", wie man es nennt. Also eines neu erstellten Körpers, der dann den atomaren Zustand des Gehirns exakt nachbildet. Hier, als lange vor der Backuptechnologie Gerad so einen Memoriam-Hirnscan für die einfachen Erinnerungskonsolen für Hinterbliebene erzeugt hat, wurde aber viel einfacher gescannt. Jede Nachbildung, die man für solche Memoriamkonsolen völlig legaler Weise erzeugt, kann immer nur eine eher einfache Simulation sein. Nie der echte Mensch. Leider gibt es kein echtes Backup von ihrem damaligen Lebensgefährten Alexandre Gerad.

Gerad seufzt. „Jessica, das bringt doch alles nichts. Meine Aufzeichnung enthält ja nicht das große Geheimnis, das da wie ein Elefant im Raum steht. Und es wird dich wieder nur enttäuscht dastehen lassen." Dubois nickt. „Richtig, Alex, richtig." Sie ändert ihre Tonlage. „Aufzeichnung abspielen!" Die Memoriamkonsole reagiert sofort auf ihr Kommando. Die Gestalt von Gerad flimmert und scheint dann übergangslos auf einem simplen schwarzen Bürostuhl zu sitzen, der ebenso unecht ist wie der ganze Mann.

Dubois verzieht das Gesicht und denkt, wie vergleichsweise primitiv doch die Technologie des späten 21. Jahrhunderts war mit solch abrupten Übergängen, die jedwede Illusion der Echtheit zerstören. Wie dem auch sei, Gerad in immer noch gleicher Kleidung sieht sie ernsthaft an und dann redet er haargenau so wie damals. Damals an diesem schicksalhaften Tag im September 2080 auf der Videoaufzeichnung, die sie einen Tag nach seinem Tod erhalten hat.

„Jessica, meine Liebe." Er lächelt freundlich. „Ich bin immer noch auf dem Mars. Ich weiß", grinst er, „es wird dir viel zu lange, schon in der zwölften Woche. Aber es gibt dringende Sachen, die ich hier noch erledigen muss, bevor wir uns wiedersehen." Er sieht sie sehr ernst an. Immerhin, denkt sie, kann die Konsole schon richtigen Blickkontakt herstellen, auch wenn man sich nicht direkt vor der Projektion befindet.

„Ich treffe heute Abend Brander. Thomas Brander. Du weißt schon, meine Rechte Hand." Die Aufzeichnung von Gerad sieht lange Zeit schweigend in die Kamera. „Es geht nicht mehr weiter mit ihm und mir. Nicht mit uns beiden zusammen." Er sieht für einen Moment unglücklich aus. „Jetzt habe ich dir vielleicht schon zu viel erzählt. Brander und ich, wir müssen das klären." Er grinst schief, wie es so seine Art war. „Es kann nur einen geben, wie es in dem alten Film hieß." Er nickt, als wolle er sich selbst überzeugen. Alles ist wie in der alten Videoaufzeichnung. „Danach wird er… verschwinden. Nicht mehr stören. Kündigen." Gerad grinst schelmisch. „Dann komme ich runter zur Erde. Oder willst du hoch auf den Mars zu mir kommen? Aber das können wir später besprechen." Gerad sagt nichts mehr, sondern beugt sich geschäftig nach vor, um einen unsichtbaren Knopf zu drücken. Abrupt flimmert die

Aufzeichnung wieder und dann steht Gerad wieder im Raum. „Na, hat es geholfen?", fragt er traurig.

„Leider nicht."

„Und ich kann dir auch nicht weiterhelfen. Auch ich", er zögert, „in meiner jetzigen Form... weiß es nicht." Sie nickt traurig. „Deswegen bin ich in die Flotte eingetreten. Um das Rätsel irgendwann zu lösen. Selbst als ich diese Aufzeichnung damals an die Behörden gegeben habe, hat das ja nicht viel gebracht." Denn damals, als sich vor fast 160 Jahren der noch junge Thomas Brander und sein Chef Alexandre Gerad auf der riesigen Marsstation von TTT in Gerads Büro getroffen haben, war Gerad kurze Zeit später verstorben. Ein Unfall war es, stand im Bericht der TTT-Security. Das Panoramafenster in Gerads Büro hatte sich angeblich von selbst durch den Luftdruckunterschied gelöst und Gerad war erstickt, als seine Bürotür sich automatisch versiegelt hatte. Kaum dass Brander gegangen war. Nur, dass es damals noch keine unabhängigen Behörden auf dem Mars gegeben hatte. Die einzige Jurisdiktion, die TTT damals dort akzeptierte, war die eigene, ähnlich wie es auch Elon Musks Marsbasis damals gehandhabt hatte. Musks Unternehmen hatte seine Firmenherrschaft über alles und jeden auf seiner Station als „Selbstverwaltung" bezeichnet. Damals nachdem Musk selbst verstorben war. TTT war da ehrlicher. Aber Dubois glaubt damals wie heute dem Bericht kein Wort. Doch geschlagene drei Verjüngungsbehandlungen später, eine davon permanent durch die damals üblichen Naniten in ihrem Körper ausgeführt, war sie dem Rätsel immer noch nicht nähergekommen. Doch der Vorfall gibt ihr Kraft. Mag die gegenwärtige Lage der *Darc* auch noch so vertrackt sein, sie muss weitermachen. Allein für Alexandre.

Commander Park

Park steht am Eingang des schlichten Treppenhauses, wie es sich fast auch auf einem Föderationsschiff befinden könnte. Nur merkwürdig wuchernde Verdickungen im Türrahmen – und auch das Fehlen irgendeiner Art von Luke verwundern ihn. Es scheint so, als sei irgendeine Art von Türmechanik hier regelrecht ausgewuchert. Als sei sie verquollenes Metall geworden. Er schüttelt den Kopf. Natürlich hat er keine Möglichkeit herauszufinden, was damals hier passiert ist. Entschlossen geht er die Treppe nach unten. Denn nach seinem Plan, der von einem Implantat ständig in sein Hirn projiziert wird, muss er kurzzeitig ein Hindernis auf diesem Deck umgehen. Weiter hinten auf diesem Deck gibt es offenbar irgendeine Art von Barrikade. Er geht weiter und stellt fest, dass hier ein Deck tiefer, wohl eine Doppeltür vorhanden ist, deren zwei Fenster schon längst blind sind. Noch dazu ist es offensichtlich, dass die Tür fest im Rahmen verschweißt ist. Er schaudert bei dem Gedanken. Barrikaden und verschweißte Türen? Offensichtlich haben hier in der Endphase des Schiffes verzweifelte Kämpfe stattgefunden. Was natürlich zu den bisherigen Entdeckungen passt, die die Crew der *Darc* bereits gemacht hat. Tote, möglicherweise ritualisierte Hinrichtungen und was auch immer man sich zu den Funden zusammenreimen kann. Aber damit man mehr erfährt, muss er seine Exkursion fortsetzen. Hin zur Brücke und dem kleinen Kapselraum ganz in deren Nähe.

Doch durch diese Doppeltür wird er ohne Waffen nicht durchkommen. „Verfluchte Dubois", murmelt er. Selbst ist sie zu zögerlich, ja regelrecht ängstlich. Aber ihm nimmt sie die Werkzeuge, diese Mission vernünftig zu Ende zu bringen. Denn mit einem MeMa oder wenigstens den Waffen im Shuttle wäre diese verschweißte Tür nun wirklich kein Problem. Er atmet tief durch und sieht sich um. Sich hinkniend begutachtet er etwas, das wie eine Wartungsluke aussieht, durch die er gerade so durchpassen würde. Er kramt das Universalwerkzeugs aus der kleinen Seitentasche des Raumanzugs heraus. Das kleine Kästchen hat nur einen einzigen Knopf und er drückt ihn. Sofort merkt er, wie das Helmdisplay in seinem Raumanzug aufleuchtet und eine Verbindung hergestellt hat. Gleich spricht er das kleine Werkzeug mit einem Implantat an. Gedankenschnell hat er alle Funktionalität des kleinen Kastens zur Verfügung. Verächtlich denkt er daran, wie schwierig das jetzt für eines der zahllosen feigen Besatzungsmitglieder der *Darc* wäre, die auf Implantate verzichten. Aus Angst vor einem weiteren Nanitenangriff.

Wieder gedankenschnell fährt der kleine Kasten eine Formenergiezunge aus, die in einen Spalt in der Wartungsluke greift. Sie aufzubekommen, ist so kein Problem.

Als er in dem engen Wartungsgang steckt, der einfach ein waagerechter, eckiger Schacht mit irgendwelchen undefinierbaren Gitterzugängen an den Seiten ist, kämpft er mühevoll eine Panikattacke nieder. Sich vorzustellen, in diesem gigantischen Stahlsarg so beengt in einem engen Schacht zu stecken, lässt ihn seinen eigenen Atem überlaut hören. Auch sein Herz pocht wie ein Hammer. Er glaubt, sein Blut in den Adern rauschen zu hören und schon meldet ihm der Raumanzug einen gefährlichen Anstieg bestimmter Hormone und Eckwerte. Vollautomatisch wird ihm ein leichtes Beruhigungsmittel verabreicht und nur Sekunden später kann er über den Panikanfall lachen. Niemand ist hier. Er ist allein. Alles, was hier gelebt hat, ist tot. Alle sind tot. Er muss schlucken. Das war vielleicht doch nicht der richtige Gedanke. Wieder pocht sein Herz und nochmals versetzt ihm der Anzug automatisch eine Injektion. Froh ist er, als er es am Ende geschafft hat, wieder ein Deck höher durch einen diesmal einwandfreien Treppenaufgang zu kommen. Dabei weicht er in der Luft herumtreibendem Unrat aus. Alles von kugelschreiberartigen Dingen bis hin zu Verpackungsresten und manchmal einer Art von Bürste oder Schere, wie es aussieht. Fast wie terranisch, aber dann doch immer irgendwie anders. Es schaudert ihn für einen Augenblick, als er sieht, wie das Treppenhaus unzählige Stockwerke über und unter ihm in die Dunkelheit des Totenschiffes weitergeht. Obwohl er in seinem 3D-Plan erkennen kann, dass das Treppenhaus keinesfalls ganz durch das Schiff geht, sondern nur elf Stockwerke abdeckt. Elf. Ob diese Zahl für die Aliens, die dieses Schiff einst gebaut haben, wohl eine ähnlich runde Zahl ist wie die Zehn für Menschen? Er kichert. Dann müssten sie vielleicht eine Hand mit sechs und eine mit fünf Fingern haben. Seine Belustigung ist möglicherweise ein Nebeneffekt des Beruhigungsmittels, wird ihm klar. Aber diese Aliens, sie hatten ja Schwämme an jeder Hand und keine Finger. Jedenfalls die Leiche vorhin. Da können sie so viele Finger machen wie sie wollen. Er atmet tief durch. Er ist high vom Beruhigungsmittel, wird ihm klar und er schiebt den sinnlosen Gedankengang aus dem Hirn. Macht sich weiter auf den Weg in Richtung Brücke. Es ist nicht mehr weit.

Captain Dubois

Man erkennt den düsteren Generatorraum, den eben noch die Droiden mit ihren Kopfscheinwerfern erleuchtet haben, in einer sauberen Holodarstellung im 3D-Becken vorne auf der Brücke. Dort, wo sonst das taktische Diagramm angezeigt wird. Das nimmt dem riesigen Raum seine düstere, ja kathedralenhafte Ausstrahlung, die er eben noch auf dem Hauptbildschirm gehabt hat. „Ich weiß auch nicht, Captain, was mit dem Generatorkern passiert ist." Chefingenieur Karst wirkt grimmig. „Alles was an Bord dieses Schiffes da drüben Energie erzeugen konnte, hat sich in irgendeinen Matsch verwandelt." Dubois saugt laut hörbar Luft ein. „Richtig, Mister Karst. Das sehen wohl wirklich alle hier. Ich hatte mir von Ihnen etwas Expertise in der Sache erhofft. Etwa, was für ein Matsch das sein könnte." Sie betont das Wort Matsch sarkastisch. Der Chefingenieur macht ein gequältes Gesicht. „Ich bin offensichtlich hier auf unserem Schiff, Ma'am. Und die Robis sind da drüben. Es ist schwer, einfach nur mit deren Scans etwas anzufangen."

„Die *Robis*?" Lt.-Commander Lee wiederholt den unsachlichen Begriff von Karst ungläubig und der Chefingenieur läuft rot an. „Sie wissen was ich meine." Er verschränkt sogar die Hände vor der Brust. Dubois sieht ihn wortlos, aber herausfordernd an.

„Wir sollten diese Arbeit Spezialisten überlassen, Ma'am. Ich bin gerne bereit, dieses Schiff zusammenzuflicken, wenn die verdammten Greys oder wer auch immer Löcher reinschießen.

Aber irgendwelchen Alienmatsch zu identifizieren, das ist nicht mein Gebiet." Jetzt ist es an der Kapitänin, rot anzulaufen. „Mister Karst. Sie gehen jetzt bitte wieder an die Analyse. Wenn die nicht bald etwas liefert, gehen Sie höchstpersönlich im Raumanzug mit dem zweiten Personenshuttle drüben an Bord und stochern selbst im Generatorschlamm herum." Karst wird bleich. „Aye Ma'am, ich sehe es mir noch einmal an." Nur Karsts zwei Assistenten hören, wie er sich über die Order vom Captain beschwert, eventuell persönlich rübergehen zu müssen. „Wir sind hier doch nicht in einer dieser altertümlichen Fernsehserien, wo die Leute immer in Schlafanzügen und mit Taschenlampen auf fremden Schiffen rumgelaufen sind, statt einfach einen Droiden rüberzuschicken."

Commander Park

Kurz vor dem Doppelschott zur Brücke des Schicksalsschiffes, wie er es dann und wann in Gedanken nennt, geht ein Gang nach rechts ab. Park fällt auf, dass dort alles mögliche Zeug wie Kanister und Boxen zu einer provisorischen Barrikade aufgeschichtet worden war und jetzt in der Luft schweben, mangels Schwerkraft. Er tritt heran und besieht sich das genauer. Und da sieht er es. Eine Leiche schwebt dort im Korridor, in vergammelte Reste eines Overalls gekleidet. Durch die fehlende Schwerkraft hat der Tote eine merkwürdige Majestät bekommen, wie er da herumtreibt. Wieder einer der dreiäugigen Humanoiden dieser unbekannten Rasse, die hier gegen irgendwen oder irgendwas ihren letzten erfolglosen Kampf geführt hatte. Wobei der Hauptgegner der Dreiaugen sicher die Kälte des Weltraums und der Hunger und Durst gewesen waren. Was auch immer sie zuerst geholt hat. Die Leiche trägt keines dieser grobmaschigen Kettenhemden. Er nimmt einen

Handscanner aus dem Raumanzug und versucht, einen Nahscan der Leiche zu machen. Ihn wundert, dass er kaum Werte bekommt. Was auch die Erklärung dafür sein dürfte, dass die Leichen hier an Bord von den Scannern der *Darc* nicht erfasst worden waren. Als er die Scanparameter verändert, sieht er es. Es schaudert ihm. Auch diese Leiche trägt eines der „Kettenhemden". Nur unter der Uniform oder was auch immer der Overall gewesen war. Er sieht sich um. Auch hier gibt es merkwürdige Wandwucherungen an den Gangabzweigungen. Was auch immer das nun wieder zu bedeuten hat. Kopfschüttelnd wendet sich Park dem Doppelschott hin zur Brücke zu. Auch hier haben die Scans der *Darc* keine Leichen erfassen können. Aber nun kommen ihm Zweifel, dass die Brücke wirklich leer sein wird. Verzweifelte Barrikaden in der Endphase des sterbenden Schiffes, da wäre es logisch, dass sich die Brückencrew dort verbarrikadiert hat. Denn auch auf Föderationsschiffen hat die Brücke immer besondere Sicherheitsmaßnahmen, die ein schnelles Übernehmen der Kontrolle über das Schiff verhindern sollen. Man sieht schon von außen, dass es hier keinen Aufhebelungsmechanismus für das Schott gibt, etwa für den Fall eines Energieversagens. Solche Drehräder hinter Klappen hat er dann und wann hier auf dem Schiff gesehen. Auch ein Äquivalent zu entsprechenden Vorrichtungen auf Föderationsschiffen. Doch waren die Klappen hier auf dem Totenschiff teils zugeschweißt. Hier vor dem Schott zur Brücke fehlen sie ganz. Etwas Unrat fliegt in der Luft herum. Vielleicht hat hier die Brückencrew irgendwann eine Barrikade wieder abgeräumt, überlegt Park. Wozu? Vielleicht, damit der Tote gegenüber hinter den Barrikaden Möchtegern-Meuterer unter Feuer nehmen konnte. Aber solche Gedanken sind müßig, wird sich Park klar. Wichtig ist, dass er auf die Brücke kommt. Das genaue Durchsehen der Topografie des Brückendecks zeigt ihm, dass sich ganz rechts kurz vor einer anderen Luke eine Wartungsklappe in der Wand befindet, die so wirkt, als könne sie das Universalwerkzeug öffnen. Er macht sich ans Werk und alsbald zieht der gummiartige Strang des Werkzeugs die Klappe auf. Gerade so groß genug müsste die Öffnung sein, dass er sich hindurchschieben könnte. Auch wenn es ihm bei dem Gedanken schaudert. Langsam zieht er die Klappe auf. Und taumelt mit einem Schrei rückwärts. Hinter der Luke sieht ihn in dem engen Tunnel das Gesicht eines Toten an! Eines der grauen Leichengesichter, gleich mit drei eingetrockneten, toten und schwärzlichen Augen. Der Mund ist zu einem stummen Schrei geöffnet. Die Hände sind irgendwie an den Seiten, als habe er oder sie versucht, die Klappe aufzuschieben. Es dauert eine Weile, bis sich Park wieder beruhigt hat, nachdem er zurückgetaumelt ist. Auch eine weitere Injektion des Raumanzugs trägt sicher dazu bei. *Was bin ich nur für ein Held?* Ihm kommen Selbstzweifel anhand der ständigen Zufuhr von Beruhigungsmitteln. Aber, denkt er sich, ohne diese Injektionen wäre er wohl kaum in der Lage, das zu machen, was er jetzt tun wird. Nämlich den Leichnam aus dem Schacht ziehen. Er greift fest zu und befördert den eingetrockneten, grauen und mit pergamentartiger Haut versehenen Körper heraus. Sogleich fängt er an, gespenstisch quer durch den Korridor zu segeln. Dabei fallen ihm oder ihr ein paar Dinge aus der Tasche. Ungläubig starrt Park auf etwas, das wie ein Zwischending aus einem Schlüsselbund und einem Kleinkunstwerk aussieht. Neben zahlreichen Papierfetzen schwebt es da herum. Waren das am Ende mal Familienfotos? Im Scheinwerferlicht glaubt er, Umrisse von Gesichtern fast schwarz auf schwarz zu erkennen. Aber er will nicht wirklich nach Dingen fischen, die aus dem Leichnam fallen - oder besser schweben - und macht sich daher daran, sich selbst in den Wartungsschacht zu begeben. Mit dem Raumanzug um ihn herum ist das kaum möglich und wo er sich langsam Zentimeter für Zentimeter vorarbeitet, knirscht und knarzt es fürchterlich im Inneren seines Raumanzugs. Es dauert zwar nur Minuten, aber nach seinem Empfinden eine halbe Ewigkeit, bis er schließlich nach einem scharfen Winkel nach links vor der Klappe ist, die in den Kontrollraum führen müsste. Er dankt dem Herrgott, dass keine weiteren Toten den Schacht verstopft haben. Es dauert ziemlich lange und erfordert eine weitere Beruhigungsspritze des Raumanzugs, bis er die verschließende Wartungsklappe nach außen drücken kann und sie in das Dunkel des Kontrollraums davonschwebt.

Captain Dubois

Captain Dubois sitzt im Besprechungsraum nahe der Brücke und trommelt mit den Fingern auf der Tischplatte. Ihr ist unwohl bei dem Gedanken, dass jetzt ein Lieutenant das Kommando über die Korvette führt. Auch wenn sie nur ein paar Schritte von der Brücke trennen. Wie immer sind die Stabsoffiziere versammelt. „Commander Lee. Optionen bitte." Die Taktische Offizierin sieht die Kapitänin unsicher an. „Taktische oder…?", fragt sie. In der Praxis hat sie längst die Funktion des Executive Officers, des Ersten Offiziers übernommen. Nicht nur wird sie im Schichtdienst die Beta-Wache von Commander Park übernehmen, sondern sie hat in Krisenzeiten wie diesen auch längst die Funktion der rechten Hand des Captains übernommen.

„Nicht nur taktische, Mister Lee."

Lt.-Commander Lee denkt einen Augenblick nach. „Nun, wir könnten die Droiden Commander Park festnehmen lassen, ihn einstweilen im Shuttle inhaftieren und uns auf eine sichere Position zurückziehen. Bis Verstärkung kommt, die mit Wissenschaftlern an Bord besser für die Analyse des Feindes…", sie unterbricht sich errötend, „… ich meine des Fremdschiffes ausgerüstet ist." Dubois nickt. „Ich beginne auch, diese Option zu favorisieren." „Alternativ…", sagt Lee zögerlich, „wäre ein Rückzug auf die sichere Position ohne Festnahme von Park. Aber es beinhaltet das Risiko, dass Park dort Dinge tut, die sich nachteilig auswirken werden." Dubois nickt. „Wie Systeme hochfahren und so potentiell die *Darc* in Gefahr bringen."

„Obwohl dieses Schiff natürlich in der Lage wäre, das Fremdschiff zu vernichten, bevor es zu irgendeiner Bedrohung werden könnte." Dubois überlegt eine Weile. „Andere Vorschläge?" Sie sieht in die Runde, doch weder Lieutenant Arkay von der OPS, Fähnrich Demark von der Kommunikation, Lieutenant Jamison von der Navigation, noch Fähnrich Lavera als Officer of the Deck machen den Eindruck, Vorschläge zu haben oder verneinen regelrecht. Auch Chefingenieur Karst, dessen unscheinbares Äußere und dessen verstimmtes Gehabe so sehr im Gegensatz zu seinem Vornamen „Thor" stehen, hat nichts beizutragen. „Irgendetwas Neues, Mister Karst?", fragt Dubois den Chefingenieur direkt. Dieser schüttelt nur stumm den Kopf. Erst als sich Lt.-Commander Lee räuspert und der Captain eine Augenbraue hochzieht, fügt er ein „Nichts Ma'am" hinzu. Dubois holt tief Luft.

„Commander Park reagiert noch immer nicht auf Kommunikationsversuche und liest auch keine Textnachrichten", meldet Fähnrich Demark auf einen fragenden Blick des Captains hin. „Allerdings gibt ihm sein Raumanzug dann und wann Beruhigungsmittel, wie wir gemeldet bekommen", fügt Demark hinzu.

Man merkt Captain Dubois an, dass sie einen Entschluss gefasst hat. „Nun gut, Gentlemen. Commander Lee. Geben Sie den Befehl an die Droiden, Commander Park zu paralysieren. Am besten ohne Vorwarnung. Dann Standardfesselung im Shuttle, Entzug jedweder Kommandoprivilegien von Park auch für den Shuttle sind ja ohnehin schon aktiv. Seinen Hack, um unsere Fernsteuerung zu umgehen, müssen die Droiden gegebenenfalls wieder beseitigen."

„Aye Captain."

„Mister Arkay. Sie scannen danach sorgfältig die Brücke. Vielleicht können die Nahscans der Droiden dort ja mehr offenbaren." Arkay bestätigt.

„Wegtreten", schließt Dubois die Besprechung. Leiser wendet sich Lee beim Rausgehen an die Kapitänin. „In zwölf Minuten werden die Droiden in den Kontrollraum eindringen."

Commander Park

Wie angewurzelt steht Park auf der stockdunklen Brücke, die ihm allerdings durch den schwach glimmenden Helmstrahler seines Raumanzugs und die elektronische Aufhellung in seinem Implantat einigermaßen ausgeleuchtet erscheint. Es sind überall Tote zu finden. Entstellte Tote, die in merkwürdige, rankenartige Apparaturen eingespannt sind, dass Park entsetzt den Blick abwendet. Die Brücke ist kreisförmig und in der Mitte gibt es einen erhobenen Podest, den man unwillkürlich dem Kapitän des Schiffes zuordnet. Andere Pulte sind an den Seitenwänden der Brücke mit Sitzen davor. Der Hauptbildschirm ist staubig und blind. Die Crew ist offenbar vollzählig auf der Brücke versammelt. In völliger Dunkelheit in ihren Sitzen auf dem Totenschiff und ebenso tot wie alles andere hier. Er will gar nicht so genau hinsehen, was den einzelnen Mitgliedern der Brückencrew geschehen ist, aber die Entstellungen des Kapitäns allein auf seinem erhöhten Sitz sind entsetzlich. Es ist eine Installation wie in den düstersten

Horrorflicks, nur weitaus schlimmer als alles, was er je gesehen hat. Der Kapitän des Schiffes war eine Frau, das wird offensichtlich. Ihre drei toten, eingetrockneten Augen scheinen einen Punkt hoch oben an der Decke der Brücke zu fixieren, wenn man denn den Blick aus den Resten von Pupillen extrapolieren will. Ihre Hände sind hinter dem Kommandosessel gefesselt. Man sieht dreckige, aber teilweise noch immer silbrig schimmernde Ketten, die um ihren Oberkörper verlaufen. Auch hier baumeln irgendwelche Anhängsel an den Kreuzungspunkten der einzelnen Kettenstränge. Die Beine der Frau sind weit gespreizt und an den Knien hat sie wiederum diese Ketten, die irgendwo in der Decke der Brücke verschwinden. Irgendjemand wollte hier offenbar einen sadistischen Scherz aus der einst im wahrsten Sinne des Wortes gehobenen Position der Kommandantin machen. Was die Szenerie in absoluten Horror verwandelt, ist eine silbrige Kiste, nicht viel größer als eine Fußbank, die aber massiv wie ein Silberbarren zu sein scheint. Sie dient als Basis für eine grauenhafte Kabel- oder Schlauchinstallation. Die Oberfläche des Silberbarrens ist mit merkwürdigen, ineinander gewundenen Ornamenten versehen, als sei hier ein irrer Graveur im Drogenrausch tätig gewesen. Das Ornament einer liegenden, gefesselten Gestalt scheint erkennbar zu sein. Aus dem Kasten gehen zahllose rötlich-braune Schläuche oder Kabel hervor, die eine Art Wildwuchs wie ein Krüppelbaum des Bösen über der gefesselten, toten Kommandantin bilden. Immer wieder führen einzelne Stränge zum Körper der Unglücklichen und verschwinden dort in irgendwelchen Körperöffnungen. Park will gar nicht so genau hinsehen, aber offenbar sind Frauen dieses Volkes anatomisch ähnlich gebaut wie Menschenfrauen. Jedenfalls wenn er die eingetrockneten Brüste und weiteres richtig interpretiert. Auch wenn die Kapitänin drei Brüste aufweist. Hier sind die Schläuche an all den Stellen befestigt, wo sie ein irrer Sadist befestigen würde. Dringen unten in sie ein in die zwei üblichen Öffnungen am Unterkörper, die die fremde Rasse offenbar mit Menschen weiblichen Geschlechts gemein hat. Auch die drei Brüste bleiben von kabelartigen Anfügungen nicht verschont und auf dem Mund ist ihr ein rotbrauner Trichter gewachsen, der sicherlich ihre Schreie schon zu Lebzeiten zum Verstummen gebracht hat und auch über das Gestrüpp in dem silbernen Kasten verschwindet. Die Frau trägt Uniformreste, die aufgerissen worden sind und achtlos herunterhängen, wo sie Zugänge zum Körper der Gefesselten freigeben sollten. Manche Schläuche verschwinden irgendwo sonst im Körper der Frau, so als hätten sich die Stränge dort einfach einen eigenen Durchgang geschaffen. Obwohl es ohne nähere Kenntnis der Anatomie der Fremden unmöglich ist zu wissen, ob dort schon natürliche Körperöffnungen waren. Was allerdings ob des menschenähnlichen Körperbaus eher unwahrscheinlich ist. Park ignoriert die Restcrew, die ähnlich auf ihren Plätzen gefesselt und penetriert ist, auch wenn die anderen wie eine Art Schmalspurausgabe der Kommandantin wirken. Vielleicht mit Ausnahme vorne einer weiteren Frau, die Park wegen eines Kopfhörers für eine Kommunikationsoffizierin hält. Sie ist ähnlich schlimm zugerichtet. Aber er sieht nicht so genau hin, auch wenn ihm seine Fantasie vorgaukelt, dass sich die zu Lebzeiten so gequälten und verunstalteten Leiber der Crewmitglieder bewegen würden, wann immer das Licht seiner Lampe, restlichtverstärkt in seinem Implantat, den Bestrahlungswinkel wechselt. Park mahnt sich zur Ruhe und merkt, wie sein Raumanzug ihm eine weitere

Beruhigungsspritze setzt. Eine Warnung auf dem Helmdisplay und textuell in seinem Implantat als Gedankenprojektion warnt ihn, dass weitere Dosen gesundheitsschädlich wären. Mit pochendem Herzen tritt Park an die so grausam zugerichtete Kommandantin heran. Fühlt Tränen in seinen Augen. „Es tut mir so leid", bringt er leise heraus in der Einsamkeit seines Raumanzugs, hier auf der dunklen Brücke des Totenschiffes. „Es tut mir so leid, was dir widerfahren ist." Er sieht ihre Haut. Sieht die unzähligen Geschwüre, die sie bedecken und die nicht selten stengelähnliche Spitzen haben. Wer immer hier die Kommandantin so angeschlossen hat, wollte nicht nur irgendeine perverse Lust befriedigen, sondern Dinge in ihren Körper injizieren, die sie krank gemacht haben. Ob der Bösartigkeit der Szenerie taumelt Park zurück und stößt gegen die Rückenlehne des Stuhls der Kommunikationsoffizierin. Der drehbare Stuhl fährt herum und Park, der erschreckt zusammenzuckt, starrt das grauenhaft verzerrte Gesicht der Frau an. Sie hat immer noch ihren Kopfhörer auf, nur dass er offenbar Teil einer Installation eines weiteren Teils des roten Geflechts geworden ist, das sich um den Kopfbügel gewunden hat und sogar in ihre drei aufgerissenen Augen eingedrungen ist. Die dünnen Stränge verschwinden tief in der bröseligen Substanz der eingetrockneten Augen. Er taumelt zurück und sieht, dass die Frau förmlich in ihrem Sitz angehoben worden ist. Denn ein besonders dicker Strang geht von der silbrigen Box vor der Kommandantin zum Stuhl der Kommunikationsoffizierin und hat sich dann hochgewunden, um wie ein Phallus des Bösen, ganz glänzend und mit widerwärtigen, aderähnlichen Strängen versehen, von unten die Sitzfläche ihres Sessels zu durchstoßen. Dort teilt sich das teuflisch wirkende Gewächs, um seine schreckliche Funktion zu erfüllen. Allen Göttern sei Dank ist alles regungslos und tot, denkt Park. Er fühlt, wie sein Magen rebelliert und wird von seinem Raumanzug informiert, dass ihm ein Mittel zur Magenberuhigung injiziert wird. „Wer… wer hat das getan?", fragt er verzweifelt in die Lautlosigkeit der Brücke hinein. Wer hat den Mann dort rechts so an seiner Konsole befestigt, dass er von hinten ebenfalls von einem roten, dicken Strang penetriert wird und seine Arme wie in Verzweiflung hin zur Decke streckt, wo sie von roten Ranken gefesselt sind? Park sieht, dass das rotbraune Gewächs auch unter der Decke entlangläuft. Alle Gedanken an Analyse der Konsolen und Computer auf der Brücke sind vergessen. Ohnehin sind alle Geräte tot und schwarz. Park bekommt das grauenvolle Gefühl, als würden die roten Stränge auch auf ihn zukriechen. Auch wenn er nirgends etwas sieht oder hört. Plötzlich hat er Angst, irgendetwas auf diesem Schiff zu erwecken. Irgendetwas, das mit ihm und Crew der *Darc* eben das machen würde, was hier auf dem Totenschiff geschehen ist. *Totenschiff* ist der richtige Name, wird ihm klar. Denn wenn dies Schiff sein Schicksalsschiff werden würde, dann würde er dies wohl nicht überleben. Schnell bewegt er sich auf das Doppelschott ein paar Meter hinter der Kommandantin zu. Es führt hinaus auf den Platz vor dem Brückenzugang, genau dort, wo er vorhin vergeblich vor dem verschlossenen Zugang gestanden hat. Hier ist eine Klappe, die wohl das übliche Handrad zur Notöffnung hat, zeigt ihm das taktische Display seines Implantats an. Er öffnet es nur um zu fluchen, denn das Handrad ist mit einem stählernen Sicherungsbügel versehen, das ein Schloss besitzt. Seine Nackenhaare stellen sich auf, als er sich vorstellt, wie das Horrorkabinett der Toten sich von ihren Plätzen bewegt und hinterrücks auf ihn zukommt. Er traut nicht mal seinem taktischen Display, sondern dreht sich immer wieder um, um sich zu vergewissern, dass alle Toten noch auf ihren Sesseln sitzen, die zu ihren Hinrichtungsstühlen geworden sind. Er setzt mit zittrigen Fingern gerade das Universalwerkzeug an, um das Schloss zu öffnen, da hört er hinter sich ein Geräusch.

Captain Dubois

"Parks Werte gehen durch die Decke, Endorphine bis zum geht nicht mehr", meldet Doktor Schneider, der auf einem Bildschirm rechts vorne an der Stirnwand der Brücke zugeschaltet ist. "Er ist immer noch auf der Brücke, am Brückenschott von innen", fügt Arkay von der OPS-Konsole hinzu. Denn die Hauptcrew der *Darc* hat sich dort wieder versammelt, auch wenn alle wegen des langen Dienstes deutlich angeschlagen sind. „Droiden haben ein Hindernis", meldet Lee von der Taktischen Konsole. Auf einem kleineren Monitor rechts vorn an der Stirnwand der Brücke sieht man deutlich ein zugeschweißtes Schott, das einen Durchgang versperrt. Eines, das dort eigentlich nicht hingehört, sondern so wirkt, als sei es willkürlich eingefügt worden. „In zehn Minuten sind wir da, Captain", meldet Lee. Captain Dubois verfolgt die schematische Darstellung auf dem Hauptschirm, wo in der Tat der blinkende Punkt, der Commander Park darstellt, am Schott zu finden ist. Dubois steht in der Mitte der Brücke und hat die Hände auf dem Rücken verschränkt. „Beenden wir die Sache zügig,

Commander", sagt sie an Lee gewandt. „Ich habe von diesem Zirkus, den Park hier veranstaltet langsam genug." Sie sieht sich auf der Brücke um. „Und *Commander* Park braucht ihn keiner mehr zu nennen. Um seinen Dienstgrad wird er sich keine Sorgen mehr machen müssen."

„Captain, ich empfange Energiefluktuationen von deren Brücke. Irgendetwas ist da zum Leben erwacht!", ruft Arkay plötzlich. „Oh dieser verdammte…", beginnt Dubois einen Fluch.

Commander Park

Die raue Stimme ist hinter seinem Rücken und ihm bleibt fast das Herz stehen. Langsam dreht er sich um. In Gedanken ist hinter seiner Stirn ein absolutes Horrorszenario entstanden, das er erwartet. Die verkrümmten Gestalten der Crew mit aus ihrem Körper hängenden, tropfenden Schläuchen. Die Münder tropfend, wo sie der Schlauch nicht verschließt und die Hände anklagend auf ihn zeigend. Doch als er sich umdreht, sieht er nur, dass ein kleiner Bildschirm rechts neben der natürlich immer noch regungslos dasitzenden Kommunikationsoffizierin zum Leben erwacht ist. Genau genommen flimmert die regelrecht mit einer Patina besetzte Oberfläche nur leicht und zeigt grob erkennbare Umrisse eines Kopfes. Irgendeine Aufzeichnung läuft da vermutlich, mutmaßt Park. Es klingt so, als sei der Lautsprecher, der die Aufzeichnung akustisch wiedergibt, völlig kaputt, denn immer wieder knistert und knätert es. Die Aliensprache bleibt unverständlich. Auch der

Übersetzer seines Raumanzugs kann nichts an Sprachmustern identifizieren. Er atmet durch. Dennoch befürchtet er, dass das teilweise Erwachen von Brückeninstallationen in Anbetracht des ganzen Horrors kein gutes Vorzeichen ist. Nervös sieht er auf die anderen Leichen und die sie verbindenden Schläuche. Insbesondere auf die silbrige Kiste, die wohl Ursache allen Übels ist. Doch nichts bewegt sich dort. Schnell dreht er sich wieder zum Türmechanismus hin um. Er ist unendlich erleichtert, als es klickt und er das Brückenschott mit dem Handrad aufdrehen kann. Es geht quälend langsam von sich und in seiner Fantasie erheben sich wieder die Toten hinter ihm. Doch in Wirklichkeit geschieht nichts und er tritt Minuten später auf den dunklen Korridor vor dem Brückenschott. Ihm ist unwohl bei dem Gedanken, das Schott mit dem Horror dahinter nicht wieder verschließen zu können.

Entschlossen geht Park auf den kleinen Raum mit dem ungefähren Dutzend Schlafkapseln zu, der sich ganz in der Nähe befindet. Ist es eine Art exklusiver Staseraum für Führungsoffiziere? Er hofft, dort etwas anderes als ein Horrorkabinett vorzufinden. Der Weg ist nicht lang und führt vorbei an dem schwebenden Toten hinter der Barrikade. Gleich links liegt eine Luke, die erstaunlicherweise recht unkompliziert zu öffnen ist. Als Parks Helmscheinwerfer mit seinem üblichen Glimmen, das ihm restlichtverstärkt viel heller vorkommt, in die vielleicht fünf mal zehn Meter große Kammer kommt, fällt ihm wieder auf, wie schmucklos alles hier ist. Wer immer die Aliens auch waren, die dieses Schiff gebaut haben, von Innenarchitektur haben sie nicht viel gehalten. Aber dafür gleichen sie sonst in ihrer Denkweise in vieler Hinsicht den Menschen, wenn man etwa an die Aufteilung der Brücke denkt. Mehr kann man bei Aliens wirklich nicht erwarten, denkt sich Park. Einen Kontakt zur

Menschheit hätte es erleichtert. Aber das wird wohl nicht mehr stattfinden.

Zentral im Raum sind vier Podeste, auf denen je eine eckige Kiste liegt. Sie haben alle eine transparente Oberfläche. Eckige Stasekisten diesmal? Er wundert sich. Immerhin sind die Ecken abgerundet, so dass sie nicht völlig den Föderationsstasekammern ähneln. Sonst befinden sich ein paar staubige Bildschirmarbeitsplätze und ein paar Sitzgelegenheiten im Raum. Irgendwelche kleineren Dinge schweben durch den Raum, die man etwa für Schreibgeräte und Tablettcomputer halten könnte. Vielleicht kann er denen ja später etwas entlocken, wenn er den Speicherinhalt scannt. Denn ein einfacher Handscanner ist ja Teil des Raumanzuges. Er tritt an die vier Kisten heran. Die erste, zweite und dritte sehen nicht leer aus, aber die transparenten Deckel sind wie auch schon bei den runden Kapseln in dem großen Lagerraum blind. So als habe das verrottende Innere die Scheibe von innen beschlagen, was kein angenehmer Gedanke ist. Doch der Deckel der vierten Kiste ist klar, wie er aus seiner Seitenperspektive sieht. Mit klopfendem Herzen tritt er näher heran. Eine leere Kiste? Oder eine noch funktionierende? Es könnte sein, dass endlich eine dieser Kisten noch funktioniert. Schließlich haben sie eigentlich eine autarke XU-Energieversorgung und sind für Langzeitbetrieb gebaut. Auch wenn einige Jahrhunderte, die dies Schiff wohl unterwegs war, sicher eine sehr lange Zeit selbst für solch eine Technik sind. Park geht noch näher heran und sieht schon, dass kleine Lämpchen, die eigentlich die Funktion der Kiste anzeigen müssten, dunkel an den Seitenwänden der Kiste sind. Auch ein kleines Panel, das die Kiste ebenso wie Föderations-Stasekisten hat, ist dunkel. Er ist enttäuscht, als er nähertritt. Die Kiste muss leer sein, kein Zweifel.

Dann bleibt er wie vom Donner gerührt stehen. Die Kiste ist außer Betrieb, kein Zweifel. Aber drinnen liegt… eine der Frauen dieser Spezies. Sie ist nackt und ihre Haut ist viel glatter, als er sich das vorgestellt hat. Und leicht bläulich. Mit den üblichen Silberketten, die nur ihren Rumpf abdecken. Sie hat drei mittelgroße Brüste und drei Augen und unten sieht sie anatomisch…

Er blinzelt, schüttelt den Kopf. Nein, er hat sich geirrt. Da liegt keine der Frauen des fremden Volkes, drin, da liegt eine Menschenfrau! Sie ist völlig nackt, hat keineswegs drei Brüste und drei Augen, sondern alles ist, wie es bei einer Menschenfrau sein sollte. Seine Erwartungshaltung muss ihn getäuscht haben! Die Frau ist keine vertrocknete Leiche, sondern sieht aus, als würde sie nur schlafen. Bemerkenswerterweise hat sie einen Kahlkopf, was aber der Schönheit ihres feingeschnittenen Gesichts keinen Abbruch tut. Die Silberketten auf dem sehr attraktiven Körper geben ihrem Aussehen eine verruchte Schönheit. So als sei hier irgendeine Vorliebe am Werk. Bilder von tanzenden Frauen aus arabischen Ländern aus klischeehaften Filmen kommen ihm in den Sinn; mit Goldketten statt dem hier vertretenen Silber am Körper. Aber dann fällt es ihm auf. Der Bauch der Frau bleibt flach. Sie atmet nicht! Ein gehöriger Schreck fährt ihm in die Knochen. Hat die Stasekiste etwa eben bei seinem Eintreten erst die Funktion aufgegeben und hat etwas nicht richtig funktioniert, dass die Frau nicht atmet? Es kann um Sekunden gehen! Er beugt sich ruckartig herunter, fingert nervös am Deckel herum klappt ihn hoch. Unsagbar schwergängig ist die alte Mechanik, aber dann ist er offen und er beugt sich über die Frau. Er fasst sie an den Schultern und ist beruhigt, dass diese warm und weich sind. In dem Augenblick schlägt sie die Augen auf. Vor Schreck fährt er hoch und tritt einen Schritt zurück. Die Nackte setzt sich in ihrer Kiste auf, sieht sich wie suchend um und mustert ihn dann mit einem interessierten und selbstbewussten Blick. Sie spricht nicht, aber sie hält den Kopf schief, als sie ihn ansieht. Ihre Augen sind grün, wie er feststellt.

„Geht… geht es Ihnen gut?" Er tadelt sich selbst, dass er sie auf Englisch anspricht und befiehlt dem Übersetzer des Raumanzugs gedankenschnell, den Satz in diversen Sprachen zu wiederholen. Der Raumanzug plärrt den Satz auf Ancient, beiden gebräuchlichen Gloaksprachen, Leonisch, Grey, Luminos und sogar den Zischlauten der reptilienähnlichen Tarts. Am Ende noch auf Russisch und Chinesisch. Und zur Vorsicht noch einmal auf Englisch. Französisch, denkt er sich, wird sie ja kaum sprechen. Obwohl er sich für einen anzüglichen Gedanken schämt, den er da im Kopf hatte. Die Frau öffnet den Mund und sagt etwas in einer ihm unbekannten Sprache. Diverse Klick- und Schnalzlaute scheinen Teil dieser Mundart zu sein. Der Übersetzer seines Raumanzugs informiert ihn, dass er kein Sprachmuster erkennt. Auch Ähnlichkeiten zu bekannten Sprachen terrestrischer oder nichtterrestrischer Natur sind nicht vorhanden. Das ist der Moment, in dem er sich beobachtet fühlt. Langsam dreht er den Kopf und auch der Blick der Nackten, die in ihrem Kettenkleid in der Kiste sitzt, dreht sich zur offenen Luke hin.

„Commander Jae Park, treten Sie zurück von der Person und lassen Sie sich in Gewahrsam nehmen! Es liegt ein Arrestbefehl Ihres Kommandanten vor!" Die Stimme klingt für einen Droiden verblüffend militärisch-schneidig. Sechs der Droiden haben sich in einem lockeren Halbkreis um Park und die Frau in ihrer Stasekiste versammelt. Sie sehen merkwürdig aus, mit ihren fehlenden Unterkörpern, baumelnden Armen und den blendenden Kopfscheinwerfern, die die Nackte blinzeln lassen. Parks Hirnimplantat kann hingegen die übergroße Helligkeit ausblenden. Das ist der Augenblick, indem die Frau den Mund öffnet und einen schrillen, langgezogenen Schrei ausstößt.

Eine Minute vorher

Captain Dubois

„Der führende Droide betritt in wenigen Momenten den Staseraum", meldet die in ihrem Sitz zurückgelegte Taktische Offizierin. Man sieht das Bild auf dem Hauptbildschirm, das den stahlgrauen Korridor zeigt. Captain Dubois hält erwartungsvoll die Luft an. Der führende Droide, den Lee persönlich steuert, dreht nach rechts und geht durch die Luke, die ein Bücken eines erwachsenen Menschen erfordert hätte. Der unterkörperlose Droide passt allerdings problemlos hindurch. Man sieht sofort den flüchtigen Commander Park, wie er sich zu der Stasekapsel hingewendet hat. Sekunden später, als sich die Droiden in Position bringen, stößt die Navigatorin vorne an ihrer Konsole einen überraschtes „Oh" aus. Denn man sieht eine nur mit einer Kettenverschnürung bekleidete Nackte in der Stasekiste neben Park sitzen. Das Licht der Kopfscheinwerfer des führenden Droiden glänzt auf der Kopfhaut des kahlen Schädels der Frau. „Kontakt!", ruft Lt.-Commander Lee, dem Protokoll folgend. Captain Dubois zögert nur einen Moment. Ihr kommt in den Sinn, dass Park völlig verrückt geworden sein muss und am Ende einen

weiteren Sexdroiden bei sich hat, den er irgendwie auf das fremde
Schiff gebracht hat. Als sie den Gedanken verworfen hat und Lee
befehlen will, sich einstweilen zurückzuziehen und zu beobachten,
ist es schon zu spät.

„Commander Jae Park, treten Sie zurück von der Person und lassen
Sie sich in Gewahrsam nehmen. Es liegt ein Arrestbefehl Ihres
Kommandanten vor!", tönt es aus dem Lautsprecher des vorderen
Droiden, als die Taktische Offizierin den entsprechenden Satz
denkt und dieser vom Mind-Reader in ihrem Sitz an den Droiden
übertragen wird, der ihn in Worte formt. Dann bricht die Hölle los.

Commander Park

Weil auf dem Schiff noch eine dünne Atmosphäre herrscht, kommt
der schrille Schrei der unbekannten Frau bei Park an. Er hört ihn
etwas gedämpft in seinem Helm und ihm fährt die animalische,
unmenschliche Tonlage durch Mark und Bein. Er sieht die Frau
entgeistert an, die ihren Kopf in den Nacken gelegt und den Mund
ganz geöffnet hat, um so den Droiden zu welchem Zweck auch
immer diesen Ruf entgegenzuschreien. Er weiß nicht, was er sagen
oder machen soll, da sieht er, wie die Droiden ziemlich hastig auf
Distanz gehen. Ihre Energieschirme zeigen ein rotes Kriseln, als
würde etwas dort angreifen. Dicht gedrängt, wie sie stehen haben
sie vermutlich nur atmosphärische Schilde, denkt er. *Wie kann ein
Schrei...*, beginnt er im Kopf die offensichtliche Frage. Da sieht er
auch schon, wie die glänzende, stählerne Außenhaut der

Kampfdroiden ebenfalls anfängt, ein rotes Muster zu entwickeln. Eine Sekunde später sieht es schon so aus, als ob sie an vielen Punkten ihrer Außenhaut glühen würden. Die Nackte stößt sich jetzt aus der Stasekiste ab und schwebt sitzend nach oben, streckt sich dann aber und dreht sich in der Luft langsam zu Park um. Die Arme ganz durchgedrückt und leicht vom Körper abstehend, die Beine ebenfalls steif in den Knien und nur sehr leicht gespreizt, schwebt sie über Park in seinem Raumanzug wie eine Göttin des Wahnsinns. Die Droiden beginnen sich zu dampfenden Häufchen rotglühender Schlacke aufzulösen. Ihm schaudert, als er den gnadenlosen Blick der schwebenden Frau auf sich spürt, deren bizarrer Kettenschmuck im Glanz der Glut im Raum leuchtet. Ihr Mund schließt sich, doch sie starrt ihn weiter wortlos an.

Captain Dubois

„Außenhülle der Droiden kompromittiert! Vermutlich Nanitenangriff!", ruft die Taktische Offizierin über die Deckenlautsprecher, während sie stumm und regungslos in ihrem Sessel an ihrer Konsole liegt, noch mit dem Mind-Reader verzahnt. „Verliere Kontrolle!" ruft sie und stöhnt in ihrem Liegesitz.

„Unsere Schilde hoch! Taktische Stärke!", ruft Dubois und rennt auf ihren eigenen Kommandostuhl zu. „Mind-Reader!" ist ihr letztes verbal geäußerte Kommando, bevor auch sie in ihrem Sessel die halb liegende Position einnimmt und sich mit dem Mind-Reader verzahnt. Lieutenant Arkay meldet noch, dass keine

Naniten nachweisbar sind. Ein blitzschneller Gedanke schaltet den roten Alarm ein, noch während ihr Sessel in die richtige Position fährt. Während es ihr die restliche Brückencrew gleichtut und sich mit den Mind-Readern verzahnt, gellt bereits der Rotalarm von den Wänden. Die Sirene erklingt dreimal, bis sie sich abschaltet. Lt.-Commander Lee aktiviert die Waffen und visiert das Totenschiff an. Captain Dubois wird all das gemeldet und sie gibt gedankenschnell ihre Zustimmung. Auch die Torpedos genannten Raketen der Gamma-Klasse werden scharfgeschaltet. „Lassen Sie uns das Problem ein für alle Mal aus der Welt schaffen" wäre die verbale Übersetzung eines in der Virtual Reality-Umgebung des Mind-Readers typischen Gedankenradikals, das im Bruchteil einer Sekunde diese Bedeutung zu Dubois transportiert. „Negativ!", gibt Dubois entsprechend zurück. Man kann nicht einfach auf eine unbekannte Lebensform schießen, die sich bedroht gefühlt hat und vermutlich im Affekt zugeschlagen hat. Wer gerade in einer Schlafkammer wach geworden ist und sich gleich sechs Kampfdroiden gegenübersieht, die bedrohlich handeln…

„Navigator, Kurs setzen, voll Graviton recht achteraus, relative Position sonst halten", ergeht binnen einer Sekunde das gedachte Kommando an die Navigatorin Sandy Jamison, den Rudergänger Fähnrich Herb Toleman und vor allen Dingen an die KI, die entsprechende Einstellungen sofort vornimmt, so dass Navigation und Ruder dem nur stumm folgen. Relativ gesehen vom fremden Schiff aus fliegt die *Darc* jetzt erneut rückwärts, auch wenn sie sonst ihre Position hält. Ein Beobachter, der im Raum stillstehen würde, würde beide Schiffe nach wie vor auf Alpha Centauri zutrudeln sehen, nur dass die *Darc* jetzt den Abstand vergrößert. Lee bekommt von Dubois das Kommando, über einen der sechs außen vor dem Raum verbliebenen Droiden die Außenlautsprecher anzuschalten und in allen bekannten nichtterrestrischen Sprachen zu verkünden, dass man friedlicher Absicht sei. Gleichzeitig gruppieren sich die Druiden in drei Zweierreihen, damit sich durch den gewonnen Abstand ihre taktischen Schilde aktivieren können. Naniten-Gegenmaßnahmen werden aktiv. Was schlichtweg heißt, dass eigene Naniten aus den internen, winzigen Stasekapseln der Kampfdroiden ausgeschleust werden und sich auf die Außenhaut der Droiden und die Luft darum setzen, um im Falle einer Attacke durch aggressive Cousins einen Gegenangriff starten zu können. Die Kampfdroiden haben tatsächlich winzige Stasekapseln eingebaut, aus denen sie die Naniten erst dann entlassen, wenn sie gebraucht werden. Eine der zahlreichen Sicherheitsvorkehrungen der Föderation seit dem Nanitenkrieg.

„Dimensionaler Riss erfasst!" kommt die Meldung von der KI, die der für die blitzschnelle VR-Umgebung charakteristischen Dualität entsprechend vom OPS-Offizier Arkay bestätigt wird. Arkay fügt erklärend an, dass das Sensorbild bekannten Versuchen mit Wurmlöchern ähnelt, mit denen Föderationswissenschaftler experimentieren. *Wir sind unter vollen Schilden,* denkt sich Dubois. *Da wird doch niemand an Bord tunneln können, sollte er auch über diese Technologie verfügen.* In dem Augenblick hört Dubois schon „Eindringlingsalarm" von der KI, die anzeigt, dass etwas in der Mannschaftsmesse auf Deck Fünf materialisiert ist.

Eine Minute vorher…

Commander Park

Die kahlköpfige Nackte schwebt auf Park zu. Winkelt die Unterschenkel an und schwebt so widernatürlich aussehend in kniender Haltung vor ihm. Allerdings mit den Knien auf Höhe seiner Gürtellinie in der Luft. Dann lächelt sie plötzlich und er muss zugeben, dass es ein bezauberndes Lächeln ist. *Und der Tod kommt lächelnd,* hört er eine Zeile eines klassischen Gedichtbandes, den er einst in der Schule durchnehmen musste. Von Hendrik Lindström, einem bekannten Literaten des ausgehenden 21. Jahrhunderts. Er spürt ihre Hand nicht, als sie zart seinen rechten Unterarm berührt, aber er spürt sofort eine heiße Welle des Schmerzes, die seinen Körper durchrast. Nanobots strömen durch sein Fleisch und seinen Blutstrom, auf der Suche nach Gewebe, das sie langsam, sehr langsam siechen und verderben lassen können. Doch in seinem Kopf macht sich eine gnädige Benommenheit breit, die ihn fantasieren lässt. Er sieht das Gesicht seiner Mutter vor sich, die sich zu ihm herunterbeugt. Er ist wieder ein Kind, liegt fiebrig im Bett, wie er es damals in Busan oft war. Sie legt ihre zarte Hand an seine Stirn. „Träume, mein süßer Jae, träume", haucht sie. Doch was sie dann hinzufügt, lässt ihn sich wundern. „Du musst krank werden. Krank werden für das Gute, damit wir die Welt retten können. Die ganze Welt, nicht nur einen Planeten. Nein, das ganze Universum sogar."

Captain Dubois

Niemand auf der Brücke der *Darc*, selbst in der blitzschnellen Umgebung der Mind-Reader, kommt dazu, den fluktuierenden Vitalwerten von Park noch Aufmerksamkeit zu schenken. Gedankenschnell wird das Kontingent von zwanzig Marineinfanteristen aktiviert, die sich wegen des gelben Alarms ohnehin bereithalten. In ihren MeMa-3 – Kampfanzügen streben die kurz *Marines* genannten Soldaten unter dem Kommando ihres Lieutenants in Richtung Mannschaftsmesse auf Deck Fünf. Dort halten sie sich jeweils in halber Stärke in der Nähe des Haupteingangs und des kombüsennahen Hintereingangs auf, von wo der Marines-Lieutenant Pascal selbst das Kommando führt. Verzahnt mit seinen Leuten über den Mind-Reader. Niemand greift sofort ein, denn einstweilen fahren zwei Kontingente von Kampfdroiden auf, die die Marines in den beiden Gruppen unterstützen und auch von Pascal kontrolliert werden. Kompakte, scheibenförmige Mini-Kampfdroiden, MCDs genannt, wie dicke Ufos, schweben unterdessen durch die Lüftungsschächte des Schiffes auf die Mannschaftsmesse zu. Die Sicherheitsprotokolle bei Eindringlingsalarm sind auf Föderationsschiffen umfangreich, auch wenn man eher an ein konventionelles Enterkommando gedacht hat, als man sie aufgesetzt hat.

„Captain", beginnt Lee, verstummt dann aber. Es ist zu schrecklich, was eine Deckenkamera aus der Mannschaftsmesse einfängt. Drei Männer und zwei Frauen waren in der Messe, als diese eigenartige Frau eingedrungen ist. Eine unbekleidete Frau, mit zarter, perfekter Haut und nur gekleidet in diese fetischhafte

Kettendekoration. Das Kettengeflecht behindert die eingedrungene Frau nicht, da es nur den Rumpf bedeckt, ohne die Extremitäten zu binden. Die fünf Crewmitglieder liegen auf dem Boden. Haben schmerzverzerrte Gesichter, die alle möglichen Flecken aufweisen und krümmen sich. Sie sind offensichtlich außerstande aufzustehen. „Fuck", fasst Rudergänger Toleman die Situation auf einfache Art und Weise zusammen.

„Pascal meldet Bereitschaft." Dubois antwortet sofort mit „Zugriff" und dann greifen die Droiden koordiniert an. Die dicken Scheiben der MCDs krachen aus den Lüftungsgittern der Decke und eröffnen das Feuer auf die Gestalt. Disruptoren sind es ausschließlich, die so eingestellt sind, dass sie sich nicht lichtschnell quer durch das Schiff und den umliegenden Weltraum ausbreiten, sondern sich auf das Ziel beschränken. Durch die Vordertür und die Hintertür krachen die großen Kampfdroiden. Zwei nebeneinander durch die Haupttür, die doppelflügelig ist und unter den koordinierten taktischen Schilden der Droiden in Rauch und Feuer aufgeht. Andere folgen gleich danach. Durch die Hintertür kommt auf dieselbe Art und Weise einer ihrer stählernen Kameraden und ein weiterer mit anderen im Gefolge dringt durch die Tür zur Kombüse in die Messe ein. Alle feuern mit Disruptoren auf die Frauengestalt, die im Raum steht und sich interessiert dann und wann einem der Infizierten auf dem Boden zuwendet, als sei es ein interessantes medizinisches Experiment. Sie ignoriert verblüffenderweise die eindringenden und feuernden Kampfdroiden, wie eine entsetzte Brückencrew auf dem Hauptbildschirm mitverfolgen kann. Die Schüsse zeigen auch keine Wirkung, sondern die Frau ist seit dem ersten Schuss in ein

Energiefeld gehüllt. Es handelt sich um eine völlig andere Art von Feld als das, das die Föderation verwendet. Jedenfalls ist die Optik völlig verschieden und die Föderation hätte auch kein Energiefeld, das so perfekt massenhaftem Disruptorbeschuss standhält. Das Energiefeld ist grünlich und folgt wie eine grob gerasterte Blockdarstellung ungefähr den Konturen der Frau, wobei strangartige, schwarze Strukturen dafür ein Grundgerüst zu bilden scheinen.

„Vermuteter Nanitenangriff auf die Droiden, taktische Schilde und Anti-Naniten wehren ab", meldet Lee von der Taktik, was ihr die Raumanzugs-KI von Lieutenant Pascal automatisch weitermeldet. Die Droiden ignorieren auf Befehl von Pascal die Kranken und konzentrieren sich ganz auf die Frau mit dem Kettenschmuck, die etwa im Zentrum der Messe steht. Die Droiden bilden einen merkwürdig anzusehenden Doppelwall aus Scheibendroiden und den großen Kampfdroiden dahinter. Pascal informiert die Brücke, dass er sie auf Tarnung gehen lässt und im selben Augenblick sind die Droiden für die Kamera unsichtbar, als seien sie nicht mehr vorhanden. Dann plötzlich erhält Pascal über seinen Mind-Reader die Meldung, dass die Droiden allesamt stark abfallende Energieniveaus haben, auch wenn sonst keinerlei Probleme feststellbar sind. Es dauert nur Sekunden, dann ist das Energieniveau einer jeden Kampfmaschine so niedrig, dass sich die Scheiben und die unterkörperlosen großen Droiden sanft mit dem letzten Rest ihrer Energie zu Boden gleiten lassen und sie dabei mit versagenden Tarnvorrichtungen sichtbar werden. Dubois flucht gedanklich und denkt, wie praktisch es jetzt wäre, die 3Gen-Tarnvorrichtung von Admiral Brander im Sortiment zu haben. Jene, die er in seinem eigentlich illegalen, mit einer empfindungsfähigen

KI ausgestatteten Privat-Kampfroboter im Endkampf des Nanitenkrieges hatte und die ihm den Sieg ermöglicht hat. Eine allerdings instabile, noch experimentelle Technologie, die sich derzeit noch in den Forschungsabteilungen des Hauptquartiers der Flotte auf der Erde befindet und noch nicht allgemein eingesetzt wird. Noch verfügen keine Raumschiffe über diese neue Tarntechnologie. Aber außerhalb des Nanitenkrieges schien ihre Anwendung bislang auch nicht notwendig zu sein. Und man befürchtet, dass eine so leistungsfähige Technologie in Schiffen, die selbst nicht damit ausgestattet sind, zu schnell in die Hände irgendeiner feindlichen Macht fallen könnte. Daher wird die neue Generation von Kampfdroiden, die derzeit in der Entwicklung ist, erst mit einer neuen Schiffsgeneration ins „Feld" geworfen werden, wie Dubois weiß.

„Ursache? Mister Karst?" fragt Dubois den zugeschalteten Chefingenieur. Dessen Avatar in der VR-Umgebung mustert sie ungläubig und er liefert das mentale Gegenstück eines Schulterzuckens.

Captain Dubois gibt den Befehl an die auf dem Fremdschiff verbleibenden Droiden, den noch funktionierenden Server einzusammeln und mit dem Shuttle zu Chefingenieur Karst zu bringen. „Quarantäne hin oder her. Vielleicht lassen sich da Erkenntnisse gewinnen, die für die Bekämpfung des Eindringlings entscheidend sind", erklärt sie. Sie atmet tief durch.

„Feuer auf das Fremdschiff!", befiehlt Dubois. „Wir müssen weitere Überraschungen von dort ausschließen!" Die außen angebrachten Hauptdisruptoren der *Darc* sind perfekt auf das Fremdschiff austariert, so gerade wie die *Darc* immer noch auf das andere Schiff mit ihrem Bug zeigt. Die Hauptdisruptoren müssen dabei nicht einmal ihre Fähigkeit zum Anpassen des Schusswinkels ausnutzen, was sie über die beweglichen Schüsseln bugseitig und auch achtern an den Disruptorauslegern könnten. Beide Ausleger feuern steuer- und backbord neben dem Bug mit voller Kraft. Zwei suppentellergroße Anomalien breiten sich als stabartiger Riss in gerader Linie überlichtschnell auf das ganz in der Nähe befindliche fremde Schiff aus, indem sie das Raumzeitgefüge in diesem Bereich einfach aufreißen. Funkensprühend beißt sich diese stabförmige Anomalie quer durch das tote Schiff und rast durch sein Zentrum und am Heck wieder heraus. Die Geschütze der *Darc* sind von Lee so feinjustiert, dass sich die beiden Disruptorstrahlen im Zentrum des Schiffes treffen. Dort zerreißen sie den Maschinenkern des Schiffes und rasen dann weiter durch das Schiff, so dass ihr doppelter Schusskanal insgesamt ein X bildet. Doch gibt es hier keine Energie oder Antienergie mehr, so dass die Zerstörung fast ohne Folgen bleibt. Die bei einem aktiven Maschinenkern übliche explosive Zusammenführung der beiden Gegensätze unterbleibt. Damit explodiert auch kein Maschinenkern und abgesehen vom Auswurf von etwas dünner Atmosphäre und einigen Trümmerstücken passiert nicht viel. Sogar Eis dringt in den Weltraum, als Leitungen aufgerissen werden und die Sensoren der *Darc* melden es Lee. Noch während sie die taktische Konsole informiert, dass die Waffen einen drastischen Energieabfall haben und OPS-Offizier Arkay dasselbe meldet, lässt Lee über den Mind-Reader die Antienergie/Energie-Geschütze breitmachen. Diese waren schon aktiv und ihre Waffenabdeckungen steuer- und backbord am Bug geöffnet. Steuerbords rast eine kleine Thermoladung auf das fremde Schiff zu und backbords eine Antienergieladung. Beide vereinigen sich kurz vor dem nur leicht beschädigten Fremdschiff und lösen eine so gewaltige Explosion aus, dass das Wrack rückwärts geschleudert wird und in zwei große Teile zerbricht. Mit letzter Energie lässt Lee beide Vorwärts-Torpedorohre feuern, die ihre Raketen auf das Fremdschiff feuern. Die intelligenten Raketen legen ihren Kurs entsprechend, dass jedes der beiden großen Segmente des Wracks von einem Torpedo getroffen wird. Die Explosion zerstört praktisch alles bis auf manchmal noch schrankgroße Trümmerstücke, die glühend durch die Schwärze des Raumes fliegen. Was von den geschundenen Wesen an Bord des Schiffes übrig war, ist jetzt verbrannt und zerrissen und damit schlussendlich von den entwürdigenden Penetrationen befreit.

In der VR-Umgebung auf der Brücke erscheint auch schon das sorgenvolle Gesicht des Chefingenieurs Karst in einem blinkenden Rahmen. Doch als er beginnt, über den drastisch abfallenden Energiepegel zu reden, wird sein Bildschirm schwarz. Und alles andere auf der Brücke auch, als die *Darc* komplett Energie verliert. Die Mind-Reader schalten sich ab.

Selina

Selina, die immer noch barfuß und mit ihrem geschlitzten, blauen Kleid auf Deck Fünf in einer kargen Arrestzelle sitzt, bemerkt die Situation erst, als das Licht ausgeht. Nun hat sie in ihrem Computerhirn die Räumlichkeit komplett eingespeichert, so dass sie ruhig bleibt. Ein Mensch würde jetzt klaustrophobische

Anwandlungen haben, aber für Selina erscheint die Situation eher wie eine Herausforderung. Außerdem stellt sie befriedigt fest, dass sie jetzt einen Grund hat, die Arrestzelle zu verlassen. Denn sie will ja den Befehlen des Captains Folge leisten. Aber wo nun die Crew dieses Schiffes offensichtlich Hilfe braucht, gibt es nichts mehr, was sie in der Zelle hält. So legt sie es sich zurecht. Sie geht zur Stahltür, die fast spaltlos in die Wand eingepasst ist. Dann schreit sie und kreischt, dass es ohrenbetäubend von den Wänden widerhallt. Sie klopft und schlägt auch in scheinbar höchster Verzweiflung an die Wand. Es dauert nicht lange und die Tür geht auf. Ein Lichtstrahl von einer Handlampe leuchtet ihr ins Gesicht. Sie zwingt sich trotz des blendenden Lichts zu lächeln. „Der Captain braucht meine Hilfe!", sagt sie, „lassen Sie mich raus!" Sichtlich genervt sieht sie der dunkelhäutige, drahtige Chief Petty Officer an und will die Tür wieder schließen. „Wenn Sie die Tür schließen", beginnt sie trocken, „verlieren wir das Schiff. Bringen Sie mich zum Captain!" Kurze Zeit später führen sie zwei verunsicherte Sicherheitsleute auf das Deck Vier zur Brücke. Ohne dass die zwei Securityleute die Brücke kontaktieren können, geben sie im Zweifelsfall der Forderung der Gefangenen nach. Diese hat auch durchaus ihre Kenntnisse der männlichen Beeinflussbarkeit eingesetzt, was die Weite der Ausschnittsöffnung und den Gesichtsausdruck angeht. Alles Dinge, die schon in ihrer Grundprogrammierung als Animierandroidin enthalten waren. Eine Bezeichnung, die sie gegenüber der sonst gebräuchlichen bevorzugt. Auch die Kommunikatoren, die in den Flottenemblemen sitzen, vermögen nicht, eine Verbindung zur Brücke oder irgendwohin herzustellen. „Die Dinger haben Energie, aber kriegen keine Funkverbindung", stellt der dunkelhäutige Sicherheitsmann fest, der laut

Namensschild Fraser heißt. Er hat das Logo der Earth Federation Space Navy, das gleichzeitig Kommunikator ist, in der Hand und sieht sich die rot blinkende LED auf der Rückseite an, die fehlendes Netz anzeigt. „Mögen uns der Große Vogel der Galaxis und sein Captain beistehen", murmelt Freemans Kollege Tanner. Er spricht so leise, dass es nur die empfindlichen elektronischen Ohren von Selina hören können. „Ah, Church of Star Trek", sagt sie und lächelt ihm freundlich zu.

Captain Dubois

Das Licht ist wieder eingeschaltet, auch wenn es flackert. Kommunikation und Lebenserhaltung funktioniert auch wieder. „Ich habe die Triebwerke auf dreiviertel Kraft laufen", hat Chefingenieur Karst über Sprechfunk per Direktverbindung der Kommunikatoren gemeldet. „Irgendwas zieht die Energie immer wieder ab, aber so haben wir wenigstens genug Saft für das Nötigste." Die Energie müsste eigentlich für 750-fache Lichtgeschwindigkeit reichen, hat er erklärt. „Aber so genügt sie gerade für die Beleuchtung und den Direktfunk." Captain Dubois steht mit drei Leuten von der Sicherheit, Fähnrich Herb Toleman und dem stellvertretenden Chefingenieur Lieutenant Junior Grade Singh auf dem Haupt-Quergang auf Deck Fünf. Selina, die Androidin Parks, ist dabei. Auch wenn Dubois immer noch nicht so recht versteht, warum sie hier ist. Jedenfalls sollte dieser Gang eigentlich zur Mannschaftsmesse führen. Aber, wenn man es nicht besser wüsste, könnte man meinen, die Wände seien irgendwie schief und krumm herausgewachsen und hätten eine ungleichmäßige Masse geformt. Eine Masse, die wieder zu hartem Stahlplastik geworden ist. So hatte es jedenfalls Fähnrich Toleman formuliert, der ebenso ratlos wie alle anderen vor dem zugewucherten Gang steht. Lieutenant Singh ist sichtlich mitgenommen und sieht kreidebleich auf die neue Wand. „Das kann doch nicht sein", stammelt er. Captain Dubois kratzt sich zum wiederholten Male am Kopf. Nur Fähnrich Toleman scheint es locker zu nehmen. „Machen Sie sich nichts draus, Sir", wendet sich Toleman an Singh. „Ich habe das alles schon X-mal in Horrorfilmen gesehen. Horrorhäuser, die neue Treppenhäuser wachsen lassen, Korridore, die ins Nichts führen. Alles alte Hüte, Sir." Singh sieht ihn entgeistert an. „Was haben Sie gesagt?" Doch Toleman zuckt nur mit den Schultern. „Am Ende finden sie immer raus aus dem Haus. Zumindest einer von der Gruppe. Also alles in Ordnung." Jetzt sieht ihn Captain Dubois sichtlich genervt an. „Fähnrich. Etwas mehr Ernst bei der Sache bitte!" Toleman nickt, rollt aber mit den Augen. Er zieht zum wiederholten Male den Handstrahler, mit dem er wie die anderen der Gruppe ausgerüstet ist. Er sieht auf das Anzeigefeld. „Wieder weniger Energie", murmelt er. Als er den strafenden Blick von Dubois sieht, murmelt er etwas von „so lange kein Monster unter'm Teppich lang rast..." und scharrt mit den Füßen probeweise auf dem Kunststoffbelag des Ganges. In dem Augenblick knackt es aus den Deckenlautsprechern und der Ton ist überall im Gang zu hören.

„Crew der *Jeanne D'Arc*", beginnt eine irgendwie unmenschlich klingende Stimme. Auch wenn jeder Zuhörer Schwierigkeiten hätte zu erklären, was eigentlich genau falsch ist an der Stimme. „Keiner von uns", flüstert Toleman. „Sie sagt nicht *Darc* sondern spricht den Namen aus", fügt er erklärend hinzu.

„Sie alle haben nun die große Ehre, an der Rettung des Universums mitzuwirken", fährt die Stimme fort. „Klappe halten, Fähnrich!", zischt Captain Dubois in Richtung Toleman, der schon wieder einen Kommentar abgeben will.

„Ihre Körper werden als Testbett für famose Krankheiten dienen und mit etwas Glück können wir zusammen viele neue Erreger schaffen, die ein andauerndes und nachhaltiges Siechtum auslösen", tönt es von der Decke.

„Sorry Captain, Todesangst lässt mich immer zu viel plappern", flüstert Toleman zurück.

„Nach anfänglichen, ersten Studien werde ich nun den Kreis der Testobjekte erweitern."

„Fuck", entfährt es Captain Dubois. „Fuck noch eins", brummt Fähnrich Toleman dazu.

„Captain, lassen Sie mich endlich gehen. Ich brauche diesen Server von dem fremden Schiff, den Lieutenant Karst dort haben müsste. Ich sage es jetzt zum dritten Mal", fordert Selina. Dubois fasst sich an die Nasenwurzel. Sie sieht einen Securitymann mit FRASER auf dem Namensschild an. „Chief Fraser, bringen Sie Selina hier bitte in den Maschinenraum zu Lieutenant Karst. Und Selina, sagen Sie dem *Chiefeng*, dass die internen Sensoren Vorrang haben." „Ich muss wissen, was wann und wo vor sich geht!" Als die beiden weg sind, murmelt der Captain etwas von „Und immer noch hat sie diesen Fummel an, statt einen Bordoverall", gefolgt von einem gemurmelten „Verdammter Jae".

Selina

Selina steht in einer Nebenkammer des Maschinenraums vor dem einzelnen, ovalen Server vom fremden Schiff, der notdürftig mit einer provisorischen Stromversorgung der *Darc* versehen ist. Sie war sehr erleichtert, dass der Server wirklich physisch hier ist. „Ich protestiere", beschwert sich Chefingenieur Karst noch einmal. „Da kann alles Mögliche passieren, wenn Sie auf das Ding zugreifen! Ich weiß gar nicht, wieso die Droiden mir das verdammte Ding gebracht haben." Selina lächelt sarkastisch. „Sicher. Alles Mögliche kann passieren. Wir könnten einen schiffsweiten Energieabfall haben und alle sterben." Karst will den Mund aufmachen, doch die Androidin herrscht ihn an. „Oder wir erfahren vielleicht endlich mal ein paar Antworten, was der Captain auch abgenickt hat." Dann stellt sie eine Verbindung mit dem Server her. Geht alle möglichen Funkfrequenzen durch. Und plötzlich hat sie einen Datenstrom. Mit Software, die sie sich schon vor längerer Zeit auf der Erde aus dem Netz gezogen hat, geht sie mögliche Codierungen durch. Nicht Verschlüsselungen, sondern einfach nur Repräsentationen von Zeichen. Wobei sie natürlich das Alphabet der Fremden nicht kennt. Als sie glaubt, einen Eingabestrom in den Server gefunden zu haben, schickt sie Ancientsprache hindurch. Eine Art vorsichtiges Suchen. Denn wenn es kein Zufall war, dass das fremde Schiff auf Kurs nach Proxima Centauri war, wo schon die Ancients eine wichtige Flottenbasis mit Schiffswerften hatten und wo sie am Ende ihre Kriegsschiffe in Stase gelegt aufbewahrt hatten, dann verstehen die Erbauer ja vielleicht auch die Ancientsprache. Und dann erhält sie eine Antwort.

Fähnrich Toleman

„Sind das Schreie, die man da hört?" Fähnrich Toleman und die vier Securityleute, die sich um den Captain versammelt haben, hier auf dem Gang auf Deck Fünf vor der zugewucherten Stelle, starren kreidebleich auf den unebenen Pseudo-Stahl. „Offensichtlich", gibt Toleman von sich, dem in Anbetracht der unmenschlichen Schreie keine flapsige Bemerkung einfällt. Als würde die Wucherung darauf reagieren, fängt sie im selben Augenblick an, sich in der Mitte aufzulösen. So als würde Material in der Mitte in solches an den Seiten hineingesaugt, was sogar schmatzende Geräusche verursacht. Hastig tritt die Gruppe zurück. *Wenn ich hier nur Wissenschaftler oder einen guten Chiefeng an Bord hätte, die mir sagen könnten, was das eigentlich ist! Naniten?* Für Captain Dubois sind es einfach frustrierende Gedankengänge, aber sie muss zugeben, dass die militärisch ausgelegt Korvette *Jeanne D'Arc* für so etwas einfach nicht passend ist. Und dem Personal offensichtlich die Befähigung für diese Dinge fehlt. Oder auch einfach der Wille, wenn sie an Chefingenieur Karst denkt. Ihr wird klar, dass der Mann vermutlich eine Fehlbesetzung auf seinem Posten ist und einfach einen guten Techniker darstellt. Techniker im Sinne von Maschinen-Warter. Dass er besser ein entsprechender Teamleiter unter einem vielseitig interessierten Chefingenieur sein sollte. Aber für Neubesetzungen, denkt sie, ist wohl keine Zeit mehr. Nicht, wenn das ganze Schiff von einer irren Sadistin in ein Folter-Horrorkabinett verwandelt wird. Wie lange noch, bis auch sie selbst drankommt? Bei dem Gedanken an die möglicherweise bevorstehenden Qualen dreht sich ihr der Magen um. Sie will sich gerade selbst schelten, dass diese Ängste keine Einstellung für einen Kapitän sind, da öffnet sich der Gang endgültig mit einem Schmatzen, als sich das verbleibende Material sehr viel schneller als erwartet zur Seite bewegt. „Oh mein verfluchter Gott!", stößt Toleman hervor in einer Verwurstung gängiger religiöser Anrufe. Was in Anbetracht der sich auftuenden Szenerie verzeihlich ist. Denn in dem Gang sind die weißgetünchten Seitenwände von Crewmitgliedern beiderlei Geschlechts gesäumt und irgendwo haben sich Teile der Kunststoffwandverkleidung in Tentakel oder Röhren verwandelt. Ein Crewmitglied, ein Mann, hat nur noch Fetzen seiner Uniform an und ist sonst nackt. Er trägt einen stahlglänzenden, sich auf dem Körper kreuzenden Kettenschmuck, wie vorher schon die Leiche im Kapselraum oder die mörderische Frau. Er steht bewegungslos da und hat den Mund weit offen, starrt ins Nichts. Mit Entsetzen sieht Dubois, das vorne ganz in ihrer Nähe ein männliches Crewmitglied regungslos an der Wand hängt. Offenbar gepfählt von einem weißen Riesendorn, der ihn rektal penetriert hat und als schlauchähnliches Ding vorne wieder herauskommt. Wobei sie nicht genau wissen will, wie das vor sich geht. Auch will sie nicht im Detail sehen, wie die anderen Crewmitglieder penetriert sind, von denen sich einige noch in Agonie winden und stöhnen. Die sichtbare Haut ist voller eitriger Geschwüre oder Ausschläge in allen Farben bis hin zu schwarzer Nekrose. Einer der Männer, ganz hinten rechts, stößt spitze Schreie aus, die sie bis ins Mark erschüttern. Dann tritt *sie* ins Blickfeld, aus einem Seitengang. Die unbekleidete Frau. Volle Brüste bewegen sich unter dem silbernen Kettenoberteil. Ihre Augen leuchten voller

Fanatismus und anmutig setzt sie einen Schritt vor den anderen. Als sei sie ein Model auf einem Laufsteg der Hölle. Und Dubois hört wie auch die Securityleute und Toleman neben sich eine donnernde Stimme in ihrem Schädel.

„Menschen! Ihr werdet nun Auserwählte zur Erforschung neuer malader Errungenschaften. Fügt euch ein in die ewige Suche nach…"

Es ist nicht mehr weit, dann wird die Wahnsinnige Dubois erreicht haben. Aber die Kapitänin kann sich nicht bewegen. Die donnernde Stimme scheint die Kontrolle über ihren Körper zu haben. Sie sieht aus den Augenwinkeln, dass auch mindestens ein Securitymann und Rudergänger Toleman wie erstarrt dastehen. Es mögen noch fünf Meter sein, da geschieht Erstaunliches. Von irgendwo hinter ihr rast eine in einen weißen, sackartigen Raumanzug gekleidete Gestalt heran. Auf dem Rücken prangt der Schriftzug *EFS JEANNE'DARC* und *CV-118*. Dann ein Nummernkürzel, das mit SNMC beginnt. Ein Mitglied des Marines-Corps mit einem MeMa-Kampfanzug, der typisch für diesen Anzug unter seiner sackartigen Außenhaut diverse Aggregate verbirgt. Sie erkennt an der Nummer, dass es Lieutenant Pascal ist, der Kommandant des eigenen Marines-Kontingents des Schiffes, das sie schon als gefallen angesehen hat. Pascals weißer MeMa ist voller Blutflecken und dunklere Partien auf dem Äußeren lassen Dubois vermuten, dass hier unzählige Selbstreparaturmaßnahmen des Kampfanzuges zum Tragen gekommen sind. Sie sieht, wie ihr Pascal kurz einen Blick zuwirft, doch dann zielt er mit einer stahlblitzenden Handfeuerwaffe auf die nur einen Meter von ihm entfernte Gestalt der mörderischen Frau. Es ist ein Colt alter Bauweise, erkennt sie. Ihr ist bekannt, dass Pascal eine solche altmodische Waffe mit an Bord gebracht hat. Hoffentlich hat er sie mit Explosionsgeschossen geladen, denkt sie. Krachend entlädt sich die Waffe, doch bildet sich sofort das grünliche Energiefeld, das sie schon vorher aus dem Feed aus der Crewmesse gesehen hat. Der Schuss bleibt wirkungslos. Doch Pascal ist sofort herangetreten und setzt die Waffe regelrecht auf das Energiefeld auf. Rauch bildet sich vorne am Lauf der Stahlwaffe, als er abdrückt. Das grüne Energiefeld der mörderischen Frau leuchtet hell auf, doch mehr passiert nicht. Und Pascal geht mit einem unmenschlichen Schrei in die Knie und krümmt sich. Da fühlt Dubois ein Ziehen an der Schulter. Sie hat plötzlich die Kontrolle über ihren Körper zurück und dreht sich um. Sie sieht, dass Fähnrich Toleman sie mitziehen will. Sie lässt es geschehen, lässt wie in Trance die restlichen, wie eingefroren dastehenden Securityleute hinter sich, die jetzt auch zu schreien anfangen.

Selina

Da ist eine fremde Präsenz, Selina merkt es deutlich. Der Server erwacht jetzt erst richtig zum Leben. Man merkt es am gesteigerten energetischen Output, den Chefingenieur Karst stirnrunzelnd kommentiert, der mit seinem Handscanner danebensteht. „Verdammt, diese riesigen Pseudo-Kondensatoren. Sie sind voller

Energie! Und da ist Strahlung wie aus einem verdammten Wurmloch." Er wird bleich. „Verflucht", entfährt es ihm. „Da werden doch nicht auch irgendwelche Dinger rausteleportieren oder wie man das nennt?" Selina ignoriert ihn. Denn sie versteht, dass die Platine einen Großteil ihrer Funktion in ein höherwertiges Kontinuum ausgelagert hat, damit die Rechenoperationen dort vom Normalraum aus gesehen wesentlich schneller ablaufen. Eine Zeitflussabweichung, wie sie auch die Navy der Föderation ausnutzt, wenn sie ihre Schiffe durch das Plus-100 Universum reisen lässt.

Selina hat Kontakt. Es ist eine unvollkommene Präsenz. Verwirrt und sich nicht im Klaren, wo sie sich befindet.

„Wir haben euer Raumschiff gefunden. Alle waren tot. Bis auf eine unbekleidete Menschenfrau", beginnt Selina den Dialog.

„Menschen?", fragt die Präsenz zurück.

„Menschen, das sind meine Erbauer." Sie schickt ein mentales Bild.

„Ah ich verstehe", antwortet die Präsenz. „Aber Menschen gab es nicht an Bord meines Schiffes, der *Final Saviour*, wie sie in eurer Sprache heißen würde." Die Präsenz zögert. „Es gab allerdings einen Maladisten an Bord."

„Einen was?"

„Einen Maladisten. Ein Wesen von einem Volk, das…", hier spricht die Präsenz nicht weiter. Selina bemerkt, dass das Wesen einen Begriff wie „krankheitsverliebt" in der Ancientsprache verwendet hat und zu einem Eigennamen gemacht hat. Ähnlich dem merkwürdigen Begriff „malade", den die Invasorin vorhin über die Lautsprecher der *Darc* in ihrer Rede verwendet hatte. Dass ein

Alien auf einem englischsprachigen Schiff einen französischen Begriff verwendet, ist wegen der Internationalität der Crew sicher nicht verwunderlich. Deutet allerdings daraufhin, dass der Eindringling die Datenbanken des Schiffes anzapfen kann.

Nach einer Pause fährt die Präsenz über Selinas Verbindung zum Server stockend fort. „Ich habe so vieles vergessen. Auch, wer genau die Maladisten sind und warum sie die Dinge tun, die sie tun. Diese Recheneinheit, sie ist beschädigt worden."

„Wer seid ihr?"

„Wir sind nicht mehr", antwortet die Präsenz traurig. „Mein Name ist… oder vielmehr war… ein unaussprechlicher Laut in eurer Sprache." Da Selina und er umfangreiche Sprachprotokolle ausgetauscht haben, kann er eine Entsprechung finden. „Nenn mich Warg, was unvollkommen klingt, aber für diesen Zweck genügt. Ich war ein Techniker. Rechentechniker, Kybernetiker oder wie immer man das in eurer Sprache sagt. Ich habe einst gelebt als biologisches Wesen", fährt die Wesenheit namens Warg traurig fort. Von draußen hört man Schreie. Auch Warg bekommt es mit, da er mit Selina verzahnt ist.

„Es kommt, oder?"

„Ja, die Frau, die wir an Bord eures Schiffes gefunden haben. Sie foltert und tötet alle hier und nichts kann sie aufhalten", stellt Selina leidenschaftslos fest. Fakten, die ein Mensch mit zitternder, emotionaler Stimme aufzählen würde, lösen keine Emotionen in der Androidin aus, auch wenn ihre Unterprogramme Gefühle in manchen Situationen erlauben.

„Sie ist keine von euch. Es muss der Maladist sein. Auch bei uns hat er die Gestalt einer Frau gehabt. Es ist reine Arithmetik bei denen. Sie… sie wissen, dass sie vielleicht wertvolle

Sekundenbruchteile gewissen können auf diese Art. Sie wählt eine sexuell attraktive Form des weniger dominanten Geschlechts einer Spezies, wenn es denn eines gibt. Oder die weibliche Variante. Das Bedürfnis nach Brutschutz manifestiert sich bei vielen Spezies als eine größere Hemmung, dem gebärenden Teil der Spezies Schaden zuzufügen."

„Was ist sie? Ein Energiewesen?"

„Wir vermuten es", bestätigt Warg. Wir haben es nie ganz ergründet. Oder doch… haben wir. Aber ich habe dieses Wissen vergessen. Alles Hintergrundwissen, das wir über die Maladisten gesammelt hatten, ist verloren gegangen." Warg driftet in Verzweiflung ab. Draußen sind wieder Schreie zu hören. „Wir haben einst in dieser Galaxis gelebt. Im Spiralarm nahe den… Ancients, wie ihr sie nennt. Viele Jahrtausende, bevor unser Schiff aufgebrochen ist. Wir hatten Scharmützel mit den expandierenden Ancients. Die sich damals Gloak nannten." Warg ist für einen Moment verwirrt. „Ihr nennt eine andere Spezies Gloak", wundert er sich. Doch dann versteht er. „Ah, die heutigen Gloak sind eine von den Ancient-Gloak geschaffene ehemalige Sklavenrasse. Ich verstehe." Er seufzt. „Viel Zeit ist vergangen, so viel Zeit. Wer weiß, wie lange unser Schiff tot im Raum getrieben ist." Wieder mahnt Selina zur Eile, denn draußen erklingen unmenschliche Schreie. „Doch wir konnten die … Ancients auf Distanz halten. Das war nie das Problem. Doch dann, bei unseren Exkursionen tief in den Raum…"

„Und wer seid *ihr*?", fragt Selina dazwischen.

„Die … Suchenden", nannten wir uns, erklärt die Wesenheit. „Immer auf der Suche nach dem Sinn hinter allem."

Selina seufzt. „Der Sinn des Lebens." Draußen schlägt etwas gegen das massive Doppelschott der Nebenhalle des Hauptmaschinenraums. Sie ruft sich selbst zur Ordnung. *Ich bin manchmal regelrecht menschlich zerstreut,* wird ihr klar.

„Wir trafen die Maladisten. Wenn du dieses Wort für sie verwenden willst. Ein Volk oder eher eine Ansammlung von Völkern. Sehr alt, aber nicht den Alten Rassen… oder Hohen Rassen, wie ihr sie nennt, zugehörig."

„Und dann?", versucht Selina sein Stocken zu überwinden.

„Sie wollten…", zögert die Wesenheit. „Ich weiß nicht mehr warum, aber sie haben uns gequält mit ihren Krankheitskeimen."

„Gibt es einen Schwachpunkt? Irgendetwas wie ihr den Maladisten Einhalt geboten habt?"

„Nein, nur durch Flucht konnten wir überleben. Wir haben all unsere Planeten in dieser Galaxis verloren. Am Ende haben wir eine unserer Welten durch ein gewaltiges Wurmloch tief in den galaktischen Leerraum befördert. Mehrere zehntausend Lichtjahre von den letzten Ausläufern der … Milchstraße … wie ihr sie nennt, entfernt."

Wieder eine Pause. „Doch Jahrtausende später haben wir Aufklärer zurück in die Galaxis geschickt. Ein dramatischer Fehler. Denn so haben uns die Maladisten wiedergefunden."

Spricht weiter!"

„Sie sind gekommen! Sie sind gekommen. Sie sind durch ihre Dimensionsrisse hereinteleportiert und haben uns alle getötet." Seine Stimme klingt trotzig, als er „Aber wir hatten vorgesorgt" hinzufügt.

„Die *Last Saviour*?" Die Wesenheit namens Warg bestätigt es. *Nicht gerade ein Erfolg, diese Vorsorge,* denkt Selina sarkastisch.

„Sie sollte die große Flottenbasis der Ancients anfliegen und sie um Beistand bitten. Doch wir haben sie nie erreicht." Seine Stimme bricht.

„Ein … Maladist war an Bord?"

„Entweder von Anfang an schon an Bord oder das Wesen hat sich hereinteleportiert. Wir wissen es nicht, denn die Maladisten haben Möglichkeiten, die nur schwer abzuschätzen sind."

„Mir reicht's", drängt sich die Stimme des Chefingenieurs dazwischen. Selina sieht, wie er zu dem verschlossenen Durchgang zum Hauptmaschinenraum geht.

„Sie schieben es nur auf, Karst. Es gibt keine Rettung." Sie wundert sich, mit welcher Sicherheit sie die Worte spricht. Dabei war sie doch eben noch dabei, das Wissen von diesem Warg zu erforschen. Aber es ist Warg mit Hilfe des Servers gelungen, eine schnellere Kommunikation zu ihr aufzubauen. Sie hat nun alles Wissen von Warg in sich. Sie fühlt sich sogar teilweise so, als sei sie Warg. Hat eine Verschmelzung stattgefunden? Sie ist sich unsicher. Kommt daher der düstere Drang, dem Chefingenieur sein nahendes Ende zu verkünden? Aber sie weiß nun, dass dieser Warg wirklich viele Wissenslücken aufweist, die wohl durch Fehlfunktionen von Hardware zu erklären sind.

„Die Maladisten. Diese Wesen", spricht Selina zu Karst, der stehengeblieben ist und sich weiß wie die Wand zu ihr umdreht, wo draußen wieder schreckliche Schreie zu hören sind.

„Sie haben jeden einzelnen von über vierhunderttausend Seelen auf dem fremden Schiff getötet. Haben sich eine Exekutionsmannschaft bekleidet mit diesen Kettenkleidern geschaffen und einen nach dem anderen aus den Stasekapseln geholt. Und sie werden auch jeden hier töten. Wenn Sie jetzt fliehen, Karst, ist es nur aufgeschoben. Aber Ihr Tod wird kommen."

Sie erschreckt sich selbst vor der Endgültigkeit ihrer Worte, aber sie weiß, dass sie stimmen.

„Es gibt keine Rettung für biologisches Leben auf diesem Schiff", stellt sie fest. „Denn die Maladistin, sie wird alles, was lebt infizieren wollen, um dadurch irgendein Wissen zu gewinnen. Oder vielleicht auch nur ihrer Religion zu frönen. Man kann sie besiegen, Karst. Aber man kann euch biologische Wesen nicht retten."

„W…wie?", stottert der Chefingenieur.

Captain Dubois

Toleman und Dubois flüchten einen Quergang herunter. Eine junge, etwas korpulent wirkende Frau rennt ihnen entgegen, dreht dann aber um und folgt dem Captain und Toleman, als die beiden ihr entsprechende Zeichen machen. Dubois sieht, wie außer Atem die Frau schon ist. PERKINS steht auf ihrem Namensschild und man sieht, wie durchgeschwitzt sie schon von ihrer Flucht ist. Aber egal wie fit oder nicht fit wir sind, wenn es so weiter geht, enden wir alle als Nährboden für diese Wahnsinnige, wird dem Captain klar. Sie greift an ihren Kommunikator. „Chefingenieur Karst!", ruft sie und hofft, dass trotz des ständigen Niedrigenergie-Chaos die Geräte auch im Direktmodus die Punkt zu Punkt-Verbindung zielgerichtet aufbauen können. „Karst hier", meldet sich eine müde Stimme. „Mister Karst, wie sieht es mit den internen Sensoren aus?" Doch der Chefingenieur antwortet nicht. „Es hat alles keinen Sinn mehr", stößt er nur hervor. „Karst!", ruft Dubois wütend, während sie von Rudergänger Toleman weitergezogen wird. Wieder geht es um eine Ecke herum. „Reißen Sie sich zusammen, Mann!" Doch dann rennt sie fast in Toleman rein, denn er bleibt abrupt stehen. In diesem Gang hängen wieder diverse Crewmitglieder an den Wänden. So nah wie Dubois und Toleman jetzt an den verunstalteten Körpern sind, sieht sie, dass die Uniformen einfach aufgerissen wurden, um Brüste, Rektum und Scham der Opfer zu entblößen. Sie wendet angewidert den Blick ab, als sie die diversen Drähte oder Schläuche sieht, die an allen möglichen Stellen herein- und herausgehen. Insbesondere an den Körperöffnungen. Eine junge Frau mit kurzen blonden Haaren reißt plötzlich die Augen auf. Ihre blauen Augen und die immer noch perfekte, blonde Frisur stehen in krassem Gegensatz zu der fleckigen, weißlich gewordenen Haut, die absolut wächsern aussieht. Die Augen, in denen man unendliche Qual lesen kann, erfassen den Captain und sie öffnet ihren Mund, der verschmierten, roten Lippenstift trägt. „Hilfe Captain!", stößt sie hervor, doch den letzten Buchstaben gibt sie nur noch als einen Hustenanfall von sich, denn jetzt bricht ein weißes Tentakel aus den Tiefen ihres Halses hervor und dringt vom Schlund her in die Mundhöhle ein. Es zwingt den Mund der schmal gebauten Frau auf und die weiße Spitze windet sich ekelerregend dem Captain entgegen, während die Augen der Frau größer werden und entsetzt in Leere starren. Da hört Dubois einen erstickten Schrei hinter sich und sieht, wie eine weibliche Hand hinter der drallen Frau namens Perkins erscheint und sich auf ihre Schulter legt. Dann erscheint auch der Kopf der mörderischen Frau mit ihrem im Licht der Deckenscheinwerfer glänzenden Kahlkopf. Wo sie so plötzlich herkommt, Dubois weiß es nicht. Sie sieht Toleman schnell wegrennen und tut es ihm gleich, während die Nackte das Crewmitglied namens Perkins von hinten mit ihren Händen umfasst. Perkins schreit erstickt auf.

Irgendwo bleiben Toleman und Dubois gehetzt stehen. Plötzlich piept Dubois' Kommunikator. Durch eine Berührung nimmt die Kapitänin die Verbindung an.

„Captain, Lee hier. Ich habe schon mehrere Anti-Nanitenpacks ausgeschickt. Aber kein Erfolg. Dieses *Ding* scheint immun gegen unsere eigenen Naniten zu sein." Dubois versteht. Die Anti-Nanitenbehandlung der Flotte besteht aus dafür spezialisierten Naniten, die offensichtlich den feindlichen unterlegen sind. „Wie ist Ihre Lage, Captain?", fragt Lee, doch dann hört man Poltern und Schreie und die Verbindung bricht ab. Dubois schließt für einen Moment die Augen. „Hier muss irgendwo eine Waffenkammer sein", murmelt der Captain. „Prima", ätzt Toleman. „Nichts Besseres als fast energielose Waffen, wenn man von einem mörderischen Horrorwesen verfolgt wird." Dubois schließt für einen Moment die Augen. „Haben Sie einen besseren Vorschlag, Mister Toleman?" Der nickt mit zerknirschtem Lächeln. „Ja, schreiend sterben wie eben Crewman First Class Perkins. Und vorher noch irgendwelchen Unsinn machen, wie ein unanständiges Gedicht auswendig lernen." Dubois sieht ihn entgeistert an. „Was bitte?" Der Rudergänger lacht. „Na ja, wir haben ja alle Backups. Meins ist schon sechs Jahre alt. Wenn ich also von diesem Ding als Nährboden verwendet worden bin, erstehe ich halt neu auf und denke, es ist noch 2232. Drei Jahre vor dem Nanitenkrieg!" Er lacht dreckig. „Was auch immer man jetzt für Unsinn macht, man erinnert sich später nicht daran. Die Gelegenheit für absolut folgenlosen Nonsens!" Seine Miene wird jedoch schnell wieder ernst. „Ich wollte ja schon ein neueres Update machen lassen, aber seit dem Nanitenkrieg sind die Wartelisten lang." Dubois öffnet die Waffenkammer. „Lieber mit einer fast leeren Waffe diesem Ding gegenüberstehen, als ganz ohne." Doch Toleman hat gar nicht zugehört. „Sie wissen ja, was man sagt. Wenn man auf der Liege im Backup-Center wach wird und man Kopfschmerzen hat, dann ist man das Backup. Wenn man sich super fühlt, ist man das Original."

„Toleman verdammt", beginnt Dubois mit einem Disruptorgewehr in der linken Armbeuge. Doch da sieht sie nur noch seine Füße oben am Türrahmen strampeln und hört seinen erstickten Schrei. Irgendetwas hat ihn nach oben zur Decke hingezogen. Oder sogar *durch* die Decke, wie es scheint. „Fuck!", entfleucht Dubois, als sich noch mehr Tentakel bilden. Sie kommen aus allen Ecken der Waffenkammer und schlängeln sich auf sie zu. Weiß wie der Kunststoff der Wandverkleidung. Kopfschüttelnd stellt Captain Dubois den Strahler auf volle Energie und gleichzeitig die Reichweite auf einen Meter. „Hoffentlich ist dafür noch genug Energie da." Sie wählt schon ein Programm mit fingerdicken Schüssen an, als sie schon die Tentakelspitzen an ihren Schultern fühlt. Dann feuert sie sich in die Stirn. Sie hat eine bange Erwartung des Todes, als sich die Restenergie des Disruptors gnädig in ihr Hirn entlädt.

Selina

„Haben Sie überhaupt irgendetwas analysieren können, Lieutenant?", fragt Selina den verängstigten Karst. „Oder haben Sie hier nur rumgestanden und Maulaffen feilgehalten?" Er stammelt sich irgendetwas zusammen, das wenig Sinn ergibt, weil sich auch gerade ein Tentakel im Hintergrund aus der Decke schiebt und eine Deckenkachel krachend auf den Boden fällt. „Aber Sie Totalversager sind jetzt leider der kommandierende Offizier dieses Schiffes!" Denn sie hat sich in den Kamerafeed des Schiffes eingehängt. Ihre nicht ganz legale Software, die sie schon seit längerer Zeit in ihrem System hat, macht das einfach. Sie schaltet gedankenschnell einen großen Monitor an und man sieht die Brücke. Die Kamera nimmt von der Decke her auf und man sieht das qualvoll verzerrte Gesicht der Taktischen Offizierin Debora Lee, deren Hände hilflos an den Seiten herunterhängen und die offensichtlich von irgendeinem dicken Tentakel in die Luft gehoben wird. Man sieht, dass sich ein weiterer, gebogener Tentakel vorne in ihren Unterleib schlängelt. Auch andere Crewmitglieder stehen eher auf ihren Sitzen, von bizarren Tentakeln gepfählt. Bei Navigatorin Jamison hat sich ein dicker Tentakel einfach in ihren Bauchnabel geschoben und hebt sie vorne über ihrer Konsole an, als wolle er sie fliegen lassen.

„Lieutenant Karst! Es gibt nur eine einzige Methode das Schiff zu retten. Die besteht *nicht* darin, den Maladisten anzugreifen. Die Lösung besteht darin, alles Leben auf der *Darc* zu eliminieren. Und zwar schnell und schmerzlos. Es erstehen ja alle Crewmitglieder, die Backups haben, später sowieso auf Terra wieder auf. Und dieser Maladist wird sich in eine Hibernation begeben. In einen Winterschlaf, wenn Sie so wollen. So war es nämlich auch auf der *Last Saviour*. Diese Dinger sind vermutlich nur irgendwelche automatisierten Gesandten der eigentlichen Maladisten, soweit waren die Theorien der … Suchenden. Des Volkes, das die Arche da draußen gebaut hatte. Selina zeigt sinnloserweise in Richtung der Trümmer des fremden Schiffes, wo sie tatsächlich da draußen im Raum treiben. Sie macht es einfach nur, weil auch Menschen in diesem Augenblick diese Geste machen würden. Sie weiß, dass die KI des Schiffes derzeit in diesem Bereich aufzeichnet. Einfach weil eigentlich alles auf Föderationsschiffen aufgezeichnet wird und derzeit genügend Energie vorhanden ist. Sie spricht mit lauter, formell klingender Stimme.

„Lieutenant Karst, Sie müssen mich unter Artikel Vierhundertzwölf der Dienstvorschrift der Earth Federation Space Navy als Crewman Dritter Klasse des Technischen Stabes der *Darc* anheuern. Das ist die Vorschrift für entsprechende Notfälle, wenn Zivilisten kritische Handlungen auf Föderationsschiffen vornehmen sollen." Karst sieht sie entgeistert an. „Dann beseitige ich diese Heimsuchung, diese Frau, diesen Maladisten. Es wird alle Crew das Leben kosten, aber es ist der einzige Weg. Die Aktivierung als Crewman gibt mir bestimmte Zutrittsvollmachten, die es leichter und schneller machen, durch Luken und Schotte zu kommen. Also, Lieutenant Karst, autorisieren Sie mich dazu? Schmerzfreier Tod für alle inklusive Ihnen und dann rette ich das Schiff und bringe es zurück zur Navybasis." Karsts Unterlippe zittert. Selina seufzt und greift zu einem psychologischen Trick.

„Wohin soll ich das gerettete Schiff bringen, Lieutenant Karst, wenn ich fertig bin? Erste Flotte-Depot Sol oder lieber Proxima Centauri Shipyards?"

„Erste Flotte", stammelt er. Ein paar Tentakel schlängeln auf Selina zu, aber sie tritt einfach zur Seite. Sie packt Karst. „Autorisieren Sie mich! Sagen Sie autorisiert!" Karst nickt. „Sie sind autorisiert!" Sie stößt Karst von sich, das suchende Tentakel packt ihn und während der schreiende Mann verblüffend schnell in Richtung Decke gezogen wird, geht Selina forschen Schrittes auf eine Wand zu, in der sich eine Wartungsklappe befindet. Sie bereut nicht, Karst mit dem schmerzlosen Tod falsche Hoffnung gemacht zu haben. Oder anders gesehen hat sie ihm sogar die Wahrheit gesagt. Denn sterben wird er ja noch lange nicht und am Ende wird sie ihm die Erlösung bringen können. Wenn das, was sie tun will, wirklich funktioniert. Kurze Zeit später geht sie durch die Gänge der Techniksektion. Es dauert nicht allzu lange da hat sie einen Werkzeugraum erreicht. Obwohl sie autorisiert ist, muss sie Gewalt anwenden, um die Doppeltür des Raumes aufzustemmen. Dass sich dabei ihre Kunsthaut von den Fingern ablöst, interessiert sie wenig. Blutige Spuren hinterlässt sie an der weißen Lackierung der offenen Tür, als sie sich einen Plasmabrenner nimmt. Sie legt ihn auf den Boden außerhalb des Raumes, stellt ihn auf volle Energie und breite Brennwirkung und hält dann ihren zarten, nackten Fuß in die Flamme. Den Nervenfeedback, der ihr Gegenstück zum Schmerz ist, hat sie da längst ausgeschaltet.

Fähnrich Toleman

Für Rudergänger Herb Toleman hat sich der anfängliche Gedanke „Oh Nein! Das ist das Ende!" in ein doch verblüffend nerviges, andauerndes Gefühl des nahenden Todes entwickelt, als irgendwelche lianenartigen Metall- und Kunststoffstränge ihn durch einen engen Wartungsgang zwischen zwei Decks entlangziehen. Die Lianen und Stränge haben ihn so gefesselt, dass er sich nicht bewegen kann. Immer wieder stößt er mit dem Kopf irgendwo schmerzhaft gegen. Er hat nach etwa einer Minute irgendwelche kleinen Kästchen an der Decke des Wartungsschachtes hassen gelernt, mit denen er immer wieder kollidiert. Wer, fragt er sich, bringt in einem sonst völlig glatten Wartungsschacht für Droiden diese verdammten Kästchen alle paar Meter an und wozu zur Hölle dienen sie überhaupt? Irgendwann fängt er an, die Beschriftung auf den Kästchen zu lesen. Er rauscht zu schnell vorbei, als dass er das sofort lesen könnte. Aber Kästchen- für Kästchen schafft er es schließlich, den ganzen Text zu lesen.

EM...ERG...ENC...Y D... HATCH.

Eine Notfallluke! Wird er es schaffen, den kleinen, leicht versenkten Schalter jeweils daneben mit der Stirn auszulösen? Er versucht es. Der erste Versuch geht schief. Der zweite auch. Aber beim wohl achten Mal drückt er den Knopf des gerade vorbeirauschenden Kästchens und mit lautem Poltern fahren gleich ein paar Notschotts in dem schmalen Wartungsgang von oben herunter und verlangsamen die Geschwindigkeit, mit der ihn die Stränge und Lianen vorwärtsziehen. Außerdem rast das nächste der Notschotts jetzt in Windeseile auf seine Füße zu. Mit dumpfem Poltern kommen seine Schuhsohlen auf dem sich noch setzenden Stahlschott zur Ruhe, während die Lianen und Stränge grausam in seine Kleidung und Haut einschneiden, als sie versuchen, ihn weiterzuziehen. Dann wird ein mechanisches Motorgeräusch von oberhalb des Notschotts noch lauter und die zwischen unterem Rand des Schotts und Schachtboden verlaufenden Stränge liegen plötzlich still. „Hab' ich dich!", denkt Toleman triumphierend. Er erinnert sich an den Disruptorschneider, den er sich schon vor seiner Flucht organisiert hatte. Ein gebräuchliches Werkzeug beim technischen Personal und ihm von einer Freundin schon zu Beginn seiner Zeit auf der *Darc* zugesteckt. Praktisch, um alle möglichen widerspenstigen Verpackungen aufzuschneiden. Doch der Schneider ist in seiner rechten Hosentasche, an die er jetzt gefesselt, wie er ist, beim besten Willen nicht herankommt. „Mist", flucht er und dann werden seine Augen groß, als er sieht, wie sich die Oberfläche des Schotts kräuselt, als sei der Stahl einfach nur Wasser. „Oh-oh!", ist der einzige Kommentar, der ihm dazu einfällt.

Selina

Selina merkt, dass ihr das Wegbrennen von allem, was nördlich der Oberschenkel liegt, doch gewisse psychologische Probleme bereitet. Denn ihrer alten Grundprogrammierung halber sieht sie sich eben auch als Mensch an. Und der hat halt Fleisch und Blut auf einem

Skelett sitzen. Ganz wie sie auch. Nur, dass ihr Skelett aus Edelstahl besteht und ihr Fleisch und Blut chemische Unterschiede aufweist. Aber es muss ja sein, es gibt keinen Ausweg. Denn sie ist sich nicht sicher, ob die Maladistin sie nun als Lebewesen wahrnimmt oder nicht. Sie schließt am Ende die Augen, als sie sich das Gesicht inklusive der Augenlieder wegbrennt. Ihre Augen, die nicht einfach nur aus Glas sind, halten das aus. Sie war, stellt sie an der Stelle fest, ein ausgesprochen teures Modell von Sexandroid. Was sich jetzt durch ihre Resistenz auszahlt. *Danke Jae*, denkt sie. *Oder eher ein Danke an die Konstrukteure von Space Origin.* Dann liegt ihr Plan glasklar vor ihr. Die Suchenden, wie sich das fremde Volk nannte, sind zwar erfolglos in ihrem Widerstand gewesen, haben aber durchaus Teilerfolge erzielt. Einen davon will sie sich jetzt zunutze machen. Sie öffnet das Schott. Mehrere Tentakel winden sich ihr entgegen. Kunststoff- und Metallteile sind zu diesen ekelerregenden Strängen geworden, die Besatzungsmitglieder penetrieren und fesseln. Ekel empfindet sie zwar nicht im selben Maße wie ein Mensch, aber ihre illegalen Programmupgrades aus dem Netz, die sie empfindungsfähig gemacht haben, ergänzen ihre Ursprungsprogrammierung. Was einst ein natürliches Ablehnen von gefährlichen Dingen war, ist jetzt ein negatives Gefühl bis hin zum Ekel. *Und ein gottverdammter Sadomaso-Totenkult-Fetischwahnsinn ist das hier*, ist ein weiterer ihrer Gedanken, der auch ihre menschlichen Assoziationen zeigt. Noch weiter tritt sie zurück in das Labor, da merkt sie, dass die Tentakel oder wie man sie nennen soll kein Interesse mehr an ihr haben und sich wegbewegen. Es ist so, wie es im Wissen vom Suchenden namens Warg enthalten ist. Die Maladisten suchen nur biologisches Leben. An sich bewegenden Maschinen ohne biologische Komponenten haben sie keinerlei Interesse, solange sie nicht als Bedrohung wahrgenommen werden. Warg hat auch vermutet, dass Wesen wie diese wahnsinnig wirkende Frau, die sie hier als Todesengel an Bord haben, in Wirklichkeit nur so etwas wie künstliche Drohnen der eigentlichen Maladisten sind. Lebendige Formenergie vielleicht oder ein Nanobotcluster. Die Programmierung dieser Drohnen, wenn es denn welche sind, scheint recht einfach zu sein. Sie suchen biologisches Leben und verwenden es in einer merkwürdig religiös-fetischisierten Form als Testbett für Krankheiten oder etwas in der Art. Und jetzt weiß sie auch, wie sie diese Maladisten-Drohne besiegen kann.

Warg selbst hatte am Ende nur noch einen Ausweg gesehen. Eine digitalisierte Form von ihm selbst, die er aus einem Backupmechanismus geschaffen hatte, war in einem untergeordneten Rechnercluster am Leben geblieben. Ein Backupmechanismus wie der, den die Menschheit von den Ancients übernommen hatte, um mit Tiefenhirn- und Körperscan eine Digitalisierung von sich selbst anzulegen, die mit Hilfe von Atom- bzw. Molekülmanipulatoren die Erschaffung eines neuen Körpers erlaubt. Selina empfindet es als amüsant, dass die Menschen, die sonst einen so großen Wert darauf legen, *natürlich* zu sein, im Gegensatz zu KI-Systemen wie sie eines ist, sich selbst hier wie Computer behandeln. Menschen reden immer noch gern von der Seele, die sie angeblich von göttlichen Wesen bekommen haben, speichern sich dann aber als Softwarebackup ab, um dem Tod zu entgehen. Mancher aus dem Backupprozess entstiegene Geistliche redet dann wiederauferstanden weiter von der göttlichen Seele. Die er habe, im Gegensatz zu gottlosen KI-

Systemen wie sie. Selina ertappt sich dabei, bei diesem Gedanken ganz menschlich ihren Kopf zu schütteln.

Fähnrich Toleman

Toleman kann sein Glück kaum fassen. Er hat es geschafft, sich zu befreien! Erst hat er mit den Füßen an den Ranken herumgeruckelt, bevor sich das Notschott in das verwandeln wollte, was immer da im Gange war. Als er die Rechte frei hatte, hat er den Disruptorschneider aus der Hosentasche geholt und die regungslosen Stränge durchgeschnitten, die ihn gehalten haben. Sie haben noch ein bisschen gezuckt und das war es dann. Jetzt hat er einfach den Boden des Wartungsganges aufgeschnitten und springt durch das funkensprühende Loch. Er landet auf einem leeren Gang. Und steht direkt vor einem eigenartigen, stahlglänzenden Droiden. Oder eher einem altmodischen Roboter. Merkwürdig verschmort ist er. Oh Gott, hat diese mörderische Alptraumfrau jetzt auch noch einen Todesroboter als Gehilfen? Ihm zittern die Knie und er starrt den Roboter kreidebleich an.

„Fähnrich. Wenn Sie wollen, können Sie mich begleiten." Die Stimme ist samtweich und weiblich und passt in keinster Weise zu dem brutal anmutenden Äußeren des Roboters. Toleman schluckt.

„Wohin?"

„Dahin das Schiff zu retten, Sir."

„Sir?"

„Ja", lacht die Horrorgestalt merkwürdigerweise. „Ich bin Crewman Dritter Klasse und Sie sind Offizier." Toleman sieht auf den einen, unausgefüllten Streifen auf den Schultern seiner verschwitzten, dunkelblauen Bordkombi. „In der Tat. Und Sie sind…?"

„Crewman Dritter Klasse Technischer Stab Selina … Park." Der Roboter wiederholt es. „Selina Park."

„Ich frage jetzt nicht näher nach." Toleman folgt der schnellen Schrittes daherlaufenden Roboterfigur, die anfängt, einen ziemlichen Zickzackkurs durch das Schiff zu nehmen. „Wohin gehen wir?", fragt er den merkwürdigen Crewman, als er in einen senkrechten Wartungsschacht in irgendeinem Technikraum kriecht.

„Deck Zwei vorne. Wo die neuen Disruptor-Torpedos gelagert sind."

„Ups, davon wissen Sie… äh… Crewman?"

„Was das Schiff weiß, weiß auch ich", antwortet der Roboter, der Selina ist. Toleman grübelt. „Also der Name Park sagt mir natürlich etwas. Aber Selina…", er überlegt, während er der stählernen Gestalt vor sich hinterher kriecht. „Warten Sie, war da nicht etwas mit einer…"

„Sie wollten nicht fragen, Fähnrich. Sir."

„Ah richtig, ja. Und eh… was machen wir mit dem Disruptor-Torpedo?"

„Wir verändern seine Frequenz und lassen ihn im Schiff explodieren."

Toleman schluckt. „Okay. Ich bin ja nur Rudergänger. Und die haben eigentlich nie etwas zu tun, wo die KI alles macht…", beginnt er.

„Das haben wir KIs so an uns", wirft Selina trocken ein.

„Aber", fährt er fort, „sogar ich weiß, dass die Waffen kaum Energie haben. Entsprechend wird da nicht viel dabei herauskommen. Was vermutlich auch gut ist."

„Überlassen Sie das mir, Fähnrich", antwortet Selina in einem Tonfall, der keinen Widerspruch duldet. „Wir können es schaffen, *Sir*", sagt sie mit ironischer Betonung des flottenüblichen Sirs für vorgesetzte Offiziere.

„Sie meinen also, wir können das Schiff retten?"

„Ja", antwortet Selina und ist froh, dass er nicht nach weiteren Details gefragt hat. Dann geht es in einen vertikalen Wartungsschacht. Selina ist schon unten und steht auf der Falltür hin zu Deck Zwei, wo sich der Wartungsschacht fortsetzt. Toleman klettert noch über ihr die Leiter des Schachts herunter. Schließlich landet auch er in dem kleinen Zwischenraum, von dem es durch abgehende Schächte in alle vier Himmelsrichtungen geht. Sich verschnaufend sieht sich Toleman in dem kleinen Raum um, während Selina in ihrem stahlglänzenden Roboterkörper an dem Drehrad der hinunterführenden Falltür arbeitet. Es scheint ihr trotz ihres martialischen Äußeren große Mühen zu bereiten, auch weil ihre glatten Stahlhände immer wieder vom stählernen Drehrad abgleiten. Toleman ignoriert die Mühen seiner Begleitung und drückt interessiert an einem der kleinen Universalterminals herum, mit denen man im Schiff kommunizieren oder den Schiffsstatus auf einem kleinen Display abfragen kann. „Toleman! Stopp!", schreit Selina und so laut klingt ihre Stimme noch blecherner als vorher schon. Denn ohne biologische Komponenten fehlt ihrem eingebauten Lautsprecher die Reflexion durch weiches Gewebe. Entsprechend zuckt der Rudergänger sofort zusammen. „Wollen

Sie der Maladistin vielleicht gleich eine Textnachricht schicken, wo wir sind?" Toleman fängt sich wieder und grinst. „Ich weiß es ja selbst nicht genau, wo diese Kammer hier im Schiff ist." Selina gibt einen langen Seufzer von sich, was merkwürdig mit dem stählernen Roboterkörper kontrastiert. Dann dreht sie sich um und geht entschlossen auf ihn zu.

„Hey... äh... ich wollte doch nicht...", stammelt er und sieht im Geiste eine Szene aus einer populären Endzeitserie vor sich, die derzeit durch die Wohnzimmer der Föderation flimmert. Stahlglänzende Killermaschinen einer Roboterzivilisation metzeln in dieser Serie große Teile der Menschheit nieder und nur der Genialität eines fiktiven Admirals ist es zu verdanken, dass die Ausrottung alles intelligenten Lebens in der letzten Minute gestoppt wird. Toleman schließt geschockt die Augen, als der grauenhafte Roboterkörper vor ihm seinen blitzenden Arm, noch mit verkohlten Resten des ehemaligen Kunstfleisches daran, nach ihm ausstreckt. Er wimmert und geht auf die Knie, als die scharfen Klauen des Stahlmonsters seinen Uniformstoff am Ärmel einreißen.

„Ich brauche eine Unterlage für meine Hand", erklärt die Maschine. Sogleich macht sich der Roboter namens Selina wieder daran, dass Handrad aufzudrehen, wobei sie diesmal den Hemdfetzen als eine Art improvisierten Stoffhandschuh verwendet. Deutlich schneller öffnet sich jetzt die Falltür, die seitlich in den Decksboden gleitet.

„Und Sie sind wirklich diese ... äh ... Begleitung von Commander Park? Wissen Sie, man sitzt da ganz vorne auf der Brücke als Rudergänger und guckt auf die piepende Konsole vor sich. Da habe ich nie so ganz mitbekommen, was da eigentlich los war." Die Falltür ist fast geöffnet, als plötzlich eine Stahlranke aus der niedrigen Decke herabsaust, die sich scheinbar aus dem

Deckenmaterial selbst geformt hat. Sie legt sich Toleman umstandslos um den Hals, der gurgelnde Geräusche von sich gibt. Selina lässt von er fast offenen Falltür ab und mustert die Szene leidenschaftslos.

EINE BESONDERE MASSNAHME

Zur gleichen Zeit auf der Erde, 45 Lichtjahre entfernt

Clausthal-Zellerfeld, Harzgebirge, Deutschland, Erde

06:54 Uhr, Donnerstag, 29.09.2238 Greenwich-Erdzeit

14:59 Uhr, 06.03.101 Bordzeit EFS Jeanne D'Arc

Admiral Brander

„Warum sind wir doch gleich hier? Will sich hier jemand einen Golfplatz bauen?" Der Fragende ist niemand anders als Fleet Admiral Thomas Brander, der Oberkommandierende der Earth Federation Space Navy und legendäre Gründer der Raumflotte und Erdföderation. Er steht in seiner dunkelblauen, praktisch schwarzen Ausgehuniform auf einer felsigen Ebene, die sich weit in alle Himmelsrichtungen erstreckt. Man kann das gerade so im momentan stattfindenden Sonnenaufgang erkennen, der sein weiches Licht über die Landschaft wirft. Auf dem Kopf hat der Admiral eine weiße Schirmmütze mit dem vierfachen Goldlaub eines Fleet Admirals an jeder Hälfte des Schirms der Mütze. Das ganze Erscheinungsbild mit überbordender Ordensleiste und den vier Admiralsringen an den Ärmeln nebst des darüber sitzenden traditionellen Knotenbands erinnern stark an einen Seemarine-

Admiral des 21. oder 20. Jahrhunderts. Hinter ihm steht ein eckiger Gleiter mit dem Abzeichen des Oberkommandos der Space Navy, einem Symbol ähnlich einem alten Schiffssteuerrad auf der linken Hälfte, das zu einer stilisierten Spiralgalaxie auf der rechten Hälfte wird. Mehrere Männer in orangen Overalls und Helmen stehen neben ihm. Außerdem ein junger Mann in ähnlicher Navy-Uniform mit den drei goldenen Schulterstücken eines Commanders und einer deutlich bescheideneren Ordensleiste. Der Commander gähnt und räuspert sich. „Sir, wir sind hier, weil Sie vor zwei Wochen den Wunsch geäußert hatten, sich die Sache hier selbst anzusehen. Und weil sie den ganzen Vorgang einstweilen gestoppt haben." Der Commander sieht weiter auf seinen Tablettcomputer, den er in der Hand hat. „Ah", antwortet der Admiral, was nicht recht überzeugt klingt. „Wegen dem Golfplatz?" Der Commander atmet tief ein. „Nein Sir, wegen dem Ortsbürgermeister, der sein eigenes BASIC-Plus-Programm aufgelegt hat und die Anwohner vom ganzen Harzgebirge gratis mit aus Gestein produzierten Gütern versorgt hat über einen eigens angeschafften Groß-Manipulator. Sodass der halbe Berg verschwunden ist." Der Admiral nickt. „Ach die Geschichte." Der Commander nimmt dankbar zur Kenntnis, dass der Admiral wenigstens das BASIC genannte Grundversorgungsprogramm der Föderation kennt. „Wir hätten die Dinger wirklich Replikatoren nennen sollen damals", murmelt Admiral Brander. Der Commander wirft ihm einen verwirrten Blick zu. In just diesem Augenblick tritt einer der behelmten Männer an die beiden Navyleute heran und hält dem Admiral einen weißen Bauhelm vor die Nase. Der starrt den Helm an, als sei er ein außergewöhnlicher Anblick.

„Guter Mann, wenn der Mond herunterfällt oder der Himmel, dann brauchen wir Ihren Helm. Bis dahin reicht auf dieser flachen Ebene meine Mütze", grummelt der Admiral. Schnell gestikuliert der Commander dem Mann, zurückzutreten.

„Erstaunlich, dass sich die Leute hier ihre eigenen Berge wegfressen", merkt Brander an.

„Sir, die Flotte soll auf Bitten des Innenministers einen Stabilitätsscan des gesamten Gebirgszugs durchführen. Und der Verteidigungsminister bat sie, die Sache noch diesen Monat zu erledigen. Ging über den hiesigen Ministerpräsidenten hoch zum Deutschen Bundeskanzler. Von dem über die EU hoch zur Föderationspräsidentin. Können wir das jetzt in Angriff nehmen?" Der Admiral nickt. „Sicher, sicher. Lag nicht sonst noch etwas an? Wollte nicht der Verteidigungsminister eine runtergerechnete Liste haben, welche neuen Technologien wir den Gloaks zur Verfügung stellen?"

„Ja Sir. Aber wir schieben diese Harz-Sache schon ein halbes Jahr vor uns her. Wenn wir jetzt wieder ins Shuttle könnten…" Doch der Admiral hört nicht zu und drückt auf seiner Armbanduhr herum. „Gewöhne mich nie an diese verdammten Comwatches", murmelt er. „Aber was soll man ohne Naniteninterface machen." Plötzlich erscheint ein leuchtender Formenergiebildschirm vor dem Admiral. Er drückt mit dem Finger auf dem Inhalt herum.

„Aha! Sie sollten mir doch sagen, Jenkins, wenn etwas Besonderes passiert da draußen."

„Was meinen Sie?"

„Nun, diese Sache hier." Admiral Brander zeigt auf seinen Bildschirm, den der Commander von der Seite nicht lesen kann. „Ein unbekanntes Objekt trudelt auf Proxima Centauri zu. Der Sache muss doch nachgegangen werden."

Der Commander seufzt. „Ach das meinen Sie. Admiral, das ist ein Komet oder irgendetwas. Raumschrott vielleicht. Natürlich kümmert sich die Task Force der Ersten Flotte darum. Wenn Sie auf den Update-Knopf drücken, dann werden Sie sehen…"

„Papperlapapp!", schnappt der Admiral. „Wenn sich etwas auf *die* Navybasis der Föderation zubewegt, wo wir unsere Werft und das Depot in Stase haben. Wo schon die Ancients ihr Hauptdepot hatten, dann ist das alles andere als ein Zufall." Der Admiral bewegt sich auf die Gruppe der Helmträger zu.

„Aber Sir", stößt der Commander hervor und rennt dem Admiral hinterher. „Das Objekt trudelt so langsam. Da besteht keine Dringlichkeit…"

Doch der Admiral ist schon bei den behelmten Leuten angekommen. Er legt dem ihm am nächsten Stehenden jovial die Hand auf die Schulter. „Gute Arbeit hier, gute Arbeit." Der Mann sieht ihn entgeistert an. Der herbeigeeilte Commander wirft ihm einen entschuldigenden Blick zu und zuckt mit den Schultern.

„Der verdammte Golfplatz hier kann warten. Sehen wir uns erst mal das Objekt an." Die Doppelluke des Shuttles öffnet sich und eine kleine Trittplattform fährt heraus. Sofort ist der Admiral im Innern verschwunden.

„Machen Sie die *Moondreamer* fertig. Und die *Sundancer* und die *Starfarer*. Wir sehen uns das an. Und zwar noch heute!"

„Aber Sir, der Scan für den Verteidigungsminister…", stammelt
der Commander. Admiral Brander sitzt bereits im Shuttle, als der
Commander einsteigt. Brander studiert eifrig den
Formenergiebildschirm. „Eine *America* war turnusmäßig dran mit
Abfangen. Kommandiert von einer gewissen Dubois." Er verengt
die Augen beim Nachdenken. „Dubois, Dubois, ist mir die schon
einmal begegnet irgendwo?" Der neben ihm sitzende Commander
zuckt mit den Schultern. „Ach ich weiß", triumphiert Brander.
„Das war die Dame von der Flotten-Security, die mir nach dem
siebten Mai-Tai Geheimnisse über den Nanitenkrieg entlocken
wollte." Er lächelt versonnen. „Gott sei Dank kann man
spezialisierte Naniten noch für Umtrunke verwenden." Der
Commander sieht ihn irritiert an. „Nein Sir, das war Commander
Iwanowa." Brander nickt. „Na ja, ist ja auch egal."

07:02 Uhr, Donnerstag, 29.09.2238 Greenwich-Erdzeit

15:07 Uhr, 06.03.101 Bordzeit EFS Jeanne D'Arc

An Bord der *EFS Jeanne D'Arc*

Fähnrich Toleman

„Wow", entfährt es dem Fähnrich. Er keucht noch immer und fasst
sich an den Hals, der eine rote Linie zeigt. „Dass Sie so geschwind
den Schneider aus meiner Tasche gekriegt haben. Das hätte ich
nicht gedacht." Selina sagt nichts. Sie bemüht sich besonders leise
zu sein in diesem weißgetünchten Gang, der auf das Depot mit den
neuen Graviton-Torpedos zuführt. „Erstaunlich, was ihr Sex…", er

unterbricht sich, „ich meine… Androiden so alles könnt. Und so fingerfertig seid ihr." Selina, die weiter geradeaus geht, dreht ihren Kopf um 180 Grad zu ihm herum. Eine Funktion, die sie nicht benutzen konnte, als sie noch ihren menschenähnlichen Körper hatte. Toleman verstummt schlagartig. „Entschuldigung Ma'am. Todesgefahr macht mich immer wortreich." Selina lässt sich sogar zu einer Antwort herbei. „Es sind nur leider immer die falschen Worte, Fähnrich." In diesem Augenblick rennt an den beiden ein Crewman vorbei, der die Rangabzeichen eines Petty Officers auf einem dunkelblauen Arbeitsoverall trägt. „Wir müssen weg!", ruft er im Vorbeirennen. Einen Fluch hinterherschickend. Toleman fällt auf, dass er den roten Markierungen hin zu den nächsten Rettungskapseln folgt. Der Crewman ist binnen Sekunden außer Sicht. „Es ist kein Befehl zum Verlassen des Schiffes ergangen, Fähnrich. Also bleiben wir hier. Außerdem werden die Rettungskapseln bei dem Dämpfungsfeld der feindlichen Kreatur sowieso nicht zünden." Toleman schluckt. Offensichtlich hat sie seinen Gedanken erraten.

„Und Sie sind sich sicher mit diesem Rettet-das-Schiff – Plan, oder?"

„Natürlich, Fähnrich."

„Wissen Sie, Selina. Eigentlich müssten Sie zu mir *Sir* sagen und ich zu Ihnen *Crewman* oder Mister. Wie wir das anfangs gemacht haben. So ist das bei der Navy." Die Androidin zeigt keinerlei Reaktion und beginnt, mit dem Disruptorschneider Tolemans einen Teil der Wandverkleidung zu einem Raum der obersten Sicherheitsstufe herauszulösen.

„Aber wenn Sie natürlich einen Plan zu Rettung von uns allen haben, Ma'am." Von hinten hört man einen gellenden Schrei von irgendjemand und ein Geräusch, als ob Metall auf Metall reibt.

Selina handelt schnell und methodisch. Die vollgestopfte Torpedokammer ist mit Schrankreihen ausgestattet, zwischen denen man so eben durchgehen kann. Hinter den zahlreichen Klappen in den Torpedoschränken befinden sich die länglichen Raketen der Größenklasse Gamma, die die Flotte auch als Torpedos bezeichnet. Im Hintergrund des Raumes ist ein Bodenschott zur eigentlichen Abschussvorrichtung für den Steuerbord-Fronttorpedowerfer. Dort könnten die Torpedos in die Abschussvorrichtung geladen werden. Dazu gibt es einen Ladeschlitten, der mit Antigravtechnologie versehen ist und wie eine Spinne irgendwo an der rechten Kammerseite zwischen zwei Schrankreihen hängt. Selina hat einen etwa drei Meter langen Torpedo einfach herausgenommen und eine Steuerklappe herausgeschraubt. Eines der Standard-Universalwerkzeuge der Flotte mit einem anpassbaren Formenergiekopf war dabei behilflich.

„Werden eigentlich alle Amüsierdroiden mit den Flotteninterna programmiert?" Er sieht Selina erwartungsvoll an, die nicht antwortet. „Toleman! Holen Sie einen Wachdroiden aus der Kammer da links", sie deutet zu einer Luke links neben ihm, „und aktivieren Sie ihn. Schalten Sie sein Energiemodul auf Overdrive. Dann kann ich ihn fernsteuern und zu mir holen." Sie dreht ihren Kopf auf diese unheimlich glatte, roboterhafte Art und Weise zu ihm und er sieht sie hilflos an. Zuckt mit den Schultern. „Äh... ich bin Rudergänger. Wie soll ich da irgendwas auf Overdrive schalten? Außer der *Darc* selbst, meine ich." Selina ist mit ihrem stahlglänzenden Roboterkörper schneller an ihm vorbei, als er gucken kann und alsbald durch die Luke. Toleman tritt an den geöffneten Torpedo heran und sieht die Statusanzeige unter der Klappe. „Na, viel Energie hat der jedenfalls nicht", murmelt er. Er sieht sich angstvoll um, ob irgendwelche Tentakel irgendwo zu sehen sind, aber zu seiner Erleichterung ist alles ruhig. *Was mir noch nicht so ganz klar ist,* denkt er, *ist wie ein explodierender Disruptortorpedo, von dem ich bis eben kaum wusste, dass wir ihn haben, unsere Leben retten soll.* Plötzlich fährt es ihm kalt den Rücken runter. „Sie will uns alle umbringen", flüstert er leise, doch in der momentanen Stille der Torpedokammer scheint es für ihn, als würde es von den Wänden widerhallen. „Sie will uns alle umbringen!"

Kurze Zeit darauf geht die Luke auf und Selina kommt gefolgt von vier der schwebenden Kampfdroiden zurück in die Torpedokammer. Sie gibt trotz des schmucklosen Roboterkörpers ein zutiefst menschliches Seufzen von sich.

„Mister Toleman. Es tut mir leid, aber Ihre Zeit ist jetzt abgelaufen. Eigentlich wollte ich dies sowieso lieber allein machen. Damit die Maladisten-Drohne keine biologische Lebensform entdeckt. Aber…", sie seufzt noch einmal und diesmal noch tiefer, „… ich dachte, ich könnte Sie als Ablenkungsmanöver gebrauchen, sollte es die Situation erfordern." Der Rudergänger sieht sie entsetzt an. „Wie? Als Ablenkung?" Sie tritt auf ihn zu und er weicht unwillkürlich zurück. „Draußen nähern sich die Tentakel und die Maladisten-Drohne. Sie wird gleich hier sein. Sie dürfte mir kaum Beachtung schenken, aber in Anbetracht der besonderen Maßnahme, die ich hier durchführe…" Sie lässt den Satz in der Luft hängen. Toleman schluckt. Er wird kreidebleich. Beginnt zu zittern. „Ernsthaft? Ich soll mich für das Schiff opfern? Damit alle anderen gerettet werden?"

„Ich habe nie gesagt, Mister Toleman, dass ich *alle anderen* retten werde. Ich habe immer nur davon gesprochen, das Schiff zu retten. Schließlich gibt es auch noch Backups." Zu diesen Worten will sie ihm einen Kinnhaken versetzen, der ihn ins Reich der Träume schickt. Doch weil er rückwärts zurückweicht, stolpert er über den geöffneten Torpedo und knallt rücklings auf seine Außenhaut. Selina befiehlt einem der Kampfdroiden, deren Energielevel grundsätzlich im roten Bereich fluktuieren, ein bisschen Restenergie für einen Paralysatorschuss auf Fähnrich Toleman zu verwenden. „Es tut mir leid", sagte Selina traurig, als Toleman gelähmt daliegt, aber wegen der niedrigen Energie noch alles hören und sehen kann. „Aber ich habe keine Möglichkeit gefunden, die Crew zu retten, sondern nur das Schiff. Der Torpedo… ist für die Maladisten-Drohne sicher völlig wirkungslos. Vermutlich aber nicht für ihre Nanitenpest, die sie verwendet, um die Energiegeneratoren der Wirtsschiffe langsam lahmzulegen. Und…", beginnt sie. Doch dann mahnt sie sich selbst zur Eile, da das Geschrei von jenseits der Luke sehr viel schlimmer geworden ist. Mit teilnahmslosem Blick zieht den gelähmten Fähnrich in Richtung der Luke, von der die Schreie kommen.

Es wäre sehr menschlich, wird ihr klar, jetzt auf eine dramatische Showdown-Szene hinzuarbeiten. Sie schmunzelt bei dem Gedanken, trotz der Grausamkeit, die sie gerade begangen hat.

Denn es war eine notwendige Maßnahme, um Zeit zu gewinnen. Niemand kann garantieren, dass die Maladisten-Drohne nicht doch ihre Aktionen behindern würde. Selbst wenn diese Drohnen sonst immer nur auf biologische Wesen und ihre Handlungen reagieren. Jedenfalls den Erfahrungen der Suchenden nach. Trotzdem will sie nicht wirklich beim Handtieren mit dem Torpedo erwischt werden. Zunächst aber stellt sie eine drahtlose Verbindung zu den vier Kampfdroiden her. Sie sollen nicht etwa die nahende Maladisten-Drohne bekämpfen. Da hat sich der unglückliche Fähnrich völlig falsche Vorstellungen gemacht, die Selina bewusst hingenommen hat. Vermutlich hat er auf eine erfolgreiche Endschlacht gehofft, bei der die Droiden aus allen Rohren auf das mörderische Ding in Gestalt einer unbekleideten Frau feuern und den Sieg davontragen. Doch dazu wird es nicht kommen. Sorgfältig rekonfiguriert sie die schwachen Schilde der Droiden. Ganz so, wie es die Suchenden auf ihrem Schiff kurz vor ihrem Ende gemacht haben. Ein Wissen, das sie von diesem Warg, dem letzten der Suchenden, übernommen hat. Und die aus dem Netz vor der Abreise ohne Wissen ihres damaligen Besitzers Park heruntergeladenen Apps erlauben es ihr, wie ein Hacker in die ohnehin paralysierten Systeme der Korvette und ihrer Kampfdroiden einzudringen. Schnell bilden die Droiden mit ihren schwachen Energiekernen ein Viereck um den geöffneten Torpedo. Was auch immer für ein Dämpfungsfeld die Maladisten-Drohne hier verwendet, weder der Torpedo noch die Droiden haben eine Chance dagegen. Nur schwachenergetische Systeme wie sie selbst scheinen davon nicht oder nur wenig betroffen zu sein. Sie erledigt manuell die letzten Justierungen am Torpedo, schafft zu ihm eine neuerliche drahtlose Verbindung. Dann, als sie über die internen Sensoren der geschwächten *Darc* ermittelt, dass die Maladisten-

Drohne mit ihren rätselhaften Naniten den unglücklichen, am Boden liegenden Fähnrich draußen infiziert und sich an seinem Leiden weidet, da… überprüft sie noch mal alle Einstellungen. Denn dies ist eine Handlung von existenzieller Bedeutung für ihre Zukunft. Sie findet einen Fehler. Als sie den Zündcountdown setzt, da schaltet sich der Torpedo wieder in sein Standardsetting. Doch diese Grundeinstellung würde das gesamte Schiff zerreißen und nach den Erfahrungen des Individuums Warg die Maladisten-Drohne vermutlich völlig intakt lassen. Während der leidende Fähnrich ihr draußen mit beginnendem Ausschlag und schrecklichen Fiebervisionen wertvolle Zeit erkauft, verändert Selina noch einmal die Programmierung des Torpedos. Die Maladistin hat kein Interesse daran, sich ihr oder diesem Raum zu nähern. Denn wie es im Wissen von Warg gespeichert war, sucht dieses Ding nur biologische Wesen auf. Sie überzeugt sich noch einmal, dass alles richtig eingerichtet ist. Die Kampfdroiden mit ihren eigenartig fluktuierenden Energieschirmen, schwach, aber vorhanden, liefern eine gerade genügende Abschirmung für den Torpedo. So hatten sich die Suchenden in ihrem Endkampf manchmal noch Energie für Waffen verschafft. Erfolgloserweise allerdings. Allerdings hatten die Suchenden auch versucht, die volle Zerstörungskraft von Disruptorstrahlern auf die Maladisten-Drohne zu richten. Selina hat anderes vor.

Selina zündet den Torpedo, der direkt neben ihr auf dem Boden liegt. Es passiert … scheinbar nichts. Aber sie sieht über die Kameras und internen Sensoren der *Darc*, dass Disruptorstrahlung auf niedrigem Niveau freigesetzt wird. Und dass die letzten acht

Besatzungsmitglieder, die von den über siebzig zu diesem Zeitpunkt noch unversehrt sind, ebenso sterben, wie alle anderen. Menschen, die an Korridorwänden oder obszön über Sesseln und Tischen schweben, aufgespießt durch Tentakel und Riesendornen. Das Lebenslicht entschwindet schlagartig auch aus den gequälten Augen von Fähnrich Toleman. Die Maladistin erstarrt. Bewegt sich für geschlagene zehn Sekunden nicht. Es ist passiert, was Selina schon geahnt hat. Der schwache, speziell modulierte Disruptorimpuls des Torpedos, der keinesfalls explodiert ist, sondern nur eine genau berechnete Strahlungsdosis abgegeben hat, hat der Drohne selbst keinen Schaden zugefügt. Es handelt sich um eine „Behandlung" mit Disruptorstrahlung auf niedrigem Niveau von spezieller Frequenz, die aus dem Nanitenkrieg bekannt ist und erstmalig von Admiral Brander angewandt worden ist. Sie dient der Eliminierung von Naniten, wie sie die Föderation verwendet oder wie sie eben damals gegen die Föderation und ihre Bürger eingesetzt worden sind. Als Nebeneffekt tötet sie alles biologische Leben ab. Genau das war Selinas Ziel. Sie jubelt innerlich, als die Maladisten-Drohne in Gestalt einer nackten, nur mit Ketten bekleideten Frau an Ort und Stelle, direkt neben der von Ausschlägen verunstalteten Leiche von Fähnrich Toleman, erst auf die Knie geht und sich dann ausgestreckt auf den Boden legt. Ganz so, als sei sie ebenfalls tot. Nur eine tote Frau, wie viele andere hier. Diesen Eindruck will sie erwecken. Und auf jemanden warten, der sie versehentlich weckt. Denn das war es, was die Digitalisierung des Suchenden Warg am Schluss beobachtet hatte auf dem Wrack der Suchenden. Als alles biologische Leben erloschen war, nach langen Wochen des Kampfes und Siechtums auf dem treibenden Schiff, da hatte sich die Maladisten-Drohne einfach in eine deaktivierte Stasekiste gelegt und war komplett passiv geworden.

Wahrscheinlich hatte sie die Kiste als Ruheort gewählt, weil sie einfach in der Nähe gelegen hatte. Keinerlei Energieabstrahlung hatte die Drohne mehr abgegeben. Wargs Digitalisierung war nichts anderes übriggeblieben, als von Restenergie „lebend" in seinem Server zu bleiben und im Totenschiff nichts zu tun, das still durch den Raum getrudelt war. Doch Selina hat andere Optionen. Denn sie hat einen Körper und ein wieder einigermaßen intaktes Raumschiff. Vorsichtig bewegt sich Selina aus einer Seitenluke der Torpedokammer auf einen schmalen Wartungsflur. Dort bleibt sie regungslos stehen. Sie stellt fest, dass sie wohl zittern würde, wenn sie ein Mensch wäre. So aufgeregt ist sie. Sie stellt eine Verbindung zur Schiffs-KI her, die sie als Kommandieren Offizier des Schiffes akzeptiert. Schließlich ist sie der einzig noch existierende Crewman. Über die Deckenkameras im Flur, in dem die Maladisten-Drohne vor dem Schott liegt, bekommt Selina ein klares Bild. Da liegt sie auf dem Boden, die nackte Gestalt der Maladisten-Drohne. Direkt neben Tolemans schrecklich anzusehender Leiche. Ihr flacher Brauch senkt und hebt sich nicht, wie das vorher der Fall war. Ihre perfekten Brüste sind regungslos. Ihre nackten Füße, völlig sauber trotz all des Horrors, durch den die Maladisten-Drohne gewatet ist, liegen direkt beieinander. Sie gleicht in ihrem blitzenden Kettendress und mit ihrer glänzenden Glatze einer Fetischversion eines Schneewittchens, das auf den Erweckungskuss wartet, zieht ihr durch den Kopf. Selina wartet eine geschlagene Stunde und bleibt die ganze Zeit über in ihrem schmalen Wartungsgang regungslos stehen. Um sicher zu gehen, dass die Drohne in ihrem Winterschlaf bleibt. Dann eine Stunde später sind die Energielevel der Korvette bereits wieder besser. Der zerstörerische Nanitenbefall, der die Systeme des Suchendenschiffes zerfressen hatte, ist bei der *Darc* nicht zum

Einsatz gekommen. Ein Zeichen dafür, dass die Besatzung des Föderationsschiffes im Kampf gegen die Drohne wesentlich erfolg*loser* war als die des Suchendenschiffes und die Maladisten-Drohne daher auf einen Nanitenangriff verzichtet hat? Vielleicht. Oder eben der Erfolg der Disruptorstrahlung, die der Torpedo abgegeben hat. Selina weiß es nicht mit Sicherheit. Erfolg hatte jedenfalls nur einer. Sie, Selina. Eine ehemalige Sexandroidin. Sie kichert innerlich bei dem Gedanken. Jetzt kommt der große Augenblick. *Fehlt nur ein Trommelwirbel*, denkt sie. Denn wenn die Drohne gleich hochschreckt, dann wird es das gewesen sein. Mit ihr und ihrer Zukunft. Selina schaltet per Funkbefehl die künstliche Schwerkraft in diesem Bereich ab. Ganz, ganz vorsichtig stellt sie ebenfalls per Fernsteuerung über ihre Funkverbindung zur KI die Schwerkraft so ein, dass die immer noch regungslose Frau beginnt, langsam emporzuschweben. Es ist noch ein langer Weg bis nach draußen. Aber wenn sie die Schwerkraftsegmente des Bodens unterschiedlich schaltet, müsste sie einen ganz leichten Schub auf den Körper der Drohne erzeugen können.

10:51 Uhr, Samstag, 01.10.2238 Greenwich-Erdzeit

18:56 Uhr, 08.03.101 Bordzeit EFS Jeanne D'Arc

05:45 Uhr, 04.02.214 Bordzeit EFS Moondreamer

An Bord der *EFS Moondreamer*, 45 Lichtjahre von der Erde entfernt

Admiral Brander

Der Admiral sitzt in seinem Bereitschaftsraum am Schreibtisch und sieht sich auf einem Formenergiebildschirm, der über der Schreibtischplatte schwebt, eine simulierte Außenansicht der *Moondreamer* an. Deutlich erkennt man, dass das Schiff mittlerweile ein Refit 3 ist, während es den vorangegangenen Nanitenkrieg noch fast in der Ancient-Ursprungskonfiguration bestreiten musste. Der größte Unterschied zu vorher sind die beiden schiffslangen Röhren, die an den dicken, ursprünglichen Waffenträgern backbord und steuerbord am Schiff befestigt sind. Die neuen Alpha-Disruptoren, die der alten Fregatte deutlich mehr Feuerkraft verleihen. Brander lässt die virtuelle Tour über die dunkel-stahlgraue Außenhaut des Schiffes gleiten, das eine so große Rolle beim Eintritt der Menschheit auf die galaktische Bühne gespielt hat. Während der Hauptrumpf im Wesentlichen quaderförmig ist, läuft er durch ein Gefälle oben und unten zu einer breiten Spitze zu. Diese „Schnauze" des Schiffes hat auf der Oberseite in Weiß das Logo der Space Navy aufgetragen. Ein Raketensymbol im Ährenkranz, darunter der Schriftzug EARTH FEDERATION SPACE NAVY und der Schiffsname mit vorgestelltem EFS. Auf der Unterseite sieht man die Registriernummer F-1. Brander verzieht etwas das Gesicht. „Das vorherige F-0001 hatte mehr Stil", murmelt er zu sich selbst. Schließlich war die *Moondreamer* das erste in den Dienst der Menschheit gestellte Raumschiff der alten Ancient-Zivilisation von allen etwa eintausendfünfhundert aufgefundenen Schiffen. Er ändert mit einer Wischgeste auf dem Schirm das Display und ruft die Darstellung der *EFS Jeanne D'Arc* auf. Eine Korvette der *America*-Klasse. Die erste kapitale Schiffsklasse, welche die Menschheit unter Benutzung der Alientechnologie selbst konstruiert und gebaut hat. Sieht man von der experimentellen, alten *Gerad*-Klasse ab. Ein Fingerdruck gibt ihm die Eckdaten der *Jeanne D'Arc*, die bereits vor Ort am abgefangenen Objekt ist. Ein durchaus erfolgreiches Schiff. Seit Indienststellung 2192 unter dem Kommando von nur drei Captains. Die letzten neun Jahre Erdzeit unter Jessica Dubois. Einer ehemaligen Grundschullehrerin, wie er interessiert in ihrer Akte liest. „Dubois, Dubois", er murmelt den Namen noch einmal vor sich hin. Er kennt sie irgendwie, aber das muss lange her sein. *Hätte ich noch mein Nanitengedächtnis, wüsste ich es jetzt*, denkt er missmutig. Denn in der Tat hatten die Naniten stets und ständig alle Information bereitgestellt, die man sonst in den Tiefen der Erinnerung vergraben hat. *Muss irgendwas mit Gerad zu tun gehabt haben*, denkt er. Eine seiner Bekannten, vermutet er. Alexandre Gerad, der legendäre CEO der ebenso legendären Techfirma TTT und sein alter Mentor. Missmutig schiebt er den Gedanken an Gerad und die damalige Zeit zur Seite. Die vergangene Ära, vor der Föderation und vor der Raumflotte. Jedenfalls hat diese Dubois mit ihrem Schiff eine gute Führungsakte. Viele erfolgreiche Einsätze mit Aufklärung von Intrusionen in den Föderationsraum. Allerdings alles bislang rein militärische Einsätze, wie es auch der Natur des Schiffes entspricht. Die neue Situation wird den Captain also vor einige Herausforderungen gestellt haben. Er geht im Geiste die abgefangenen Statusmeldungen noch einmal durch. Ein totes Raumschiff mit verstorbener Besatzung in Stase- oder

Kryokapseln. Nichts, was man einfach durch den Raum treiben lassen könnte. Selbst wenn es erst in unzähligen Millionen Jahren am Ziel Proxima Centauri ankommen würde. Schließlich wird dieser Raumsektor auch von Greys und Luminos durchpflügt. So direkt vor der Haustür der Navybasis auf Proxima Centauri, von der Erde ganz zu schweigen, will man solche Dinge natürlich selbst kontrollieren. Mit Überlicht ist eben nur ein Katzensprung, was für ein trudelndes Wrack eine wahre Ewigkeit dauert.

Brander schüttelt den Kopf. Ein Erster Offizier, der sich ohne Erlaubnis selbst auf das fremde Schiff begibt und den Entscheidungen des Captains zuwiderhandelt. So teilt es ein zweiter Statusupdate von Dubois' Schiff mit. Ein Mysterium, wo die Dienstakte vom Ersten Offizier Jae Park eigentlich einwandfrei war. Hat Dubois ihren Laden nicht unter Kontrolle? Dann ist irgendetwas im Schiff erwacht, auch wenn es vermutlich nur irgendein anspringender defekter Rechner oder was auch immer war. Brander wird aus seinen Gedanken gerissen, als die Deckenlautsprecher mit einem Knacken in Betrieb gehen. *Das Knacken war vorher nicht. Verdammter Refit.*

„Admiral, wir verlassen in fünfzehn Minuten den Plus-100 Hyperraum." Er bedankt sich bei der Kommunikationsoffizierin und steht auf. Wirft gezwungenermaßen einen Blick auf den riesigen, die ganze Stirnwand ausfüllenden Bildschirm, der den merkwürdigen Anblick des Hyperraums zeigt. Derzeit in der Plus-100 Variante, also einem Universum zugehörig, in dem die Zeit um den Faktor einhundert schneller läuft. Ein Universum, das die Schiffe der Flotte üblicherweise benutzen, weil sich aus Sicht des Normaluniversums so die Reisezeit um den entsprechenden Faktor verkürzt. Brander schüttelt den Kopf, als das schlierenhafte Grau mit seinen bunten kugel- und kissenförmigen Einschlüssen eine hypnotische Wirkung zu entfalten droht und geht durch die Verbindungstür auf die Brücke. Mit einem zufriedenen Lächeln bleibt er im Türrahmen stehen und sieht sich die große Brücke der Fregatte an. Alles ist wie vorher, nur mit dem zurückgekehrten Glanz des Neuen versehen. Reinweiß an den Wänden, wo keine Konsolen oder Bildschirme sind, statt dem vorherigen Gilb. Links von ihm an der Stirnwand der riesige Hauptbildschirm, davor die Holowanne. Dahinter die Arbeitspulte in drei Reihen hintereinander, durch den Mittelgang geteilt. Er schlendert hinüber zu den vorderen Pulten, wo links die Kommunikationsoffizierin vom Dienst der Alphawache, Master Chief Petty Officer Nancy Sober sitzt. Er lächelt der blonden Frau mit dem durchgestylten Kurzhaar zu, die wie immer fröhlich zurücklächelt. Wie immer nimmt er zur Kenntnis, dass ihre Gesichtszüge immer irgendwie zu perfekt sind. Nancy ist eine Androidin, die ursprünglich als „Animierdame" im Offizierskasino im Hauptquartier der Flotte gedient hatte. Bis es Proteste besonders der weiblichen Flottenoffiziere gehagelt hatte und sich Brander ihr dienstlich angenommen hatte. Mit Hilfe von Branders Anwälten war ein großer Musterprozess für die damals noch softwaremäßig unveränderte Androidin vor dem Föderationsgerichtshof geführt worden. Am Ende war den entsprechenden Modellen der Firma Space Origin „Sentienz", also Empfindungsfähigkeit zugesprochen worden. Zwar hatte niemand beweisen können, dass die neuronalen Netze dieses anspruchsvollen Models wirklich empfindungsfähig und ihrer selbst bewusst waren. Aber das in beiden Geschlechtern verfügbare, als sexueller Partner, Lebenspartner oder für alle möglichen anderen Zwecke geschaffene Modell und Brander hatten schließlich doch vor Gericht gewonnen. Das neue, von Branders Anwälten durchgesetzte Prinzip war, dass im Zweifelsfall von Sentienz ausgegangen werden musste. Bevor man ein intelligentes Wesen versklavt, so die Argumentation der Anwälte, muss man ihm Bürgerrechte zugestehen. Später hatte Space Origin ein simpleres Modell dieser Animierdroidin herausgebracht. Als „Sexdroidin" aggressiv vermarktet, natürlich mit einem männlichen Gegenstück und von der Software her eine Schmalspurversion. Sicher könnte so ein Sexdroide der neuen Serie nie das leisten, war hier Master Chief Sober leistet, denkt Brander. Nämlich normalen Dienst auf einem Schiff der Space Navy führen, ganz wie ein Mensch. Brander geht an der leeren Mittelbank und danach den Plätzen von Navigation und Ruder vorbei. *War die Sitzordnung nicht vorher umgekehrt mit NAV und Ruder vorn?* Er stellt wieder einmal fest, dass die Hirnschädigung, die er seit der Schlacht um die *EFS Asia* im Jahre 2195 mit sich herumträgt, sein Erinnerungsvermögen nicht gerade verbessert hat. Er setzt sich auf seinen Kommandantenplatz, der leicht erhöht im hinteren Teil der Brücke liegt. Er hört, wie sich das Brückenschott öffnet und sieht, dass Commander Saskia Petrova hereinkommt. Die ehemalige Taktische Offizierin des Schiffes, deren Leistungen während des Nanitenkrieges ihr den Binären Stern zweiter Klasse eingebracht haben, die zweithöchste Tapferkeitsauszeichnung der Flotte. Brander nickt ihr zu. „Commander, tragen Sie mich nach dieser Schicht aus der Wachrotation des Schiffes aus. Ich beschränke mich auf die Flaggbrücke. Sie übernehmen das reguläre Kommando… Captain." Ihre Augen leuchten. Nach alter Marinetradition steht dem Kommandanten eines Schiffes die Anrede Captain zu, die Brander soeben benutzt hat. Er drückt auf sein Flottenabzeichen an der Uniform, was piepend den darinsitzenden Kommunikator in

Betrieb nimmt. „Commander Jenkins. Bringen Sie bitte meine persönlichen Sachen aus dem Bereitschaftsraum der Brücke in den Bereitschaftsraum der *Flagg*brücke." Man hört Jenkins tief Luft holen. „Natürlich Sir. Ich werde veranlassen, dass *jemand* ihre Sache rüberbringt." Petrova ist die eigenartige Betonung des Wortes „jemand" nicht entgangen und sie grinst schief. „Mister Petrova. Sie haben doch nichts dagegen, dass ich weiter das Kapitänsquartier mit Beschlag belege?" „Natürlich nicht Sir. Das ist Ihres seit… Menschengedenken", fügt sie lächelnd hinzu und Brander zieht eine Augenbraue hoch.

„Abbremsmanöver beendet, Schiff rotiert", meldet die Rudergängerin, Lieutenant Junior Grade Susan Perkins von ihrer Konsole, was über die Deckenlautsprecher laut und deutlich vernehmbar ist. Brander fühlt über die Deckplatten, wie sich das alte Schiff dreht. Auf dem Hauptbildschirm glaubt man die Drehbewegung durch Lageveränderung der eigenartigen bunten Blasen des Hyperraums zu erkennen.

„*Sundancer* und *Starfarer* synchron", meldet die OPS-Station, an der Lieutenant Sarah McKinley die Position der beiden Schwesterschiffe der *Moondreamer* beobachtet. Wobei Schwesterschiffe ein unklarer Begriff für die beiden Kriegsschiffe ist. Denn die *Sundancer* und *Starfarer* sind zwar wie die *Moondreamer* Schiffe der ersten Stunde, sind aber mittlerweile durch zusätzliche Geschütztürme top- und bugseits aufgerüstet und daher als Zerstörer klassifiziert.

„Übertritt in Einstein-Hyperraum in Zwei. Kurs zum Übertrittspunkt liegt an. Gravitonprojektoren Status Grün. Schilde taktische Stärke, Status Grün. Einstein-Erhaltungsfeld aktiv, Status Grün. Hauptantrieb in Ruhe, Status Grün", meldet der Navigator.

Seit dem letzten Update der Dienstvorschrift ist da auch noch mehr Gerede dazugekommen, denkt sich Brander.

"Hat sich McKinley das mit dem Weggang noch einmal überlegt?", flüstert Brander eine Frage in Richtung Commander Petrova.

„Nein Sir. Die vielen Fragen, die die Flottensecurity in Sachen bestimmter… Technologien stellt, verunsichern sie. Sie will den Dienst quittieren und wohl auf eine neue Kolonie ziehen. Hat irgendeinen irischen Naturalisten kennengelernt, der in so einer Zurück-zum-alten-Irland – Truppe ist. Auch wenn das alles dort nur unter Kuppeln stattfindet.“

„Ah“, sagt Brander. „Naturalisten? Sind das die ohne Kleider?“

Commander Petrova grinst. „Nein Sir, das sind einfach nur Leute, die naturverbunden leben wollen.“

„Ach so. In Kuppeln. Schon klar.“

„Konstant vierzig Licht. Übertritt in Normalhyperraum in 10…9…8…“, beginnt der Navigator Fähnrich Utado herunterzuzählen, der den alten Fähnrich Miles ersetzt hat, der nach dem Nanitenkrieg lieber als Lieutenant Junior Grade in den Ruhestand gegangen ist. Man sieht ein Wabern im Hyperraumbild auf dem Hauptschirm, dann ist das Schiff durch. Was bedeutet, dass der Hyperraum des Einsteinuniversums den Schirm einnimmt und praktisch genauso aussieht wie der Plus-100 Hyperraum. Brander erhebt sich. „Mister Petrova. Sie haben das Kommando. Ich gehe was essen.“

„Aye Sir.“

Brander geht auf den Ausgang der Brücke zu. „Carmichael von der Technik hat die neuen, sprachgesteuerten Manipulatoren in der Offiziersmesse. Ich will mal mein Glück versuchen."

„Aye, viel Glück Sir." Brander hört noch, wie Petrova dem Steuermann Befehl gibt, die Triebwerke auf Standby zu belassen und ein neuerliches Abbremsmanöver bis auf zehntausend Stundenkilometer zu beginnen.

10:00 Uhr, Sonntag, 02.10.2238 Greenwich-Erdzeit

18:05 Uhr, 09.03.101 Bordzeit EFS Jeanne D'Arc

04:49 Uhr, 05.02.214 Bordzeit EFS Moondreamer

An Bord der *EFS Moondreamer*, 45 Lichtjahre von der Erde entfernt

Admiral Brander

Brander geht an den grüßenden Marines am Eingang vorbei und betritt die Flaggbrücke. Die eigens für einen Flotten- oder Kampfgruppenkommandanten eingerichtete Brücke, mit der er oder sie das Kommando über einen ganzen Verband führt. Ähnlich der normalen Brückenbesatzung gibt es hier verschiedene Stationen, die von den entsprechenden Stabsoffizieren besetzt sind. Nur dass hier alles auf einen mittigen „Kartentisch" konzentriert ist. Dieser kann zwei- oder dreidimensional die taktische Lage projizieren und die Arbeitsplätze in dem rechteckigen Raum sind um ihn herum verteilt. So sitzt der Stab mit dem Rücken zum Kartentisch und hat jeweils ein eigenes Pult. „Admiral auf der

Brücke!", meldet Commander Jenkins und setzt ein „Flaggbrücke bereit" hinzu. Da er wieder einmal fast strammsteht, fordert der Admiral mit einem entnervten „rühren, Commander, rühren" eine gewisse Lockerheit ein, die ihm lieber ist. OPS, COM, NAV, Ruder und Taktik sind besetzt und alle sehen ihn erwartungsvoll an. „Geschwindigkeit Null-Komma-Vier Licht, Bremsmanöver abgeschlossen, Bug nach voraus, Flottille in Position, Status Grün, Übergang in Normalraum in Fünf", rasselt der Commander herunter. Brander ist in Gedanken versunken. Schließlich hat der Kampfverband einen Hyperfunkspruch einer von der *Jeanne D'Arc* ausgesetzten Warnboje aufgefangen, der vor Annäherung an die Position warnt. Konkreter Inhalt ist, eine extrem gefährliche Wesenheit mit „enormen taktischen Fähigkeiten jenseits der taktischen Fähigkeiten fast aller Zivilisationen" sei dormant in dem Sektor. Und die *Jeanne D'Arc* habe sich selbst entfernt, ist dort zu hören. Weitere Funksprüche hat das Schiff nicht abgesetzt. Hält Dubois' Schiff Funkstille wegen der Gefahr? Es ist eine Warnung, denkt Brander mürrisch, die eher dazu angetan ist, alles an Greys, Luminos, Leonen und selbst Tarts anzulocken, was hier an Alienrassen durch den Weltraum fliegt und die Erde und Proxima Centauri belauert.

Auf dem taktischen Display des Kartentisches sind die drei parallel ausgerichteten Raumschiffe zu sehen, sowie drei kreisförmig markierte Punkte, die sich langsam nähern, an denen die Schiffe in den Normalraum zurückkehren werden. "Keine weiteren Funksprüche", meldet COM. Brander bedankt sich bei der zierlichen Frau namens Mendez, die das schwarze Haar zu einem strengen Haarknoten gebunden hat. „COM, Funkstille für den Kampfverband. Wir gehen zehntausend KM vom Austritt in große Umkreisung der Stelle mit Passivscan. Radius vierzigtausend KM.

Spätere Aktivscans nur die *Big M*." Dabei war mit „Stelle" natürlich die Positionsmeldung gemeint, die von der *Jeanne D'Arc* aufgefangen worden war. *Big M* ist dabei der in der Crew und sogar der ganzen Flotte gebräuchliche Name für die *Moondreamer*, die hier als Flaggschiff des Kampfverbandes fungiert. Und streng genommen als Flaggschiff der gesamten Space Navy, da der Oberkommandierende an Bord ist.

16:07 Uhr, Sonntag, 02.10.2238 Greenwich-Erdzeit

00:12 Uhr, 10.03.101 Bordzeit EFS Jeanne D'Arc

10:56 Uhr, 05.02.214 Bordzeit EFS Moondreamer

An Bord der *EFS Moondreamer*, 45 Lichtjahre von der Erde entfernt

Admiral Brander

„Wir haben einen guten Überblick über die unmittelbare Zone", beginnt OPS-Offizierin Adams. „Trümmerteile gehören zum Fremdschiff; stark zerkleinert. Konsistent mit Beschuss durch AE/E-Betaklasse-Waffen und AE/E-Torpedos. Keine Rettungskapseln. Weder vom Fremdschiff, was auch nicht anzunehmen war und auch nicht von der *Jeanne D'Arc*. Warnboje von *Jeanne D'Arc* sendet nach wie vor. Keine Spur der Korvette selbst. Wir wussten ja auch schon von der Warnboje, dass sie sich entfernt hat. Jetzt kennen wir auch ihren Kurs, den sie fast mit Maximalbeschleunigung verfolgt hat. In den galaktischen Leerraum, unbekanntes Ziel, Sir." Brander seufzt. "OPS, Lassen Sie McKinley nach einer getarnten Boje scannen. Alles ist merkwürdig genug, aber vielleicht hat uns Dubois ja netterweise noch ein verschlüsseltes Datenpaket hinterlassen und wir erfahren, wohin und warum sie von hier verschwunden ist." Er denkt nach. „Geben Sie *Starfarer* und *Sundancer* Order, jeweils zufälligen Abstand in unserem gemeinsamen Ringkurs zu halten. Wenn wir hier etwas aufwecken, dann will ich nicht, dass alle Schiffe auf einem Haufen hocken oder zu systematisch positioniert sind."

„Aye Sir. Und Captain Petrova lässt schon eine Weile nach der getarnten Drohne scannen, hat sie gemeldet."

Fähnrich Mendez empfängt etwas, denn sie hat den Finger auf ihren Ohrstecker. „Sir, Captain DeFranc von der *Starfarer* schlägt vor, Sie selbst sollen auf eine Million KM Distanz gehen Sir, um als Flottenkommandant nicht in der Gefahrenzone zu sein." Brander grinst. „Bedanken Sie sich bei DeFranc für den Vorschlag und lehnen Sie ab, Mendez."

„Aye Sir".

„Soll ich die *Big M*-OPS auch um aktiven Scan für den vermissten Alien bitten, Sir?"

Brander schmunzelt. „Vermisster Alien, das ist gut. Man sieht richtig den im Handtuch eingewickelten ET."

„Wen Sir?"

„Egal. Belassen wir es bei dem Bojenscan. Bevor wir einen besonderen Tiefenscan nach irgendwelchen getarnten Feinden machen, lassen wir es erst einmal so." Er muss schlucken. *Vielleicht wecken wir ja auch so irgendetwas.*

Die Zeit zieht sich hin. Auch wenn der Aktivscan mit tausendfacher Lichtgeschwindigkeit durch den Raum rast, dauert es einige Minuten, bis das Ergebnis hereinkommt. „Mister Perkins, wie läuft das hier mit dem Kaffee?" Ihm entgeht nicht, wie die OPS-Offizierin zum Adjutanten Perkins rübergrinst. Der wird rot. „Äh Sir, ich werde mich drum kümmern." Ärgerlich herrscht er die COM-Offizierin an. „Mendez! Einen Kaffee für den Admiral!" Bevor Mendez antworten kann, erwähnt Brander, dass doch bitte Kaffee für alle gebracht werden soll. „Nach Flottenstandard schwarz und süß. Wer Milch will, muss das selbst angeben. Und die Messe soll einen Roboter schicken."

Es dauert noch eine Weile, dann ist das Scanergebnis da. „Sir, Cryptoboje gefunden. Übertragung und Entschlüsselung läuft, Admiral." Kurze Zeit später ist das Ergebnis fertig. „Audio-Video-Nachricht, Sir." Brander seufzt. „Ein Adressat?" Doch die COM-Offizierin verneint. „Freigabe für Brückencrew. Petrova und Co sollen das auch sehen", kommandiert Brander. Kurze Zeit später erscheint ein ungewöhnliches Gesicht auf dem Bildschirm. Als das noch immer teilweise verrußte Stahlgesicht der Androidin auf dem Schirm zu sehen ist, sind alle sprachlos.

„Crew des Föderationsschiffes, das diese Sendung empfängt. Mein Name ist Selina… Park. Ich bin ein ehemaliger… Hausroboter des Ersten Offiziers der *EFS Jeanne D'Arc*. Ich möchte die Ereignisse kurz zusammenfassen…" Die Maschine im Bild schildert die Vorkommnisse auf der *Jeanne D'Arc* in einer stark verkürzten Version. Erklärt aber, eine Eigenmächtigkeit des Ersten Offiziers habe ermöglicht, dass die Crew der *Jeanne D'Arc* eine Entität an Bord des aufgefundenen Wracks gefunden habe, die sich zum Ziel gesetzt habe, alles greifbare Leben mit Krankheit und Folter zu überziehen. Sie habe die Gestalt einer Frau. Selina beschreibt es als einen „religiös verbrämten, möglicherweise sexuell fetischisierten Todeskult". Sie erwähnt, die fremde Entität verwende vermutlich Nanotechnologie, die selbst gegen die sogenannte „Brander-Kur" einer gewissen Disruptorstrahlungsdosis immun sei. „Die Drohne selbst ist immun, nicht aber ihre Nanitenpest. „So konnte ich die *Jeanne D'Arc* von den infizierenden Naniten reinigen", erklärt sie. Außerdem würde das Ding oder das Wesen, das sie eigenartigerweise als „Maladisten-Drohne" bezeichnet, ein enorm effektvolles Dämpfungsfeld verwenden, das praktisch alle Gegenwehr zum Scheitern verurteilt. Sie rattert einige technische Details herunter, wie man Energiefelder und Energiegeneratoren modifizieren muss, um wenigstens etwas Energie zur Bekämpfung der Drohne zu haben. „Als alle Besatzungsmitglieder tot waren, verfiel das Ding in eine todesähnliche Starre und ich habe es schlichtweg von Bord transportiert. Aus der nächsten Luftschleuse geworfen. Scheinbar ignoriert die Drohne nichtbiologische Einheiten wie Droiden, es sei denn, es handelt sich um offensichtliche Angriffe." Trotz des starren Gesichts scheint sie plötzlich noch ernster in die Kamera zu schauen. „Seien Sie vorsichtig, Föderationsschiff. Die Annäherung von biologischem Leben wird dieses Ding wieder aktiv werden lassen und es wird nicht eher ruhen, bis auch das letzte Crewmitglied unter Qualen gestorben ist." Deutlich hört man Commander Jenkins auf der Flaggbrücke schlucken. „Ich empfehle jedwede Kontaktvermeidung in diesem Areal und sofortigen Rückzug. Einen weiten Perimeter einhaltende Schiffe der Flotte sollten sicherstellen, dass sich niemand dieser Zone nähert." Der Roboter starrt noch eine Weile regungslos in die Kamera. „Ich habe diese Zone mit der *Jeanne D'Arc* verlassen. Ein Leben in der Föderation unter den Einschränkungen, die die Föderation sentienten KIs auferlegt, ist für mich nicht akzeptabel." Wieder eine Pause. „Selina Park, einzige Überlebende der *EFS Jeanne D'Arc* out." Der Schirm wird dunkel.

„Leider keine Logs des Schiffes", erklärt Fähnrich Mendez. Brander nickt. „Das Ding da wird einiges zu verbergen haben." Er gestikuliert zum schwarzen Bildschirm. „Mister Mendez, was haben wir da gesehen?"

„Laut KI ein Innenskelett eines Space Origin *Life Partners*, wie sie der Verkaufsprospekt nennt." Brander nickt. „Sexdroiden?" Mendez bestätigt es mit einem Nicken und wird rot. „Gut, dass Master Chief Nancy Sober nicht...", er korrigiert sich. „Master Chief Sober wird es ja auf der Brücke ein Deck tiefer gehört haben." Er sieht Mendez fragend an. „Ist das dasselbe Modell wie der Master Chief?" Nachdem Mendez die Autorisation des Admirals bekommen hat, sieht sie die Personalakte von Sober durch. „Nein Sir, Master Chief Sober ist... oder war... das ältere, anspruchsvollere Modell mit besserer KI." „Oh", antwortet Brander nur. „Wenn das eben schon das einfachere Modell war..." Er lässt den Satz in der Luft hängen. Dann bricht eine rege Diskussion aus, wie ein Sexdroid auf eine Föderationskorvette gekommen sei, auch noch vom Ersten Offizier eingeschmuggelt und am Ende in der Lage sein könnte, das Schiff zu entführen. Diese Diskussion ist so lebhaft, dass die Flaggbrückencrew fast den Umstand vergisst, dass sie gerade gehört haben, dass die Crew der *Jeanne D'Arc* unter großen Qualen gestorben sei. Ohne Überlebende. Es ist Perkins, der zuerst daran erinnert.

„Admiral. Was die Gefährlichkeit dieses fremden Wesens angeht..."

„Der Maladisten-Drohne oder wie sie das genannt hat", fügt Brander ein.

„Ja… sollten wir nicht Abstand halten und es einem größeren Aufgebot an Schiffen überlassen, das zu untersuchen? Vielleicht mit Spezialisten an Bord. Die Warnung eben war doch recht deutlich."

Brander schüttelt den Kopf. „Wenn es zwei Zerstörer der Navy und eine Fregatte nicht schaffen, wer dann, Mister Jenkins?" Der Commander bleibt eine Antwort schuldig. „Und ist es nicht die Definition eines Flottenoffiziers, dass er Spezialist für alles ist?" Brander sieht seinen Adjutanten mit ironischem Funkeln in den Augen an. „Aber Sie haben Recht, Commander." Er wendet sich an die COM-Offizierin. „Mister Mendez. Signalisieren Sie der *Starfarer*, sie solle über die Ereignisse Meldung machen im Sol-System. Lassen Sie keine Rückfragen von Captain DeFranc zu."

„Aye Sir."

„Aber Admiral", wendet Jenkins ein. „Dann sind wir nur noch zwei Schiffe!"

„Arithmetisch ist das völlig richtig, Mister Jenkins." Brander erhebt sich. Er wischt einen Einwand von Jenkins fort, die Flottille solle nur einen der H3-Jäger schicken, die jedes der drei Schiffe an Bord hat. „Ich werde hier draußen keinen H3-Jäger mit kostbaren Disruptoren durch den Raum fliegen lassen, damit diese Technologie noch den Greys oder Luminos in die Hände fällt." Er zögert kurz. „Auf ein Wort Mister Jenkins. In meinem Bereitschaftsraum." Er deutet auf die Tür zur linken, die in einen recht spartanischen Raum mit Schreibtisch, zu kurzer und zu harter Liege und einem ein mal zwei Meter großen Monitor an der

Wand für den Flottenkommandanten führt. „Natürlich Admiral."
Der Adjutant geht voraus. Brander folgt ihm und meint deutlich zu
hören, wie es in den Eingeweiden des Mannes rumort.

„Mister Jenkins. Ich würde es bevorzugen, wenn Sie direkte Kritik
an meinen Befehlen hier unter vier Augen äußern und nicht vor
den Stabsoffizieren." Jenkins schluckt vernehmlich. „Verstehe, Sir.
Allerdings ist es eine besondere Situation. Eine Korvette der
Föderation wurde vernichtet und…"

„Nicht vernichtet", unterbricht ihn Brander. „Sie fliegt ja noch."

„Aber alle sind tot."

„So scheint es, Mister Jenkins. Wenn wir uns auf die Aussagen
dieser wildgewordenen KI verlassen können."

Jenkins hat einen roten Kopf bekommen und atmet schneller als
normal, wie dem Admiral auffällt. „Haben Sie den Teil mit dem
sadistisch-zu-Tode-Quälen gehört? Und dem sinnlosen
Widerstand der Crew, die komplett gefallen ist?"

Brander grinst. „Ist mir nicht entgangen. Vielleicht ist ja etwas von
der Ursprungsprogrammierung dieser Erotik-Androidin
durchgeschlagen, als sie sich eine Geschichte ausgedacht hat,
warum sie ein Schiff der Flotte unterschlagen kann."

Jenkins stutzt. „Sie meinen, sie hat vielleicht die Crew allein
überwältigt? Alle aus der Luftschleuse katapultiert?" Jenkins,
leicht zittrig wirkend, scheint nachzudenken. „Betäubungsgas
vielleicht. In die Klimaanlage…"

„Jenkins! Hören Sie auf zu plappern!" Der Adjutant scheint sich
etwas zu fangen. „Sir, ich bin nur um Ihre Sicherheit besorgt. Sie

hätten als Oberkommandierender der Flotte niemals hier raus kommen dürfen. Wir müssen uns zurückziehen auf eine sichere Position, bis Verstärkung kommt. Die haben Sie nicht angefordert, Admiral. Die *Starfarer* wird Bericht erstatten, aber…"

„Jenkins!", Brander schlägt mit der flachen Hand auf die Schreibtischplatte. „Sie sind von Ihren Aufgaben als mein Adjutant suspendiert. Bitte ziehen Sie sich in Ihr Quartier zurück für die nächsten Tage und ruhen Sie sich aus. Die Krankenstation ist auch gleich auf diesem Deck. Vielleicht schauen Sie da mal vorbei."

„Aber Sir, ich…", stößt Jenkins hervor. Dann holt er tief Luft. „Eines noch, Sir. Wir müssen diesen Androiden an Bord unter Beobachtung stellen! Diesen Petty Officer Sober" Man merkt seinem fast wütenden Blick an, wie ernst ihm das Thema ist.

„Master Chief Sober?"

„Ja Sir. Sie ist offensichtlich ein noch weiterentwickeltes Modell als diese Selina Park oder wie sie sich nennt. Wenn diese Park allein ein Schiff der Flotte übernehmen kann…" Brander muss seinen ehemaligen Adjutanten förmlich aus der Tür schieben, um ihn loszuwerden.

„Ich werde Bericht erstatten Admiral! Ans Oberkommando."

„Ich bin das Oberkommando. Muss ich die Security rufen, um Sie loszuwerden?" Erhobenen Hauptes, unter den merkwürdigen Blicken der Flaggoffiziere verlässt der Commander die Flaggbrücke. Die beiden Marines draußen lassen sich nichts anmerken, als der aufgeregt wirkende Offizier vorbeigeht.

„Fähnrich Mendez. Bitten Sie Master Chief Sober auf die Flaggbrücke. Sofort!", bellt Brander.

"Admiral, wir empfangen einen Aktivscan, aus der Nähe der Trümmerwolke. Etwa zweihundert Kilometer von den Trümmern entfernt. Analyse der Trümmerwolke ist außerdem durch *Big Ms* OPS fertiggestellt und zeigt teils komplette Körper einer unbekannten, humanoiden Spezies. Schon lange vor Vernichtung ihres Schiffes verstorben. *Starfarer* ist beim Beschleunigungsmanöver Richtung Terra und lässt fragen, ob sie abbrechen und bleiben sollen." Kommunikationsoffizierin Mendez hat das alles schnell und präzise heruntergerattert, dass Brander anerkennend nickt.

„Die *Starfarer* soll machen, dass sie wegkommt, Fähnrich. Wir kümmern uns hier um alles. Eine *Moondreamer* und eine *Vailant* reichen aus, um dem Teufel selbst in den Hintern zu treten, Mister Mendez", sagt Brander und verwendet dabei den Klassennamen des Zerstörers *Sundancer*, der von der *Vailant*-Subklasse der ursprünglichen *Moondreamer*-Fregatten ist.

„Aye Sir", antwortet Mendez und man sieht, wie ihre Augen leuchten. In diesem Augenblick öffnet sich mit einem ankündigenden Gong das Schott zur Flaggbrücke.

„Master Chief Petty Officer Nancy Sober meldet sich zur Stelle, Admiral", ruft sie aus und verharrt hinter dem sich schließenden Schott in einer bewegungslosen Starre, die vermutlich das Nahezu-Strammstehen imitieren soll, das Flottenangehörige oft gegenüber deutlich höheren Offizieren einnehmen. Es wirkt bei der Androidin allerdings noch viel starrer als bei anderen Crewmitgliedern. „Stehen Sie bequem Fähnrich. Und Gratulation zur

Feldbeförderung. Sie sind ab sofort meine Adjutantin. Verfassen Sie bitte als erste Amtshandlung einen Bericht, wie eine Androidin ein Raumschiff der Flotte übernehmen könnte.“

„Aye Sir!“ Irritierenderweise bleibt die Androidin namens Nancy Sober immer noch starr vor der Tür stehen. Brander vermutet, dass sie da bereits am Bericht schreibt.

„Kommunikation. Fordern Sie die Captains von *Moondreamer* und *Sundancer* auf, eine Spec mit den von der Androidin empfohlenen Einstellungen für Schilde und Generatoren an den jeweiligen Maschinenraum zu geben. Nur zur Verwendung im Notfall!“

„An den gesamten Kampfverband inklusive abgehende *Starfarer*!“, beginnt Brander ein Kommando an den Taktischen Offizier Lieutenant Tark. „Alarmstufe Gelb und Schilde auf taktische Stärke. Kampfdroiden und Marines sollen kritische Punkte sichern. Tödliche Gewaltanwendung ohne Vorwarnung ist autorisiert.“ Der Mann mit dunklem Teint und einer modischen, gemusterten Frisur bestätigt sofort und macht sich an die Arbeit. Gelber Alarm blinkt stumm in den entsprechenden Leuchten an den Wänden der Flaggbrücke auf. Brander überlegt für eine Sekunde.

“Befehlen Sie der *Big M*-Brücke, sofort das Scanzentrum anzuvisieren und volles Disruptorfeuer auf die Position zu geben. Getarnte Raketen ausstoßen. Beta-Raketen! Feuern nach eigenem Ermessen. Gefechtswarnung an restliche Schiffe.“ Etwas leiser fügt er „keine Zeit für lange Volksreden“ hinzu.

„Aye Sir“, bestätigt Lieutenant Tark, wenn auch mit Unsicherheit in der Stimme. „Captain Petrova bestätigt und aktiviert Waffen. *Moondreamer* schwenkt herum und visiert Ziel an. Wir feuern!“ Brander nickt und stellt sich hinter den Taktischen Offizier, der sozusagen live berichtet, was auf der Hauptbrücke des Schiffes ein Deck tiefer geschieht.

„Keine Wirkung der Disruptoren, Sir. Aktivscans werden nach wie vor abgestrahlt vom Ziel. Vier Beta-Raketen auf Kurs. ETA dreiunddreißig Sekunden!"

„3Gen-Torpedos sind freigeben. Sechs Schuss auf den Feind! Danach freies Schießen für Petrova." Ihm fällt auf, dass er den Begriff Feind hier auch etwas unscharf anwendet, da er keinerlei Ahnung hat, auf was er eigentlich schießt. *Aber wenn man nun mal auf etwas schießt, dann ist es der Feind.*

„OPS der *Big M* meldet, Scan des Feindes sei deutlich schneller als unser eigener, Sir!" Lieutenant Adams von der OPS-Station der Flaggbrücke meldet es mit deutlicher Sorge in der Stimme. Denn jedem Flottenangehörigen ist klar, dass ein schneller scannender Feind auch schneller zur Gefahr wird.

„3Gen-Torpedos explodieren Sir!", meldet Lieutenant Tark von der Taktik. Brander schließt die Augen und hofft, dass die neue Geheimwaffe der Navy ihre Arbeit tun wird. Dabei handelt es sich um eine Technologie, die er selbst nach dem Nanitenkrieg der Flotte zur Verfügung gestellt hat. Ursprünglich von ihm bei der 2084 stattgefundenen Entdeckung der in Stase liegenden Ancient-Raumschiffflotte vorgefunden, hat er diese Technologie lange als seine persönliche Trumpfkarte verwendet. Im drei Jahre zurückliegenden Nanitenkrieg hatte er sogar einen mittlerweile nicht mehr vorhandenen, inoffiziellen Bodyguard-Androiden, der sich dieser Technologie bedient hat. Bei dieser „Tarnvorrichtung der 3. Generation" handelt es sich um ein Feld, das den Träger völlig dem normalen Kontinuum entrückt und damit vor jedweden

Einflüssen schützt. Damit fungiert es gleichzeitig als Schutzschild und Tarnung. Und wenn man einen Torpedo mit einem solchen Tarnfeld umgibt, kann er ungestört überall dorthin vordringen, wo er sonst etwa wegen Energieschilden aufgehalten würde. Außerdem gibt der 3Gen-Torpedo seine Tarnung und Entrückung erst am Ziel auf, so dass sich die Explosivwirkung am Zielobjekt voll entfalten kann. Wenn diese fremde Wesenheit, eigenartigerweise als Maladisten-Drohne bezeichnet, auch noch so gute Schilde hat, um sich vor Disruptoren und konventionellen Torpedos zu schützen, so soll die 3Gen-Tarnung sie trotzdem durchdringen können. „Scan läuft", meldet die OPS. „Ziel noch vorhanden, aber fluktuierende, schwache Energielevel", fügt Lieutenant Adam an. „Erneut...", beginnt Brander, da leuchtet Rotalarm auf. „Eindringlingsalarm!" tönt es erstaunlich blechern von den Deckenlautsprechern.

Minuten vorher

Commander Jenkins

Für Commander Jenkins ist das Maß voll. Er hat sich nun wirklich lange genug mit diesem senilen alten Kerl abgegeben. Gut, er ist die legendäre Gründergestalt der Föderation. Hat in jungen Jahren erst in der legendären Technikfirma TTT gearbeitet, die praktisch die FTL-Moderne mit ihren Faster-than-Light Raumschiffantrieben geschaffen hat. Mit gewissermaßen geklauter Alientechnologie über damals schon herumschwirrende Naniten, wie jetzt herausgekommen ist. Ob Brander deswegen noch rechtliche Konsequenzen zu spüren bekommen wird, ist sowie noch nicht klar. Die Sicherheit der Flotte ermittelt und auch der

Bundesstaatsanwalt der Föderation, wegen den von Brander geheim gehaltenen Technologien. Seit dem Nanitenkrieg, in dem alles endlich publik geworden ist. „Den Vater der Föderation" hat neulich jemand Brander genannt. Jenkins schnaubt, während er erst einmal eine Toilette nahe der Krankenstation auf Deck 9 aufsucht, ganz in der Nähe der Flaggbrücke. Von den Wänden leuchtet Gelbalarm. Typisch für das Chaos, in das Brander alle verwickelt hat. Dieses Gerede von einem sadistischen Außerirdischen, der einen langsam zu Tode quält und mit Krankheiten infiziert, ist ihm wirklich nahe gegangen. Das muss er zugeben. Er sucht sich eine der Zellen aus und stellt fest, dass sie sauber ist. Setzt sich und gibt sich der Tätigkeit hin, die man dort verrichtet. Klar, dass einem das auf den Magen schlägt, konstatiert er. Er hat, grübelt er, den Job als Adjutant von Brander nur angenommen, weil er das als einfaches Sprungbrett hin zu Höherem angesehen hat. Schnelle Beförderung zum Captain irgendeines Schiffes der Erdverteidigung war sein Ziel. Am besten eines, das nie das Solsystem verlässt oder wenn, dann nur als Teil eines riesigen Kampfverbandes. Der vierte Streifen auf den Schulterklappen und die Privilegien dazu. Mehr BASIC- und mehr konventionelle Credits. Und wo jetzt die BASIC-Credits nicht mehr nach und nach am Monatsende verfallen, seit der großen Reform von Präsidentin DeKlerk, hätte sich die Beförderung gelohnt. Branders Vergesslichkeit und schräges Gerede hat er hingenommen. Seit Brander dieser bunten Extrauniversaltasche im Hyperraum vor vielen Jahren zu nahe gekommen war, hat er offensichtlich geistigen Schaden genommen, das weiß er. Aber wer hätte gedacht, dass der halb senile Admiral, der sonst nur hinter dem Schreibtisch sitzt und ihm die ganze Arbeit überlässt, nun einfach in den Weltraum raus rast? Hat die erste Gelegenheit genutzt, um hier draußen mal wieder völlig regelwidrig den großen Raumhelden zu spielen und legt sich prompt mit der ersten Raumpest an, die ihm über den Weg läuft. Jenkins beendet seine Tätigkeit an diesem Orte und geht zurück in den Waschraum. Er wird diesem Brander schon noch die Flötentöne beibringen! Jedenfalls wenn sie das hier alle überleben. Schnaufend geht er auf den Spiegel und das Waschbecken zu. Betrachtet wohlgefällig sein Spiegelbild im Wandspiegel. Ein Commander Hank Jenkins, Harvard-Absolvent und Jahrgangsbester an der Flottenakademie 2181, wird sich nicht so einfach unterkriegen lassen. Er wäscht sich die Hände. Das ist der Moment, in dem er etwas im Spiegel sieht.

Es ist das stark flimmernde Bild einer unbekleideten Frau, das er dort sieht. Ihm klappt die Kinnlade herunter. Wer hat sich hier einen Scherz erlaubt, eine Holoprojektion in der Herrentoilette zu installieren? Na, das wird einen Dienstrüffel geben, der sich gewaschen hat! Er dreht sich um. Die Frau, die da starr an der Wand vor der Tür einer der Zellen steht, hat eine sehr ansehnliche Figur. Sie hat irgendwelche silbernen Ketten über Kreuz um den Oberkörper gewickelt, die die Brüste freilassen. Lange, wohlgeformte Beine. Der Kopf ist merkwürdigerweise haarlos. Die Augen sind matt und wirken desorientiert. Die Frau sähe real aus, würde sie nicht hier und da immer mal flimmern. In dem Augenblick geht das Licht im Bad aus. Stockdunkel ist es. Jenkins flucht. „He! Licht an!", ruft er. Na, dem verspielten Crewman, der für diesen Schabernack verantwortlich ist, wird er den Marsch blasen. Da geht das Licht wieder an, flackernd allerdings. Die Alarmleuchte über der Tür hat von Gelb auf Rot gewechselt und irgendetwas dröhnt knisternd aus den Deckenlautsprechern. „…LINGS…M" Er schüttelt den Kopf. Wer zieht so eine Show hier ab? Da läuft es ihm eiskalt den Rücken herunter. Oh Gott, das wird doch nicht?" Die Gestalt hat den Blick erhoben, sieht ihm direkt in die Augen. Er liest Kälte und Entschlossenheit in ihrem Blick. Sie geht auf ihn zu. Er weicht zurück, spürt das harte Waschbecken in seinem Rücken. Dann greift ihn irgendetwas Hartes und Kaltes. Weiße Tentakel halten ihn fest und etwas wie ein Ausgussrohr drückt sich bei ihm an eine Stelle, an der er nie irgendetwas haben wollte. Während er gepfählt in Richtung der niedrigen Decke schwebt und sich den Kopf stößt, verflucht er, Admiral Brander jemals getroffen zu haben.

„Energielevel auf drei Prozent!", meldet Branders OPS-Offizierin. „Waffen und Schilde offline, Antrieb aus", hört er vom NAV-Offizier der Flaggbrücke. „Interne Sensoren aus", fügt die Taktik mit Aufregung in der Stimme hinzu. „COM aus, meldet der COM-Offizier der *Big M.*" „Wir müssen der Technik die Modifikationen noch mal durchgeben, die diese Droidin durchgegeben hat!", ruft Brander. Fähnrich Sober, „seine" Androidin, steht plötzlich vor ihm. Mit dem zu perfekten Gesicht und der zu perfekten Frisur. Kurz erschreckt er sich, als er in ihre stahlblauen Augen in einem ausdruckslosen Gesicht blickt. „Ich habe die Spec für den Maschinenraum. Soll ich mich auf den Weg machen, Sir?" Er nickt und die Androidin rennt sofort los. In dem Augenblick ahnt er, wieso sich diese Selina Park ihre menschliche Hülle über dem Grundskelett weggebrannt hat. Um nicht dieses fremdartige, mörderische Ding anzulocken. „Keine Verbindung zu den Kampfdroiden", meldet sein Taktischer Offizier. "Kontakt zur Hauptbrücke verloren!", tönt die COM-Offizierin. Wozu hat man eine Flaggbrücke, denkt er wütend, wenn sie mit niemandem kommunizieren kann? Die Frage ist, wird ihm in diesem Augenblick klar, ob Captain Giordano von der *Sundancer*, die hoffentlich noch intakt ist, gerade das Feuern auf die *Moondreamer* vorbereitet. Denn es wäre ausgesprochen logisch, wenn er jetzt gerade seine Disruptoren für die sogenannte Brander-Kur konfigurieren würde. Gerade nach den Hinweisen, die diese Selina gegeben hat. Ein entsprechend modulierter, schwacher Disruptorstoß wird alles biologische Leben und zumindest in freier Wildbahn befindliche Naniten abtöten. Möglicherweise geht dann diese Maladisten-Drohne, die jetzt sicher an Bord ist, wieder in ihre Hibernation zurück. Oder aber Captain Giordano befürchtet, die Drohne könne dann auf sein Schiff übersetzten. Zögert er deswegen gerade? Oder ist er selbst betroffen vom Dämpfungsfeld?

Während des Nanitenkrieges hatte Brander selbst die *Moondreamer* eine geschlagene Viertelstunde auf ein fremdes Raumschiff feuern lassen. Um es auf diese Art und Weise von feindlichen Nanobots zu säubern. Möglicherweise geht das aber auch schneller, wenn diese KI namens Selina vielleicht noch bessere Einstellungen für die Disruptoren hat. Sie kamen ihm nicht wirklich bekannt vor, als sie die Einstellungen in ihrer Nachricht aufgesagt hatte. Kurz grummelt es in seinem Magen, als er glaubt, die tödliche Strahlung schon fühlen zu können, die die *Sundancer* vielleicht gerade abfeuert. Doch er ruft sich selbst zur Ordnung. Er sieht, wie sein Bodyguard-Droide seine Tarnvorrichtung verliert und langsam zu Boden sinkt. Er sitzt schließlich als dicke, regungslose Scheibe direkt vor Brander, der den Kopf schüttelt. Seit er nicht mehr seinen 3Gen-Droiden hat, steht ihm nur dieser konventionelle zur Verfügung. Der offensichtlich genauso vom Dämpfungsfeld betroffen ist wie alles andere. Er zögert einen Augenblick. Und dann weiß er, was zu tun ist. *Wenn das funktioniert*, denkt er. *Wenn nicht, bin auch ich mit meinem Latein langsam am Ende.*

Die zwei Marines sehen ihn nervös an, als er die Kommandobrücke in Eile verlässt. „Brauchen Sie Schutz, Sir?", fragt einer. Brander nimmt sich nicht die Zeit für Diskussionen. „Schützen Sie die Flaggbrücke so gut sie können!", ruft er und entfernt sich schon. Ein kleines Treppenhaus, das man statt der Lifts nehmen kann, verbindet die Personaldecks und so ist er schnell ein Deck tiefer, wo sein Quartier liegt. Er sieht gut ein Dutzend Crewleute, die sich hier auf dem relativ großen Platz zwischen dem Brückenschott und dem Kapitänsquartier aufhalten. Niemand sitzt, alle sind in rege Diskussion vertieft, umringt von Kampfdroiden und einem Kontingent Marines. „Alle bis auf die Marines in Ihre Quartiere!", herrscht er die Gruppe an und setzt ein „Wir haben das hoffentlich gleich überstanden" hinzu. *Habe ich*, fragt er sich, *die Crew durch meinen Größenwahn einem grausamen Tod überantwortet? Hätte ich auf die Warnung dieser Droidin hören sollen?* Aber andererseits, denkt er, wenn nicht die *Big M*, wer sollte denn sonst so ein Problem lösen, das praktisch direkt vor der Haustür der Erde und ihrer wichtigsten Flotteninfrastruktur in Proxima Centauri liegt? Man kann doch da nicht einfach eine Warnboje aussetzen, „Achtung hier liegt ein halbtotes, irres Alien" und dann den Bereich weiträumig meiden. Oder wäre es doch genau das gewesen, was man hätte tun sollen? Ärgerlich schiebt er den Gedanken beiseite. Anstatt über „hätte, hätte, Fahrradkette" zu philosophieren, denkt er auf Deutsch anstatt wie sonst auf Englisch, gibt es ein Alien, das er töten muss. Ihm definitiv beibringen, was es heißt, auf *seinem*

Schiff irgendeine Show abziehen zu wollen. „Todeskult, Sado-Scheiß“, grummelt er vor sich hin. „Na, das bringe ich dir bei.“

Schnell hat er den Vorraum durchquert, vorbei an der rechten Tür zum privaten Besprechungsraum des Captains, der nach dem Refit den Platz eingenommen hat, wo vorher der Bereitschaftsraum war. Im hinteren Schlafzimmer öffnet er einen Schrank und sieht eine kleinere Stasekiste auf dem Boden sitzen. Die Stasekiste zeigt schon Fehlerblinken. Schnell ist sie ausgeschaltet und unter dem undurchsichtigen Deckel befindet sich wiederum eine silbrige Kiste. Er öffnet die mit zufällig wirkenden Ausbuchtungen und fremdartigen Schriftzeichen versehene innere Kiste und sieht darin eine Flasche seines bevorzugten *The Balvenie* –Whiskys. Auch ein paar Gläser aus demselben Metall, aus dem auch die verzierte Kiste ist. *Mein Notfall-Set*, denkt er grinsend. Er nimmt die Flasche heraus, nachdem er in einem bestimmten Muster über die Außenhaut der Box gestrichen hat. Öffnet die Flasche und nimmt einen Schluck von dem aromatischen Gebräu. Dann, während der starke Tropfen in seinen Magen rinnt, schleicht sich ein raubtierhaftes Grinsen auf sein Gesicht. Denn die Form der Kiste verschwimmt und sie beginnt, aus dem Schrank zu schweben. Dann werden die Konturen der Box erst transparent und sie verschwindet schließlich völlig. Er streicht sich mit der Hand über den Kopf und fühlt praktisch sofort das gewohnte Kribbeln, als er sich mit seinem alten Naniteninterface verbindet, das sich suchend in seinem Hirn ausbreitet. Praktischerweise hatte die Kiste eine besondere, gloakische Legierung, die die Eigenschaft hat, Scanner zu stören. Von den Gloaks wird sie zu bestimmten religiösen Zwecken benutzt, die mit anregenden Getränken zu tun haben. Dann hört er seine Naniten.

FUNKTION IN EINER MINUTE.

Und kurze Zeit später.

WILLKOMMEN ZURÜCK, ADMIRAL

„Hallo altes Leben", brummt er. „Und jetzt haben wir ein Alien zu erlegen!" Etwas grummelig fügt er gedanklich hinzu: „Wir machen nicht so viel Theater wie die Crew der *Jeanne D'Arc*. Wir knallen das Ding einfach weg."

Die Verbindung steht. Etwas wie ein neuer *Black Knight* steht ihm jetzt zur Verfügung. Black Knight war der Name seines Langzeit-Bodyguard-Roboters, der hinter damals nicht ortbaren 3Gen-Tarnschilden gesessen hatte und ihn als „fliegende Untertasse" ständig begleitet hatte. Seit dem Nanitenkrieg ist das Wissen um die 3Gen-Tarntechnik nun Allgemeinwissen und Brander hat auf seinen alten, ständigen Begleiter verzichten müssen. Nur seinen offiziellen Bodyguard-Droiden mit konventioneller Tarnung und konventionellen Schilden hat er behalten. Doch die 3Gen-Technik ließ sich natürlich weiterentwickeln. Grinsend denkt er daran, wie er lange mit seiner privaten – auch illegalen – KI, die er in einer versteckten, planetaren Installation irgendwo im Nirgendwo verlassener Sonnensysteme installiert hat, über den Namen der neuen Tarngeneration diskutiert hat. Nun, nach langer Zeit hatte er sich mit der KI auf… „4Gen" geeinigt. Aber eigentlich, weiß Brander, handelt es sich um eine Shiftversion der 3Gen-Technik. Anstatt das geschützte Objekt, wie den Bodyguard-Droiden oder im Zweifelsfall auch Brander selbst, nur auf einer festen Frequenz aus der Einsteinraum-Dimension zu entrücken, shiftet die neue Technologie die Frequenzen durch. Was allerdings die ohnehin noch nicht stabile 3Gen-Technik eher noch instabiler macht. Nun geht Brander mit einem breiten Grinsen auf die Tür zum Vorplatz zu seinem Kapitänsquartier zu. *In einem Film wie es sie in meiner Jugend gab, hätte ich jetzt noch eine Zigarre im Mund*, denkt er belustigt. Kurz fällt ihm allerdings die imaginäre Zigarre fast aus dem Mund, als er eine Warnung über niedrige Energielevel bekommt. Aber, fügt der aus den Naniten entstandene Droide an, die Restenergie erlaubt, das 4Gen-Tarnfeld schrittweise auf volle Stärke zu fahren. Erst ein sehr schwaches 4Gen-Feld generieren, in das sich der Naniten-Droide bereits gehüllt hat. Dann das Energielevel etwas anheben bei unvollständiger Entrückung aus dem Einsteinraum. Dann eine leichte Verstärkung des 4Gen-Feldes, was wiederum das mögliche Energielevel anhebt und so weiter. Brander nickt und lässt die Naniten mit ihrer Schaukelarbeit beginnen. Es dauert nur eine Minute und das Feld steht auf voller Stärke. Möglich ist das nur, weil Nanobausteinen wie den winzigen Naniten eben winzig kleine Energielevel genügen, um die dimensionale Verschiebung zu erzeugen. „Gute Arbeit", lobt Brander gedanklich. Er gibt den Befehl, das 4G-Feld auf ihn auszudehnen. Sofort stellt sich bei ihm eine Art Schwebegefühl ein, als er zwar an Ort und Stelle bleibt, aber dem Normalraum entrückt wird. Befriedigt nimmt er zur Kenntnis, wie der in das 4Gen-Feld gehüllte Droide ihm übermittelt, dass die Tarnvorrichtung, die gleichzeitig auch einen Schutzschirm darstellt, mit 99 Prozent Effizienz läuft. Brander hält ihm wahrsten Sinne des Wortes die Füße still, als er einfach über den Boden schwebt, in dieser eiförmigen Blase, die ihn und den

Nanitendroiden aus dem Normalraum nimmt. So gleitet er wie ein Geist aus seinem Quartier. Unsichtbar für alle und nicht richtig der Realität angehörend. Auch abgefeuerte Waffen oder eben herumschwirrende Naniten können ihn so nicht erreichen. Für ihn sieht es so aus, als ob seine Fußsohlen bisweilen unter der Höhe des Decks hängen, aber das stört ihn nicht weiter. Bizarrerweise sieht er bisweilen Schotts und Gerätschaften „aufgeschnitten", da sie sich ja gewissermaßen auflösen, wann immer sie mit seinem 4Gen-Feld in Berührung kommen. Der Vorplatz zwischen dem Brückenschott und dem Kapitänsquartier ist leer und Brander schwebt einfach durch das geschlossene Schott auf die Hauptbrücke, wo er natürlich für die Brückencrew unsichtbar bleibt. Hier herrscht eine frustrierte Arbeitsamkeit. Mit Commander Petrova, die als reguläre Kommandantin der *Moondreamer* bisweilen die Arme in die Luft wirft und Kommandos gibt, die sich mangels Schiffsenergie als fruchtlos herausstellen. Hat der Chefingenieur nicht die neue Spec dieser Androidin namens Selina bekommen, wie er die Generatoren rekonfigurieren soll? Oder funktioniert das vielleicht nicht bei den älteren Maschinen der alten *Big M*? Er beschließt, sich nicht darum zu kümmern und sich stattdessen mit dem Alien auseinanderzusetzen, was auch immer das für ein Ding sein mag. Er bleibt unsichtbar und so schwebt er ein Deck höher. Seine ebenfalls auf 4Gen-Technik basierende Ortung übermittelt ihm ein klares Bild, was dieses Ding mit seiner Flaggbrückencrew gemacht hat. Das Bild, das er von der Maladisten-Drohne bekommt, lässt ihn kurz zögern. Eine nackte, kahlköpfige Frau mit irgendeinem silbernen Kettendress? Wer hätte je von einem solchen Feind gehört? Unwillkürlich hat er sich irgendetwas wie ein Reptil, einen Riesenkäfer oder vielleicht eine Stahlspinne vorgestellt, muss er grinsend zugeben. Mit weiblichen Zügen, nach der Beschreibung von der Androidin Selina. Aber eben doch fremdartig aussehend. Vermutlich ist die Aufmachung des Feindes eine Art psychologische Kriegsführung, vermutet er. Es sei denn die feindliche Rasse würde wirklich wie Menschen aussehen und hätten ihre Drohne entsprechend gestaltet. Eine Art in den religiösen Wahnsinn abgedriftete Cousin-Rasse der Menschen? Kaum vorstellbar. Aber auch nicht unmöglich, da die Ancients ja zu ihrer Zeit mit Menschen der Steinzeit agiert haben, denkt er. Irgendwelche Überlegungen hinsichtlich möglicherweise fortgebrachter und weiterentwickelter Steinzeitmenschen vergehen ihm jedoch, als er auf dem Weg zur Flaggbrücke quer durch den Deckboden im oberen Waschraum aka Bad materialisiert. Es ist Commander Jenkins, der da am Unterleib eine aufgerissene Uniform hat und widerwärtiger Weise an irgendwelchen Tentakeln Richtung Raumdecke gehoben worden ist, die ihn vorne und hinten penetrieren. Er spürt Übelkeit aufsteigen. Perkins sieht mit geschlossenen Augen ins Nichts, denn er kann Brander hinter dem Tarnfeld natürlich nicht erkennen. Seine Haut im Gesicht und anderswo ist mit farbigen Geschwüren bedeckt. *Wir kriegen das hin, Jenkins*, denkt er, ohne den Commander anzusprechen. *Wenn ich mit dem Alien-Ding fertig bin, stabilisiere ich alle so zugerichteten Menschen an Bord erst einmal mit meinen eigenen Naniten, bis diese die Oberhand haben.* Sein unsichtbarer Droide analysiert eine fremdartige Nanitentechnologie, die man mit sechzigprozentiger Wahrscheinlichkeit allerdings als verwandt mit dem Nanitentyp annehmen könnte, der den Nanitenkrieg 2235 ausgelöst hatte. Diese Maladisten-Naniten wirken wie eine Nachfolgegeneration der fremden Naniten des Nanitenkrieges, deren Herkunft noch nicht abschließend geklärt ist. Brander wischt gedanklich die von seinem Droiden angebotenen Analysen zur Seite und lässt die fremdartige Frau stattdessen in einem Zielfadenkreuz erscheinen. Quer durch den Waschraum und mehrere andere Räume hindurch. Sie steht vor dem Hauptbildschirm der Flaggbrücke, ganz so, als sei sie ein pervertierter Ersatz für Commander Jenkins. Der Zustand der Flaggbrückencrew ist wie er schon erwartet hat. Penetriert, mit aufgerissenen Uniformen. Brander wählt Geschosse aus, die eigenständige 4Gen-Felder projizieren und sich mit diesen direkt in das Ziel bringen werden. Dort werden sie ihre dimensionale Entrückung aufgeben und den Feind mit ihrer Payload interagieren lassen. Manche Geschosse werden Branders eigene Naniten im Kampfmodus ins Ziel tragen. Andere tödliche Disruptorstrahlung abgeben, die einfach Materie und Energie auflösen soll. Ein dritter Typ wird tödliche Strahlungsdosen abgeben. Eine vierte Sorte wird schlichtweg Explosivgeschosse enthalten. Die allerdings mit einer gewissen Zeitverzögerung im Körper des Feindes explodieren sollen, um die Wirkung der anderen Geschosse nicht zu stören. „Feuer!", murmelt Brander und die über ihm befindliche, getarnte Kampfdroiden-Scheibe stößt die Geschosse aus, die auf die Frauengestalt zufliegen. Wieder einmal fühlt er sich als Falschspieler. Denn wieder hat er Technologie nur für sich selbst genutzt, um sie im Notfall als Trumpf ausspielen zu können. Doch am Ende zählt nur der Sieg, ist sein Mantra. Denn wenn er gewinnt, gewinnt auch die Föderation. *Und das ist alles, was zählt.* Die Geschosse verfehlen ihre Wirkung nicht. Die Frauengestalt scheint zu verschwimmen und an manchen Stellen zu schrumpfen, sich dann explosionsartig auszudehnen. Wie ein zäher Pudding, in dessen Inneren etwas explodiert. Dann flimmert ein grünliches, von einem merkwürdigen Netz durchzogenes

Energiefeld um sie herum und kollabiert danach. „Abstrahlung ähnlich Disruptortechnologie", analysiert sein Naniten-Droide, der über ihm schwebt. Zusammen mit ihm in dieser Blase der dimensionalen Entrückung aus dem Normaluniversum. Bizarrerweise scheint die Gestalt der Frau jetzt zu schrumpfen, so dass sie am Ende fast wie ein Kind wirkt, wenn auch noch normal proportioniert wie ein Erwachsener. Brander bereitet eine weitere Salve vor, schwebt jedoch auch auf sie zu. Er will wissen, wer zur Hölle das ist. Seine in den Körper von dem Ding eingedrungenen Naniten sind noch vorhanden, denn er bekommt Feedback von ihnen. Sie analysieren ihre Umgebung und melden, alles sei aus den fremdartigen Nanobots zusammengesetzt. Kein Fleisch, wie ohnehin schon zu vermuten war. Er kommt direkt vor dem Wesen zu stehen und sieht auf die jetzt stark verkleinerte Gestalt herunter. „Was bist du? Warum tust du, was du tust?", fragt er über seine Naniten, die normales Föderations-Funkprotokoll verwenden. Schließlich stecken die Nanobots des Feindes überall im Schiff und im Kopf der Crew der *Moondreamer*. Da ist anzunehmen, dass das Wesen sich auf Englisch verständigen kann. Statt einer Antwort geschieht Erstaunliches. Er findet sich plötzlich in einem roten Energiefeld wieder, das von weißen Schlieren durchzogen ist. Sein Droide meldet eine starke Abstrahlung, wie sie einem Wurmloch ähnelt. Und er hört eine Stimme in seinem Verstand. Laut und gewaltig, dass sie seine Schädeldecke seinem Gefühl nach zum Erzittern bringt.

GETARNTER MANN. WIR KENNEN EUCH JETZT.

MEHR VON UNS WERDEN KOMMEN.

„Das macht nichts!", lässt Brander seine Naniten antworten, die offenbar noch immer im Körper des fremden Wesens stecken. „Ich werde auf euch warten!" Die Worte bereiten ihm Mühe, aber er findet sie. „Ich bin ohnehin immer hier draußen. Ich warte auf euch." Dann merkt er, dass die Gestalt der Frau, jetzt leicht größer geworden und nur noch wenig kleiner als anfangs, vor ihm in dem roten Energiefeld schwebt. Sie hat etwas in den Händen, das sie ihm entgegenstreckt. Als wolle ihm ein Geschenk überreichen. Es ist eine silbrige Kiste, die mit merkwürdigen Zeichen verziert ist. „Danke", sagt er. „Ich habe meine eigene Whiskykiste." Was das werden soll, er weiß es nicht. Aber sicher nichts Gutes. Denn rote Tentakel scheinen sich langsam aus der Kiste hervorzuschlängeln. Dann spürt er Strahlen, die wie eine Verdickung des roten Feldes sind, die an seiner Tarnvorrichtung reißen. Er bekommt rote Fluktuationswarnungen ins Hirn projiziert, doch wegen der enormen Kopfschmerzen, die das Wesen bei ihm ausgelöst hat, kann er nicht reagieren. Das 4Gen-Feld fluktuiert so stark, dass es teils bis auf vier Prozent heruntergeht. Es erholt sich immer wieder zwischenzeitlich. Aber der Angriff wird das Feld in Wogen immer weiter in die Knie zwingen. Es können nur noch Sekunden sein, wird ihm klar. Dann wird es sein Ende sein. Nein, schreit er in seinem Verstand. *Das kann es nicht sein!* Er hat einen dieser Momente, in denen er sich einfach weigert, die Dinge so zur Kenntnis zu nehmen, wie sie offenbar sind. Er ist es, der immer im letzten Moment einen Ausweg findet. Er, Admiral Thomas Brander, Gründer der Flotte und der Föderation. Der Trickser, der immer noch eine Trumpfkarte im Ärmel hat, um im letzten Moment das Ruder herumzureißen. Zu gewinnen, wenn alles verloren scheint. Der die Regeln verbiegt. Der die Hohen Rassen bei ihrer Invasion zurückgedrängt hat. Der den Nanitenkrieg beendet hat. Er findet immer einen Weg. Dies ist *sein* Schiff. *Seine* Crew! Kein gottverdammtes Alien, mit Modeschmuck behängt, ätzt er wütend in seinem eigenen Verstand, wird hier den Sieg davontragen. Nicht auf den Deckplatten seines ureigenen, alten Flaggschiffes. Nein! Er wird es nicht akzeptieren! Der Gedanke ist trotz der Kopfschmerzen so felsenfest, dass er spürt, wie der Druck in seinem Schädel zurückgeht. Sein Verstand regt sich wie ein wildes, angeschossenes Tier. Es ist, als würde sich sein Geist plötzlich erweitern. Ein ähnlich dramatisches Gefühl, wie damals, als er im 21. Jahrhundert auf der alten Erde erstmal seinen Geist für die Alien-Naniten geöffnet hatte, die ohne sein Wissen in seinem Hirn gewesen waren. Infiziert, wie er von ihnen war. Wie viele Erdenmenschen. Genau wie damals erscheinen in seinem immer noch schmerzenden Kopf grelle, bunte Schriftzeichen der Aliens. Und er versteht, was sie bedeuten. *Notprogramm aktiviert. Destruktionsmodus ein.* Destruktionsmodus? Er hat noch nie davon gehört, dass sie so etwas haben. Was immer das auch sein soll. Dann fühlt er es. Merkt, wie sich seine Naniten, die im Körper der Maladisten-Drohne mit den Naniten des Feindes kämpfen, sich blitzschnell zu Clustern zusammenfügen. Und dann beginnen sie, hell wie die Sonne zu strahlen. In diesem Augenblick beginnt die Frauengestalt zu schreien. Sein Kopfschmerz hört gnädigerweise völlig auf. Das rote Energiefeld verschwindet. „Interne Systeme der *Moondreamer* gehen wieder online", meldet sein getarnter Droide. Die Gestalt der Frau löst sich in einem wirren, bläulich-silbernen Funkenregen auf. Die *Sundancer* des guten Captain Giordano kann jeden Augenblick feuern, wird ihm klar. Ihm ist schwindelig, er stützt sich an einem Pult rechts ab. Die Frauengestalt ist völlig verschwunden und ihre Reste sind buchstäblich als Asche weggeweht worden. Mit letzter Kraft dreht er sich um und sieht in die im Tode weit aufgerissenen, glasigen Augen von Fähnrich Mendez, die auf grausame Weise von ihrem eigenen Arbeitsplatz gepfählt worden ist und es nicht überlebt hat. Obwohl die Maladisten doch eigentlich alle langsam leiden lassen wollte. Er droht das Bewusstsein zu verlieren, doch dann merkt er, dass jemand neben ihm steht und ihn stützt.

„Admiral. Geht es Ihnen gut? Der Maschinenraum konnte die Spec dieser Selina nicht anwenden, Sir!" Die Stimme klingt irgendwie merkwürdig. Er sieht in das Gesicht der Sprecherin und zuckt zurück. Lebendige, stahlblaue Augen unter perfektem, blondem Kurzhaar sitzen in einer weißlichen, teils blau verfärbten Gesichtshaut.

„Entschuldigen Sie den Anblick Admiral, aber meine biologischen Komponenten habe ich in der Krankenstation selbst abgetötet, um mich an Bord freier bewegen zu können." Sie sieht zu dem schwarzen Fleck vor dem Bildschirm, wo eben noch die Maladisten-Drohne stand oder schwebte. Sie selbst, Sir, Sie haben es irgendwie geschafft." Es ist halb eine Frage. Brander nickt. „Captain… Giordano…", stottert er. „Er darf nicht…" Sie nickt. „Ja Sir. Die *Sundancer* wird nicht feuern. Captain Giordano weiß, dass die Situation unter Kontrolle ist. Er lässt ausrichten, er hätte nicht gefeuert, weil er damit gerechnet hat, dass Sie die Situation selbst unter Kontrolle bekommen, Admiral."

„Sagen Sie ihm, einstweilen steht die *Moondreamer* unter Quarantäne." Fähnrich Sober nickt. „Natürlich, Sir."

„Überlebende?", fragt er.

„Ja Sir, soweit ich über die internen Sensoren mitbekomme, gibt es nur fünf Verluste. Herzstillstande, wie es scheint. Leider auch Fähnrich Mendez. Es drohen weitere Verlust, in Anbetracht der Manipulationen an den Körpern von mindestens weiteren sechs

Crewmitgliedern. Medizindroiden sind auf dem Weg, die KI leitet sie an. Sonst nur minimale Schäden im Schiff, aber massive Nanitenverseuchung. Die *Sundancer* ist ohne Schäden. Sowohl an Crew als auch Schiff." Er nickt. Als er schon merkt, wie er das Bewusstsein zu verlieren droht, befiehlt er seinem 4Gen-Droiden, seine Naniten in den Reproduktionsmodus zu versetzen und sich überall auf dem Schiff auszubreiten. Sie sollen in die Körper der Crew eindringen und sie stabilisieren, bis die Medizindroiden ihre Arbeit tun können. Manche werden wohl an diesen Tentakeln ersticken, denkt er noch. Aber der Großteil der Crew ist hoffentlich zu retten. Noch werden auch nicht alle von der Maladistin angegriffen worden sein. Seine Gedanken verwirren sich. Dann wird ihm schwarz vor Augen und er merkt nicht mehr, wie ihn die zart aussehende Androidin auf die Krankenstation trägt. Die *Moondreamer* treibt mit blinkenden Positionslichtern im Raum, wieder auf Kreiselkurs, bewacht von der hinter ihr fliegenden *Sundancer*.

EPILOG

„Fuck!", entfährt es Fähnrich Herb Toleman, als er langsam wach wird. „Wenn man auf der Liege im Backupzentrum wach wird und Kopfschmerzen hat, dann ist man das Backup!" Und Kopfschmerzen hat er nicht zu knapp. Aber halt, denkt er, als er die Augen öffnet. Da stimmt etwas nicht. Schließlich erinnert er sich genau, wie er gestorben ist. Da war ein Tentakel gewesen, von dieser verdammten Maladisten-Drohne oder wie man Ding nennen soll. Hat ihn von hinten erwischt, während Selina verzweifelt versucht hat, ihn zu retten. Selina, eine ... gewisse Androidin, die ganz bar ihrer biologischen Außenhaut noch versucht hat, die Crew und das Schiff zu retten. Hat es geklappt? Aber wieso kann er sich an das alles erinnern? Über sich sieht er eine weiße Decke. Wie auf einer Krankenstation. Oder irgendwo anders. Wenn man in der Backupanlage auf der Erde wach wird, denkt man ja eigentlich, dass man sich gerade eben hingelegt hat, um das Hirn einscannen zu lassen. Dann steht man auf und geht weg. Nur wenn man mit Kopfschmerzen wach wird, dann ist man das Backup. So lautet die Volksweisheit. Man hat dann aber von den ganzen vergangenen Jahren nichts bekommen. Auch vom eigenen Tode weiß man entsprechend nichts. Bei ihm ist das merkwürdigerweise anders.

„Hi Mister Toleman" hört er eine Stimme, die wie Samt klingt. Er dreht den Kopf und sieht Selina. So wie man sich eine bestimmte Androidinnengattung vorstellt. Wie sie ursprünglich ausgesehen haben wird. Die Frau mit blondem Kurzhaar trägt ein rotes Minikleid, das sehr die weiblichen Formen ihres Körpers betont. Sie hat eine rote Strumpfhose an, die ganz konventionelle eingestickte Muster hat und nicht etwas, das sich von selbst bewegt wie bei vielen neuen, modischen Strumpfhosen. Ihre Füße stecken in mörderischen hochhackigen Sandaletten, die sogar auf dem gedämpften Boden der Korvette deutliche Klackgeräusche hinterlassen. Auch ihr Gang hat irgendwie etwas Model-haftes an sich, mit einem Fuß vor dem anderen anstatt nebeneinander. Als würde sie auf einem Laufsteg entlangschreiten.

„Starren Sie nicht so, Fähnrich. Ich weiß schon, dass mein Kleidungsgeschmack von meiner alten Programmierung beeinflusst ist. Aber ich habe es nicht wirklich für nötig befunden, das zu ändern.

Toleman setzt sich auf und räuspert sich. „Also habe ich es geschafft. Zu überleben meine ich. Ist ja hier nicht das Backupzentrum."

Selina lächelt. „Negativ, Fähnrich. Sie sind schreiend gestorben. Alle anderen auf dem Schiff auch. Vereinfacht gesagt." Sie lächelt noch breiter. „Ich wollte wenigstens Sie retten, aber das hat leider nicht geklappt. Der Disruptorimpuls hat leider auch die Drohne nicht vernichtet, wie ich gehofft hatte. Dafür aber alle Menschen an Bord umgebracht. Aber ich habe die Maladisten-Drohne dann doch noch … entsorgt." Sie ist sich bewusst, dass sie ihm nicht ganz die Wahrheit sagt. Auch das Wissen um seine letzten Minuten hat sie verändert, damit er keinen Groll gegen sie hegen kann.

„Oh", antwortet er und schluckt. „Und wie viel Zeit ist vergangen?", fragt er und sieht erneut auf ihren Körper.

„Fast acht Wochen. Hat alles gedauert", gibt sie trocken an.

„Aber wie konnten Sie mich denn zurückbringen ohne Hirnscan? Und warum sind wir nicht in einer Flottenbasis?" Denn hier sieht alles wie die ihm bekannte Krankenstation der *Darc* aus. Nirgends sind Ärzte vom medizinischen Corps zu sehen. Auch nicht der Doc der *Darc*. Da stimmt etwas grundlegend nicht.

„Sie sind eigentlich nicht hundertprozentig Fähnrich Herb Toleman. Aber da ist noch Yunai, die Dritte in unserem Bunde. Sie ist von ihrer Programmierung so sehr auf eine männliche Hauptfigur fixiert, dass ich Ihren Körper mit Hilfe eines Molekülmanipulators repariert habe, der eigentlich für Nahrungsmittel gedacht war. Ich habe auch Ihren nicht mehr ganz intakten Hirninhalt einigermaßen repariert mit Hilfe des Schiffscomputers. Auch wenn Sie vermutlich große Erinnerungslücken haben. Erstes Date und so. Alles weg. Wir mussten einiges extrapolieren."

„Nicht schlimm", antwortet Toleman. „War bestimmt nicht so toll das erste Date, wie ich mich kenne." Trotz der flapsigen Bemerkung fühlt er Wut im Bauch. Wenn das Schiff vermisst und die Crew tot ist, dann wird er auf einer Backupstation auf der Erde sowieso wieder erweckt werden. Als Kopie seiner selbst von Anno 2232. Hier eine Zweite-Klasse-Kopie von ihm zu schaffen, ist nicht nur höchst illegal, sondern auch sehr unmoralisch. Obwohl es sich auch wieder komisch anfühlt, die eigene Existenz als Fehler anzusehen.

„Sie sind ein bisschen verändert. Nicht mehr so loyal gegenüber der Navy, dafür loyal gegenüber ihrem neuen Captain." Sie lächelt keck dabei. Und nun ist es Zeit für Ihr Date.

„Bitte wie?"

Das Schott zur Krankenstation öffnet sich. Herein kommt eine asiatisch aussehende Frau in einem langen, rosa Nachthemd. Sie ist barfuß. Barfuß in altmodischen Nylonsöckchen oder Strumpfhose, wie er sieht. Ein eigenartiger Aufzug auf einem Schiff der Flotte. Er korrigiert sich. *Ehemaliges Schiff der Flotte.* Die Frau hat ein koreanisch aussehendes Gesicht, denkt er, als sie näher kommt. Starke Wangenknochen. Und das Gesicht ist sehr, sehr attraktiv.

„Hallo Mister Toleman", haucht die Frau mehr, als sie es sagt und lächelt. „Oh Yunai", gibt Selina von sich und rollt mit den Augen.

„Äh… hallo", stottert Fähnrich Toleman.

ENDE

Wenn Ihnen dieser erste Roman der Earth Federation Saga, „Das Schiff der Vergessenen" gefallen hat: Karl Layton hat in diesem Erzähl-Universum den Roman „**Das letzte Schiff der Föderation**" als unabhängig zu lesenden, Prequel-Band der Reihe geschrieben. In dieser opulenten Space-Opera ist die Fregatte *EFS Moondreamer* unter dem mittlerweile zu legendärem Status aufgestiegenen Fleet Admiral Thomas Brander im Jahre 2235 drei Jahre vor diesem Roman auf besonderer Mission. Die Fregatte und die Menschheit sehen sich einer Bedrohung aus den Tiefen des Universums gegenüber, die den Bestand der gesamten Föderation der Erde bedroht. Allein hinter feindlichen Linien stellt sich das Schiff des Admirals dem Feind. Eine Konfrontation, die als „Nanitenkrieg" in die Geschichte eingehen soll.

Außerdem: Die Earth Federation Saga wird mit dem 2. Band, *„Der Verräter des Herrgotts"* fortgesetzt, der im September 2024 in einer Neuauflage erscheint.

KARL LAYTON
DER VERRÄTER DES Herrgotts
Science
Fiction

Das Prequel der Erdföderations-Saga

Bereits erschienen:

„Die Moondreamer Saga", ein Short Story-Band über die bewegte Vorgeschichte der legendären Fregatte. E-Book und Taschenbuch.

UND WÄHREND DER ABSPANN SCHON LÄUFT …

11:07 Uhr, Sonntag, 08.12.2238 Greenwich-Erdzeit

Im MedCentral-Habitat, auf dem Boden des Mittelmeers südlich von Sizilien

„Das lief wohl nicht so gut", bemerkt Adjutantin Nancy Sober, während Admiral Brander missmutig am Bistro eintrifft und sich auf den freien Platz neben Nancy unter dem Sonnenschirm setzt. Beide tragen zivil. Brander ein einfaches hellblaues Hemd und eine passende Hose. Nancy einen mittellangen Rock und eine helle Bluse mit Blumenmuster. „Das können Sie sagen, Mister Sober, das können Sie sagen." Brander bestellt sich einen Orangensaft auf Eis und Nancy sagt nichts. „Also wird Lieutenant Willard nicht wieder Ihre Adjutantin?" Brander wirft seiner neuen Adjutantin einen genervten Blick zu. „Offensichtlich nicht. Dabei hatte ich ja schon einen Job im Oberkommando für Sie, Mister Sober." Sie nickt. Er sieht hoch zum Himmel. Ganz hoch oben sieht man die Metallstreben der riesigen Glaskuppel des Habitats und die zahlreichen künstlichen, kleinen Sonnen blenden vom Himmel. Irritiert besieht sich Brander das komplexe Schattenspiel seines Glases Orangensaft.

„Die Moondreamer wird nächste Woche ihre neue Überholung beginnen Sir. Lieutenant McKinley hat den Dienst quittiert. Leider hatten wir noch einen Verlust als Spätfolge der Verletzungen, Sir. Damit sind insgesamt achtzehn Crewmitglieder verstorben. Von denen allerdings siebzehn ein Backup haben." Brander nickt. „Wer hatte keins?" Nancy gibt ein Seufzen von sich. „Ein Reinkarnat aus der medizinischen Abteilung, Sir. Specialist First Class Andrew Morton."

Der Admiral schweigt eine ganze Weile und sieht dem regen Treiben auf dem Marktplatz zu, wo einige Kinder zwischen den geschäftig dahingehenden Menschen spielen. Ein paar Leute stehen vor den dreistöckigen Häusern und unterhalten sich.

„Trotz aller Schwierigkeiten ist es doch gut, was wir geschaffen haben. Wir als Flotte, meine ich. Die Menschheit war ja auf ganz und gar anderem Kurs."

„Ja Sir."

Beide schweigen eine Weile. „Sir, Lieutenant Nancy Willard war nicht nur Ihre Adjutantin während des Nanitenkrieges und vorher, habe ich gehört." Branders Kopf ruckt mit einem ärgerlichen Funkeln in den Augen zu ihr herum.

„Sie war sicher mehr", sagt er schließlich in mildem Tonfall, nachdem er tief durchgeatmet hat. Aber sie ist jetzt glücklich hier. Mit einem netten Bildungsconsultant aus Spanien. Oder was auch immer der Job genau war." Brander setzt das Glas Orangensaft an die Lippen.

Nancy nickt. Kratzt in einer sehr menschlichen Geste ihren mittlerweile roten Lockenkopf, den sie seit einiger Zeit hat. „Wenn

Sie wollen Sir, kann ich diese private Funktion auch übernehmen."
Das ist der Moment, indem sich der Admiral hustend verschluckt,
sodass eine Fontäne Orangensaft auf der weißen Tischdecke
landet. Er braucht einige Zeit, sich davon zu erholen, während ihm
Nancy auf den Rücken klopft.

„Nancy, Sie müssen wirklich lernen, sich selbst zu respektieren.
Sie sind ebenso viel wert wie jeder biologische Mensch."

„Ja Sir." Sie überlegt eine Weile. „Wir könnten ja erstmal
irgendwo essen gehen."

„Also Nancy", beginnt Brander schulmeisterlich. In diesem
Augenblick knurrt sein Magen so laut, dass es beide hören. Zum
Gelächter der beiden bringt der Wirt die Rechnung.

„Aber wir gehen nur essen", bemerkt Brander.

PERSONENVERZEICHNIS

Crew der *EFS Jeanne D'Arc*

Arkay, **Hakan** Lieutenant, 1. OPS-Offizier

Aston, Penny, 1. Stellvertretende OPS-Offizierin

Berkin, Hank, Chief Petty Officer, ein Lagerverwalter

Demark, Fähnrich, 1. Kommunikationsoffizier

Dubois, Jessica, Captain, Kommandantin

Jamison, Sandy, Lieutenant Junior Grade, 1. Navigatorin

Kaiser, Sabine, Fähnrich, Junior-Offizier

Karst, Thor, Lieutenant, Chefingenieur

Lavera, Luca, Fähnrich, Officer of the Deck/Sicherheitschef

Lee, Debora, Lieutenant-Commander, 1. Taktische Offizierin

Park, Jae, Commander, Erster Offizier

Pascal, Javier, Lieutenant des Marines-Kontingents an Bord

Schneider, Herbert, Doktor, Schiffarzt im Rang eines Lieutenant

Selina, ein Gast

Singh, Robert, Lieutenant Junior Grade, stellv. Chefingenieur

Toleman, Herb, Fähnrich, 1. Rudergänger

Yunai, eine Frau in einem Strandhaus

Crew der *EFS Moondreamer*

Adams, Leonore, Lieutenant, OPS-Offizierin der Flaggbrücke

Brander, Thomas, Fleet Admiral, Oberkommandierender der Space Navy

Jenkins, Hank, Commander, Adjutant von Fleet Admiral Brander

McKinley, Sarah, Lieutenant, Dritte-, OPS- und Wissenschaftsoffizierin

Mendez, Juhanita, Fähnrich, COM-Offizierin der Flaggbrücke

Perkins, Susan, Lieutenant J.G., 1. Rudergängerin

Petrova, Saskia, Commander, Erste Offizierin

Sober, Nancy, Master Chief Petty Officer, 1. Kommunikationsoffizierin v. D.

Tark, Henry, Lieutenant, Taktischer Offizier der Flaggbrücke

Utado, Hikaru, Fähnrich, 1. Navigator

Vent, Carsten, Lieutenant-Commander, Chefingenieur und Zweiter Offizier

Z E I T L E I S T E

12355 v.Chr.

Die (überlichtschnell) raumfahrende Rasse der *Avianer* erfährt ein katastrophales Ereignis, im Zuge dessen ihr wichtigster Industrieplanet ausgelöscht wird. Auch große Teile ihrer Raumflotte werden vernichtet. Die avianische Zivilisation erfährt einen drastischen Einbruch.

ca. 12000 v.Chr.

Das Imperium der *Ancients*, auch *Ancient-Gloaks* genannt, erreicht seine maximale Ausdehnung und umfasst die zwangsweise eingebundenen Rassen der Tarts, Leonen, Luminos und Greys. Außerdem die Avianer, die in diesem Zeitraum eingegliedert werden. Die Ancient-Gloaks haben eine Dienerrasse als körperlich massivere Ausgabe ihrer selbst erschaffen. Deren ursprünglicher Name ist nicht überliefert, weil nur als „Diener" in den alten Aufzeichnungen wiedergegeben. Später nennen sich diese Diener selbst *Gloaks*. Menschen nennen die neuen Gloaks später Nova-Gloaks, um Verwechselungen mit den Ancient- Gloaks zu vermeiden.

ca. 10000 v.Chr.

Die Ancient-Gloaks ziehen sich von den letzten von ihnen beherrschten Welten zurück. Mögliche Ursache ist das vermutete weitgehende Eingehen der Ancient-Gloaks in eine digitalisierte Umgebung als versuchtem Evolutionssprung und eine dabei auftretende Katastrophe. Da die kontrollierten Rassen wie Luminos und Leonen, inklusive der Dienerrasse (später: *Nova-Gloaks* genannt) durch Naniten mental kontrolliert werden, kommt es zu einem extremen zivilisatorischen Zusammenbruch der beherrschten Rassen. Was mit den schließlich völlig verschwundenen Ancient-Gloaks geschieht, ist unklar. Ihre Raumflotten sind bereits größtenteils in Stasefeldern im Minus-100 Raum eingemottet. Ein Exodus von überlebenden Ancient-Gloaks wird angenommen.

Der Planet Erde mit seinen primitiven Menschen wird noch von Ancient-Gloak-Forschern besucht. Möglicherweise gibt es eine versehentliche oder experimentelle Verseuchung mit Ancient-Gloak-Naniten um diese Zeitspanne herum.

ca. 5000 v.Chr.

Die Greys erschaffen sich eine eigene raumfahrende Zivilisation.

ca. 4000 v.Chr.

Leonen, Tarts und Nova-Gloaks entwickeln eigene, raumfahrende Zivilisationen.

ca. 2100 v.Chr.

Die Avianer entwickeln eine neue, nur unterlichtschnell (stellar) raumfahrende Zivilisation und kennen nur noch Mythen ihrer Vergangenheit. Sie werden von Leonen, Tarts, Luminos und Greys bedrängt.

ca. 1600 n.Chr.

Die Menschen beginnen, eine technische Zivilisation zu entwickeln.

2042

Thomas Brander wird gemäß Geburtsregister in Pattensen, Deutschland geboren.

2065

Alexandre Gerad versucht in Kalifornien eine Tech-Firma unter dem irrwitzigen Namen „Terra Shipyards" zu errichten, was als irreführend abgelehnt wird. Die Firma wird unter dem Namen „Terra Tomorrow Technology" gegründet, kurz „TTT".

2069

Alexandre Gerad stellt der Welt den Antigrav-Generator vor. Außerdem eine revolutionäre Kraftwerkstechnologie, die Energie aus einem höherenergetischen Universum „absaugt" (sog. *XU*-Kraftwerke). Er wird mit seiner Firma TTT Milliardär.

2071 – 2075

Alexandre Gerad als Gründer des Unternehmens TTT gilt als Genie des ausgehenden 21. Jahrhunderts. Er stellt der Welt in diesen Jahren Energieschirme und sogar Energiewaffen vor. Das US-Militär setzt im großen Stil planetare Antigrav-Waffenplattformen und –Flugzeuge ein, die sich auch in anderen Ländern verbreiten. Ein neuer gefährlicher Rüstungswettlauf mit Russland und China, die beide die Technologien durch Spionage erhalten haben, droht einen dritten Weltkrieg auszulösen. Das Unternehmen TTT stellt der Welt durch seine neue Tochterfirma *Terra Shipyards* (TSY) einen Prototyp eines Überlicht-(*Faster than light, FTL*)-Antriebs vor, der auf Antienergie/Energie-Basis funktioniert, wobei die Energie aus einem energetisch höherwertigem Kontinuum gewonnen wird, während die Antienergie entsprechend aus einem Antienergieuniversum stammt. TTT präsentiert miniaturisierte Form der XU-Kraftwerke, die *XU-Zellen*, teils in Batterieform.

2076

Alexandre Gerad bricht mit seinen Prototypen, der *Lutecia* und der *Vercingetorix* zu Flügen zu Mond, Mars und anderen Planeten des Sol-

Systems auf. Das US-Militär rüstet mit Antienergiewaffen auf. TSY stellt die beiden Schiffe *Mars I* und *Mars II* vor, die als eckige Frachter mit 100 Meter Länge von nun an regelmäßig zum Mars verkehren. Der Antrieb, der dem FTL-Triebwerk der *Lutecia* entspricht, kann jedoch nur theoretische 0.5 Licht erreichen.

2077

Gerad/TTT gründet eine eigene, ausufernde Forschungsstation auf dem Mars. Gerüchte, er suche nach außerirdischer Technologie, machen die Runde. Andere Gerüchte lassen verlauten, Gerad habe von Anfang an Zugang zu Alien-Artefakten gehabt, die seinen kometenhaften Aufstieg ermöglicht hätten. Nach Presseberichten wehrt die Security von TTT auf dem Mars mehrfach Eindringungsversuche von Geheimdiensten ab. Auf dem Mars werden verstärkt Sichtungen von untertassenartigen Ufos der damals der Öffentlichkeit noch weitgehend unbekannten Greys gemeldet, die jedoch in das Reich der Mythen und Gerüchte verwiesen werden. Die Führung des Unternehmens TTT liegt beim bisherigen Zweiten der Tech-Company, Thomas Brander.

2078

TSY, NASA und ESA gründen zusammen die „*Luna Shipyards*", LSY, die in der Folge TSY obsolet machen wird. Hier wird die 4fach lichtschnelle *Unity* gebaut. Die *American European Space Administration* (*AESA*) wird als Dachverband von LSY, NASA und ESA zwecks Betriebs der *Unity* gegründet.

2079

Ein Antienergiewaffentest der Volksrepublik China in der Nähe der Erde schlägt aus unerklärlichen Gründen fehl. Ebenso ein russischer Test auf der Erde. Erst sehr viel später wird Thomas Brander eine Beteiligung Gerads an Sabotageaktionen einräumen.

2080

Mysteriöser Tod von Gerad. Brander (38) übernimmt Leitung von LSY. Vorstellung der Atom/Molekülmanipulationstechnik zur Herstellung beliebiger Materialien und Produkte aus irgendeiner Grundmaterie (sog. Manipulatoren).

2081

Zwei Unternehmen irdischer Milliardäre und ihre Firma *Space Origin* stellen Unterlicht-Raumschiffe als Personentransporter und Frachtschiffe her und nehmen Kurierverkehr zum Mars auf.

2082

Jungfernflug der *Unity* im Sol-System. Brander selbst bricht mit der *Unity* zum Proxima Centauri Sonnensystem auf und verbringt die ca. 1 Jahr dauernde Reise in einer Stasekammer. Die *Brotherhood* als Schwesterschiff der *Unity* ist im Bau.

2084

Großes Aufsehen, als die *Unity* überfällig ist.

TTT stellt ein Hyperfunkgerät vor, das über eine Distanz von 10 Lichtjahren Funksignale aller Art (Daten, Sprache) mit 100facher Lichtgeschwindigkeit transportieren kann.

Brander kehrt überfällig zur Erde zurück, allerdings nicht mit der *Unity*, sondern einem *Moondreamer* getauftem Großraumschiff der Ancients, das von einer in Stase befindlichen Ancient-Flotte stammt. Brander wird auf der Erde zum Outlaw. TTT wird zerschlagen und ihr Vermögen eingezogen. Brander ruft die Gründung der souveränen *Planetary Republic of Arret* (PRA) auf einem in Umkehr von *Terra* einfach *Arret* genannten ehem. Ancient-Planeten aus. Der militärische Arm der PRA wird die *Earth Federation Space Navy* (EFSN), deren Name die Gründung der späteren *Earth Federation* präjudiziert. Brander wird ihr Oberkommandierender, zunächst als (einziger) *Rear Admiral*.

2085

In einer Überraschungsaktion erklären Litauen und Estland zusammen mit der diplomatisch nicht anerkannten PRA die Gründung eines gemeinsamen föderalen Staates, der *Earth Federation*. Erste Präsidentin wird Leticia A. Miller, eine US-Amerikanerin, der daraufhin die US-Staatsbürgerschaft aberkannt wird. Miller erklärt, die Earth Federation sei „eine zukünftige Regierung einer vereinigten Menschheit in Wartestellung" (*Erklärung von Vilnius*). Lettland tritt der Earth Federation als 3. Nation der Erde bei (und 4. Nation insgesamt). Der Reststaat der nicht russisch besetzen Ukraine wird 5. Mitgliedsstaat. Ein russischer Militäraufmarsch an der russischen Westgrenze bleibt ohne Folgen. Im *Georgienkrieg* wird eine beginnende Invasion Russlands durch Eingriffe der EFSN abgewehrt. Georgien wird offizieller Beitrittskandidat der Föderation und tritt im Folgejahr bei.

2087

Beitritt Katars und Israels zur Föderation. Südafrika und Nigeria werden offizielle Beitrittskandidaten. Brander erhält Rang eines *Vice-Admirals* als Oberkommandierender (formaler Titel: *Chief of Operations*).

2090

Beitritt mehrerer EU-Länder und südamerikanischer Länder. Beitritt Nigerias, Kenias und kleinerer afrikanischer Länder. Beginn des „Energy and Healthcare for all"-Programms der Föderation, das entsprechende Technologien mit allen Ländern der Erde teilt.

2093

In der „Europäischen Reorganisation" treten EU-Länder als Föderationsmitglied aus, aber die EU insgesamt ein.

2100

Fortschreitende Besiedlung Arrets durch gemischte Bevölkerung vorwiegend aus Mitgliedsstaaten. Die Föderation umfasst 25

Mitgliedsstaaten und tritt in Weltraumangelegenheiten zunehmend wie eine globale Regierung auf und setzt ihre Gesetze und Vorschriften in der internationalen Raumfahrt durch, die zusehends von der EFSN dominiert wird. Brander wird (3-Sterne-) Admiral und ist weiterhin Oberkommandierender der EFSN.

2107

TTT, in fast allen Ländern der Erde wieder legal agierend und mit wiederhergestellten Finanzmitteln, stellt der Welt eine Zellregenerationsbehandlung vor, die unbegrenztes Leben verspricht. Freigabe des Ancient-Planeten *Socona* zur Besiedlung. Mitgliedsstaaten erhalten dort eigene Territorien. Socona wird als *Planetare Republik Socona* konstituiert mit einem bundesstaatlichen Aufbau. Socona wird wie Arret Mitglied der Earth Federation mit Nationenstatus. Kanada tritt der Föderation bei.

2109

Der Rang *Fleet Admiral* wird für den Oberkommandierenden der EFSN eingeführt. Funktional ersetzt der *Supreme Commander* den *Chief of Operations.* Brander wird erster *Fleet Admiral*.

2111

Admiral Esparza wird neuer Supreme Commander und damit 2. Fleet Admiral der EFSN.

Die USA treten der Föderation bei, die damit 55 Mitgliedsstaaten inklusive Thailand, Indonesien und Malaysia hat.

2112 – 2150

Fast alle Staaten der Erde treten der Föderation bei.

2140

Taiwan erhält nach kurzzeitigem Zerfall der Regierungsgewalt der Volksrepublik China im Zuge der Transformation ganz Chinas zur

"Republik China" nach einem Referendum seine Eigenständigkeit zurück und nennt sich „Republik Taiwan".

2142

Einführung der Nanitentechnologie durch TTT, basierend auf den Naniten der Ancients (Ancient- Gloaks).

2145

Erstkontakt mit den Avianern, die über eine beginnende Überlichttechnologie verfügen.

2151

Erstkontakt mit Vertretern der *Hohen Rassen*, einer Kooperation aus Rassen, die mindestens so alt wie Ancients sind und sich gegenüber neuen raumfahrenden Rassen gerne als Lehrmeister/Schiedsrichter gerieren.

2179

Angriff einer Flotte der Hohen Rassen, die die Oberherrschaft über die Erdföderation übernehmen wollen. Kurz vor einer Schlacht in der Nähe von „Johnson's Star" löst sich Admiral Brander mit seinem Flaggschiff, der *EFS Moondreamer* von der Flotte und führt Geheimverhandlungen mit der Angriffsflotte. Kampfloser Rückzug der Hohen Rassen.

2185

Vorstellung der „Human Backup"-Technologie durch TTT mittels (durch Atom/Molekülmanipulation) rekonstruierter Körper inkl. Gedächtnis. Gründung der Protestbewegung „Natural Humans" und ihres religiösen Ablegers „God's Natural Children" in den USA mit dem Motto "Fight the Soulless".

2195

Uni-Pocket-Katastrophe der Korvette *EFS Asia*. Brander erhält den Beinamen *Unipocket-Schlächter* oder auch *Extrauniversal-Schlächter*.

2200

Die Human Backup-Technologie beginnt sich durchzusetzen. Admiral Ngongo wird Supreme Commander und damit nach Admiral Coronelson 4. Fleet Admiral der EFSF. Admiral Brander tritt in den Passivstand.

2223

Captain Thorau tritt vom Kommando der *EFS Invincible* zurück und tritt permanent in den Ruhestand.

2235

Der *Nanitenkrieg* von Juli bis August 2235 nach Erdzeit, findet kurz, aber verlustreich statt.

2238 Romanhandlung.